U0938346

備降

肖煥偉 著

南粵出版社

目錄

寫在書稿前面的話

我是在醫院的病床上讀完這部書稿的。我讀得很慢，花費了不少時間。這不僅因為染病的古稀之人體弱目翳，也因為回想起幾十年前的往事，難免百感交集，思緒紛雜。

對於我這樣一個年近八旬的老人，以往的一切，無論邪正功罪，已可下公允的歷史定論。因此，就個人而言，業已逝去的歲月早已成為陳跡，沒有多少值得留下文字的價值。一位年輕的朋友卻對我的曲折經歷感興趣，想以文學樣式錄下片段。他認為，像我這樣一個曾在舊時代生活過的知識分子，從沉淪、彷徨到覺醒的思想軌跡，對於現時青年人瞭解舊中國的一個側面，或許不無補益。這樣，我就沒有理由推諉了。

書稿擺到了面前。在文學和藝術層面，我無法提出什麼大的意見。但作為一名當事者，我可以對讀者說，這本書中所寫的主要事情，都是我親身經歷過的真事。當然，出於寫作需要，撰稿者對部分人物和細節作了一些藝術加工，我想讀者和我一樣是可以理解的。

我是抗戰初期從日本回國投身抗日的，如同書中描寫的那樣踏進了國民黨軍統組織的門檻。當時，還有不少和我有著同樣命運的專家學者。我們根據對日本經濟狀況的全面瞭解，確信自己的祖國無論在經濟戰線還是在軍事戰場上都是能夠打敗日本軍國主義的。在經濟作戰方面，我盡到了一個中國人的努力。抗戰勝利後，軍統局在國民黨政治事務中掌握著特殊權力。我作為這個龐大的情報機構中的經濟工作領導者以及上海地區漢奸逆產處理負責人，個人進退可謂左右逢源。然而，我卻在這時陷入了極度苦悶之中。我無法理解的是，外患既已解除，理應和平建國，何以又重開戰端？我沒有能力改變時局，只能作出遠離政治舞台、擺脫軍統控制的決定。我在上海組建了當時全國唯一的經濟研究所和遍佈全國乃至東南亞的經濟通訊和信息網絡，想專心致志於利國利民的經濟研究和經濟決策。然而我想錯了，它給我帶來的是更大的困擾。

就在這時候，共產黨地下工作人員接近了我，給了我以啟迪，使我在茫茫霧海中瞥見了一絲光亮。我進一步認識到，我所服務的那個政權是腐敗的，注定是短命的。到了一九四八年底，國民黨政權大勢已去，保密局嚴令我將大批財產搶運至台灣。我不願再做愧對歷史的事，下決心將我所掌管的日偽漢奸逆產——三十七家工廠、"滿鐵"的重要經濟資料和當時價值五百萬美元的金銀珠寶，秘密而完整地交給了共產黨地下組織。

一九四九年初我去香港時，在老朋友的幫助下，從上海搶運出了一批含有大量孤本、善本的珍貴的文化遺產——七萬冊古籍，使它們免於戰火；又以自己微薄之力為新中國經濟建設作了一點貢獻，不料因此遭到國民黨保密局特務的暗害。在九死一生的關頭，中共的高級領導人董必武、楊顯東、潘漢年和揚帆同志給了我親切的關懷。我終於得以跨過羅湖橋，回到哺育了我的大地。後來，由於眾所周知的潘漢年、揚帆冤案的牽連，在很長一段時間中，我受到不公正的對待。雖然如此，對於自己當年所下的決心，我至今不悔。一個人無法把握自己的命運，卻應該把握自己的良知。如能最終對得起國家、對得起歷史，也就聊以自慰了。

歲月匆匆，在步入垂暮的時刻，我不免想起海峽那邊當年共事的朋友們。他們大多已經作古，健在的也都是耆老之人了。彼此所餘年月已經不多，不知還能在有生之日重逢相會否？昔日的恩怨已經過去幾十年，想來不該再成為不好見面的理由吧？兩邊走動走動，大家坐下來談談，以聊補思鄉思親之情，這是一個垂垂老人所希望著的。

病臥於榻，無力執筆。向年輕朋友談了這些想法，並請他們筆錄於此，權作一個當事人的讀後感。

鄧葆光

一九八四年九月

關於四十年後的再版

許多陳年往事，只有當你在生活的航程中顛簸許久，看遍人間世態炎涼，驀然回首時，才會讓你徒生曾經滄海之感。四十年後，這本再版的紀實小書主角依舊是鄧葆光先生。鄧老先生是一位歷經驚險磨難，承擔過大任大責，經受過大風大浪的長輩。二十世紀八十年代初，我在上海採訪他時，他已年近八旬，剛從二十多年饑寒交迫和政治重壓的生活環境中掙扎出來；先是被國家推薦為全國政協委員，後來又被任命為上海市人民政府參事。

在一年多的時間裏，我常常是坐在他家那有些局促但是陽光明媚的小客廳裏，聽他用濃郁的湖北口音娓娓道來那些飽經風霜的往事。陽光之下，絲毫感受不到他曾歷經的無數血火艱險和遭遇過的虐心悲愴。

五十年代九月的一天早晨，他在香港中環遇襲，被台灣派遣的特工連砍九刀，被送進醫院急救後昏迷了整整六天六夜。最終，他從死神身邊走了回來。以後，避禍上海。不料，四年多後，他因政治問題被牽連關押入獄七年，妻離子散，直至二十七年後再獲新生。那些年，他經歷了怎樣的人生煉獄，又有怎樣的人生思考。從他那滿頭銀髮中略能顯現出的刀疤和金邊眼鏡後那雙深邃的眼睛裏已經很難再找到答案。一顆漂泊了幾十年的靈魂，終於找到了安放的空間。於是，在一年多的採訪和寫作後，我發表了他的故事；然後，又和朋友一起將他在香港那段驚心動魄的經歷拍攝成了電影《在暗殺名單上》。那是一個有很多共情者的時代。

鄧先生生活的時代，是祖國苦難交纏、動盪難安的時代，三百多萬軍人為國捐軀，三千多萬民眾為國殉難；狼煙遍地，命如蜉蝣。那一代人曾經的迷惘、求索、救贖、熱血和抗爭，如今，似乎已經遠去，也越來越被人遺忘。

從第一次出版這本小書到今天，已經過去四十年了。可是，無論是在熏風撲面、熠熠生輝的上海黃浦江畔，或是在褥墊潮濕、燈紅酒綠的香港獅子山下，我總會遇到鄧老先生當年的憂懼、關切和取捨；暮色四合時分，我也總是想起老先生講述過的那些陳年往事，時而動人心魄，時而又讓人嘆息扼腕。其實，傳燈遞引，那個時代並沒有遠去。江湖再見，已然是書中之人了。

肖煥偉

二〇二四年五月四日

鄧葆光（1908–2003）

引子

香港

紅棉酒家門前的血案

一九五〇年九月十二日八時十二分。

香港。軒尼詩道。紅棉酒家。

路上行人稀少。三十多年前的香港遠不像如今這樣高樓林立、車流滾滾，繁華和擁擠都令人目眩頭暈。那時，比起上海來它就像一個尚待開發的港口集鎮，生活節奏也還是疲沓的，整個城市彌漫著一種被亞熱帶的陽光曬蔫了的懶洋洋的味兒。只是因為一年多來像洪水一樣湧入失魂落魄的“白華”，那些胳膊下夾著細軟珠寶、攜家帶眷逃亡的南京政府要員、上海灘大亨、廣州城的闊佬以及大大小小縣城的鄉紳和地痞，搶在穿土黃布軍裝打綁腿的黑臉膛士兵的前面，一窩蜂鑽進這個英國殖民統治下的半島，使得彈丸之地的房租一夜之間驚人地飛漲起來。空氣中滋生著令人忐忑不安的情緒。

酷熱逼人的白晝迫使香港人養成了夜貓子的生活習慣。上午九點鐘，中環紅棉酒家的夥計，打著哈欠揉著惺忪的睡眼拉開大門，準備迎接吃早茶的顧客；廚房的大蒸籠裏正冒著騰騰熱氣。台階上下，遊蕩著兩個身穿香雲衫的魁梧大漢。他們無所事事地抽著煙，彷彿等著酒家開門。

這時候，從半山的人行道上走下來一位四十多歲的中年男子。瘦瘦高高的身材，白皙清癯的面容，學者一樣自尊而從容的風度，完全不同於世代在烈日與海風中長大的黧黑瘦小的南國居民，使人一眼就看出這是一個從內地逃亡過來的"北佬"。

中年人悠悠走著，考究的金絲邊眼鏡後面浮動著若有所思的目光。在他身後，木棉樹的濃蔭下，不近不遠處有兩個壯漢。他們尾隨著中年人，佯裝悠閒自得卻又警惕四顧的神情令人感到形跡可疑。

那沉思著行走的中年人全然沒有發覺自己已陷入危險處境。尾隨盯梢的兩條漢子交換了一下目光，突然加快了腳步。紅棉酒家門口的兩個男人也開始迎了上來。

突然，一聲尖鋭的唿哨，前後四條壯漢同時撲向中年人，從懷裏抽出鋥亮的菜刀劈頭蓋腦砍去。中年人本能地用胳膊護住腦袋，左閃右晃幾下，撲過去抱住一個兇手。那兇手使勁掙脱開，隨即又揮刀砍去。一聲慘叫，中年人倒了下去。這四條漢子一人又砍了兩刀，一聲唿哨，刹那間逃得無影無蹤。這一場兇殺案，前後只有十幾秒鐘。紅棉酒家那個開店門的夥計，還沒弄清發生了什麼事情，就已經結束了。以至於後來巡捕再三盤問，他什麼也説不上來。

當巡捕吹著警哨飛步奔來時，中年人已躺在血泊中奄奄一息。他們從浸透了腥血的衣服中搜出一張名片：

香港寶豐行經理鄧景行

地址：告士打道二百二十八號。電話：二七九二三。

火速趕到現場的巡捕房探長，沒費多少力氣就下了判斷。兇手作案的乾淨、利落和神速，足以說明這是一樁有組織有預謀的兇殺案。兇器是菜刀而不是手槍或匕首，更說明組織者的老練和周到。萬一失風，便可以編造一個私怨尋仇甚至是風月鬥狠的故事，從而掩蓋真相。

第二天，《香港日報》《星島晚報》《華僑日報》，紛紛在頭版顯著位置報導了這起血案。精明的記者不知從什麼渠道打聽到，被害者鄧景行，原係國民黨軍統局少將、經濟作戰方面的負責人，真名鄧葆光。對於這個名字，從上海逃港的達官顯貴以及巨賈富豪們並不陌生。此人是抗戰勝利後，戴笠派往上海的首席接收大員，在上海經濟界曾是顯赫一時的幕後實力人物。他所主持的"東方經濟研究所"，擁有銀行、電台、報紙、通訊社、商行、圖書館、印刷廠、書店、運輸行、米店、金號、證券號等龐大商業機構。更令人矚目的是，研究所的理事長係無人不曉的"海上聞人"杜月笙，名譽所長則是被人們譽為蔣介石"文膽"的國民黨宣傳部副部長、蔣介石私人秘書陶希聖。

受害人的這一政治背景，使得紅棉酒家門前這起血案顯得神秘而複雜。香港警方聯想到半年前原國民黨陸軍大學教育長、上將楊傑也在這條軒尼詩道上的寓所內遇刺。他們不得不審慎起來。這起血案是經濟糾葛，還是政治謀殺，或是情場爭鬥？作案的是本地黑手黨，還是台灣的殺手，甚至如傳聞那樣是共產黨"紅隊"？

這鄧葆光究竟是什麼樣的人物？

一

拂曉前的特急密電

“霸王號”專機

一九四五年八月。重慶。燈火管制早已取消，家家戶戶從玻璃窗上揭下了象徵戰爭的防震紙條。此時已近拂曉，山城仍在夜霧中酣睡，只有樹蔭下的路燈寂寂地散發著昏黃的光暈。

羅家灣十九號軍統局本部也一片寧靜，唯有幾幢小樓從樹叢中透出明亮的燈光，傳來輕微的電報噠噠聲。

小樓台階下，一輛三輪摩托啟動了，突然爆響的機器聲撞碎了黎明前死一般的寂靜。三輛摩托馳出面對棗子嵐埡的後門，拐了個彎，沿著路燈昏昏的馬路奔馳不多遠，便又拐進中二路西南長官公署宿舍"渝舍"西側的"經舍"。三輛摩托在一幢小花園平房前停住。

咚咚咚，有禮貌的敲門聲夾著壓低嗓門的呼叫："鄧主任，鄧主任……""葆光，葆光。"一條大理石般光滑的女性胳膊從黑暗中伸過來，推著涼席上熟睡的男人。

鄧葆光很不情願地睜開沉重的眼皮。他剛睡著不久。重慶的夏天熱得鬼都叫喚，一夜汗流不斷，直到黎明前才透出一點涼意，讓人能合一會眼。

他沒開燈，從枕頭下摸出眼鏡，借著窗外微弱的光線穿上長褲和短袖襯衫。無論什麼時候，他都是整整齊齊的。赤身裸體只穿條三角褲衩開門，既失自尊，也不禮貌。他是讀書人，不比行動處下面那些打手。

秘書室的值班員候在門外。“鄧主任，毛主任請你立刻去一下，有要緊事。”

說罷，他又去敲隔壁的門，那是上海實驗區主任王一心的宿舍。

什麼事這樣緊急？天很快就要亮了。這事難道跟王一心也有關係？經濟室的工作向來跟哪個部門都不搭界呀？

“又要出去？就不能等到天亮？”黑暗中傳來睡意濃重的嬌嗔。

朦朧的陰影中隱隱露出一個半裸的玉體。因為天熱，沒穿睡衣，只在身上搭了條浴巾。那嬌憨的睡姿、流暢而優雅的曲線，使鄧葆光聯想起古希臘神話中“沉睡的維納斯”。鄧葆光坐到她的身邊。現在可以看出來了，這是一位西洋少婦。高貴典雅的額頭，挺拔高聳的鼻樑，垂合著的濃密長睫，甜美誘人的嘴唇。鄧葆光心中蕩起柔情的漣漪。整整十年了，他覺著彷彿還在度蜜月。

是的，尼娜是鄧葆光心中的愛神。

“我到機關去一下，你睡吧。”他在德國籍妻子光滑的額角親了一下，走出門去。

軍統局主任秘書毛人鳳在辦公室等著。

在黎明前被緊急喚醒的是三名少將：軍統局上海實驗區主任王一心、軍統局經濟室負責人鄧葆光、軍統局別動軍參謀長尚望。

“對不起，將各位吵醒了。”毛人鳳謙卑地客套著。其實，他完全沒有必要如此謙遜。一來在軍統局這是習以為常的事，二來彼此都是平級，某種程度他還比在座的三位握有更大的權力。但少時的磨難使這位掌管十萬多特工機要的重臣養成了隱忍和謙卑的習慣，苦熬到軍統局的大內總管著實不易。鄧葆光卻討厭這種毫無內容的模式化的微笑，總覺得像吞了癩蛤蟆似的不舒服。

“局長的急電，請各位過目。”毛人鳳遞來文件夾。

“特急。絕密。著王一心、鄧葆光、尚望三人即刻趕來淳安，不得延誤。洪淼。”

在座的都曉得，“洪淼”是老闆去年啟用的化名。算命先生說他命中缺水忌土，因此化名非水莫屬。至於淳安，鄧葆光早已聽熟了這個地名。他知道這是一個傍山依水的小鎮，深藏於東南浙西大山之中。抗戰期間，他一手謀劃的和“海上聞人”杜月笙合資的通濟公司在那兒設有辦事處，專營從上海淪陷區走私戰爭物資的經濟作戰事宜，那裏也成了軍統對日經濟作戰的前線指揮部。前不久，中美特種技術合作所（簡稱“中美合作所”），也將前進指揮部開到了那兒。但是，老闆叫他去幹什麼？是通濟公司的事？可王一心和尚望跟這事毫不搭界呀？

“都安排好了。專機八點鐘起飛，送你們到福建建甌美軍機場，再乘我們運輸大隊的卡車去淳安。”毛人鳳笑著說，“梅樂斯要到建甌視察，一起走。”

“什麼任務？”鄧葆光扶了下賽璐珞眼鏡架。

“就這份電報，其他我也不清楚。”毛人鳳十分抱歉地笑笑，“請各位先準備一下，吃完早飯汽車送三位去機場。老闆吩咐絕密，諸位當然不需要提醒。隨身衣物，派勤務兵回家去取。夫人那邊，我去打招呼。家裏的事，就請放心好了，我們會照應的。”

鄧葆光看了下手錶：四時三十七分。

在食堂用罷早餐，鄧葆光請王一心等汽車開來時打電話叫一聲，就回到經濟室那幢小樓。他想在出發前見到秦豐川，他的家眷不在重慶，總早早就到辦公室。

秦豐川原先是第七集團軍總司令傅作義將軍的宣傳處處長，因為才華和實幹精神深得將軍厚愛。抗戰初期，軍統華北站站長馬漢三，密告秦豐川是中共地下黨。戴笠便設下圈套，以開辦軍政訓練班為名將他誘來重慶，原本打算命人活埋，後來傅作義將軍多次親自出面擔保，戴笠仍不肯放虎歸山，便將這個先後畢業於日本東京帝國大學、德國柏林大學的中共嫌疑分子放到鄧葆光的經濟室監督使用。這樣既可以留用人才為藉口搪塞傅作義，又可控制於掌心隨時投入渣滓洞。秦豐川來經濟室後，主編《各地經濟行情》，每週一期，專送蔣介石閱。不久，鄧葆光便對這位中共嫌疑分子的刻苦勤奮和獨到見解產生了敬意，兩人很快便成了好朋友。

鄧葆光確實是個傻得可以的書呆子，竟跑去向戴老闆推薦：“秦豐川是個人才，讓他當經濟室主任吧。”鄧葆光想把自己的主任職位讓給秦豐川，自己做副手。戴笠倒愣住了：“你說什麼？”老闆發愣是不無道理的。當時，軍統經濟室掌握著五種大權。一是對日經濟作戰權及經濟情報權；二是國家總動員會議對敵經濟作戰委員會常委會的領導權，該委員會是行政院下屬各部聯席會議的決策機構；三是購買敵後物資的管理權和運輸權；四是封鎖物資外流的緝查權；五是經濟檢查大隊對物資的管理權。如此重要的職權怎能落到一個共產黨嫌疑分子的手中？鄧葆光真誠地說："秦豐川將經濟室工作負責起來，我就可以騰出手多做點戴先生交待的事。"戴笠半真半假地說："你就不怕別人說你同情共產黨？"鄧葆光直率地說："我才不管他這個黨那個黨，那是你戴先生的事。我只知道他是個不可多得的人才。"戴笠沉吟道："他是不是共產黨還沒有搞清楚……"鄧葆光說："你戴先生還怕一個共產黨？"戴笠笑了。也許出於對鄧葆光的厚愛，也許是為了顯示自己豁達大度，更有可能是，當年的延安中央社會部有一批從蘇聯"契卡"受訓回來的骨幹，他們正實施"化敵為我，化我為敵""重拉比重派"的化敵為我服務的諜報策略，戴笠正想效仿。最後，戴笠竟然採納了鄧葆光的建議。自然，那只是掛名的主任，但無論如何，秦豐川的處境畢竟好多了。

為這事，軍統內部的"摩擦專家"潘其武沒少在背後嚼舌根，說鄧葆光狡猾，以此表明自己不求名利，甘當"無名英雄"，從而討得戴老闆的歡心。這話傳到鄧葆光的耳朵，他只是付之一笑：以小人之心度君子之腹。鄧葆光當初確確實實是真心推薦秦豐川的。

"老鄧，今天這麼早？"秦豐川推門進來了。這是一個瘦瘦高高的中年人，操一口山西腔的北方話，蓬亂的頭髮，灰不溜秋的衣著，一副不修邊幅的樣子。他將一份報紙放到鄧葆光面前：“毛澤東真要來了。”

鄧葆光打開還散發著油墨味的《新華日報》，上面赫然刊登著一份電文：

特急。重慶。

蔣介石先生勳鑒：

庚電誦悉，甚感盛意。鄙人亟願與先生會見，共商和平建國之大計。俟飛機到，恩來同志立即赴渝進謁，弟亦準備隨即赴渝。晤教有期，特此奉覆。

毛澤東敬

“老頭子本來是做戲給美國人看看的，”秦豐川說，“沒想到毛澤東有這一手，真敢來重慶。現在只好假戲真唱了。”

鄧葆光長長地出了口氣。這幾天他一直擔憂著這件事。

一九四五年八月十日，日本頒佈乞降照會。八月十一日，延安向八路軍和新四軍連發六道命令，就近接收日軍投降，並準備在上海策劃地下工人武裝和偽軍進行起義接應蘇北的新四軍接管上海。而重慶則連發兩道命令，要求八路軍、新四軍原地待命。八月十四日，蔣介石致電毛澤東，邀請他赴重慶進行談判。此後又連發兩電，並公開電文：“茲已準備飛機迎迓，特再馳電速駕！”把和平建國的皮球踢給了延安。

八月十七日，戴老闆從浙西的前進指揮所發來了給主要心腹們的密電：“據今日上午重慶廣播委座已電促毛澤東來渝共商國是，據爾等觀察，毛能來渝否？又奸匪大吹大擂，其大軍已前進東北，與俄軍配合解放朝鮮；此事是否延安與莫斯科有默契？或奸匪自壯聲勢？詳加研實，迅即電示也。對本局應加入懲處漢奸之問題，弟已有銑未電呈委座矣。”

鄧葆光想不出有什麼理由在八年抗戰之後不去全力以赴和平建國，卻要重開內戰，難道仗還沒有打夠嗎？“這就好了，毛先生來渝只要能坐下來談，就必定談成功。大勢所趨，人心所向……”

秦豐川搖搖頭：“你老兄還這麼天真。我們這位委員長哪裏真心想談啊……”

鄧葆光看了下手錶：“老秦，沒時間再跟你爭論了，我馬上就得走。老闆來電報，讓我跟王一心、尚望三個人立即去淳安。”

“噢，看樣子要叫你們三個進上海？”秦豐川十分敏感地說。

“我也是這麼估計的。這是一個千載難逢的好機會。看來，我們那個‘東方’計劃很快就可以付諸實施了。老秦，是時候了！國共和談，和平建國的日子來臨了，那些打手們該靠邊站，輪到我們出來幹點事業了！”鄧葆光起身，朝秦豐川伸手告別，“等著我的好消息吧！”

秦豐川握住他的手：“但願如此……”

白市驛機場。

中美合作所的“霸王號”專機像一隻大鳥靜靜停在跑道上。

清晨的空氣新鮮而涼爽。鄧葆光不想跟著王一心、尚望他們去休息室，獨自走到草坪上，深深吸了口氣，拉開架勢，緩緩地打起太極拳來。這一手是跟楊氏太極拳末代正宗傳人楊振武學的，那還是二十年前在上海當小會計時的事。

正打著太極，一輛小汽車駛進了停機坪。從車裏鑽出一個高鼻子美國人和一個矮胖子。那高鼻子是中美合作所美方主任梅樂斯，矮胖子是中美合作所軍統方面的主任秘書潘其武。潘是來給梅樂斯送行的。時下有兩千多名美國軍人在合作所工作，有軍事、情報、心理、氣象、行動、交通、經理、醫務、總務、工程組，在中國建有一百五十六個氣象站，掌握內陸、東南亞及太平洋部分地區的氣象資料。十幾部電台直接和美國海軍勾連，包括美國海軍的三藩市、珍珠港、關島基地，負責破譯日軍無線電密碼。去年，合作所提供的重要軍事情報，為美軍在萊特灣大海戰中擊沉百艘日軍戰艦立下了大功。

“秀才！秀才！”潘其武大聲嚷嚷著朝鄧葆光走去。“你真是一員福將！”

鄧葆光最討厭人家在打拳時打擾他，尤其是這個矮胖子。他只得緩緩收勢落架。

“這趟美差，老闆存心挑中你，你是老闆的紅人寵兒嘛！”潘其武毫不掩飾自己的嫉妒。

“什麼任務還不曉得！”鄧葆光冷淡地說。

“別給我打馬虎眼了！這不是明擺著的嘛，進上海，第一個進大上海，接收！”潘其武酸不溜秋地說，“到時候財大氣粗了，可別忘了兄弟！好歹還在一個屋裏住過幾年吶！”

剛撤退到重慶那幾年，日軍飛機經常轟炸，軍統本部一些處室搬到繅絲廠辦事處辦公。鄧葆光同潘其武、何芝園、王一心幾個，同住一間大房子，過軍事化的集體生活。潘其武心狠手辣，膽子卻小得出奇。夜裏起來撒尿，不敢出門，拉開一條門縫就朝外尿，弄得門口一片腥臊臭。鄧葆光沒少罵他，他卻說：“我不怕人，就怕鬼。”時間長了，發現此人雖然長得粗眉大眼，卻善於婦姑勃谿、嘰嘰歪歪，到處嚼舌根，尤其是得知他中傷推薦秦豐川這件事後，鄧葆光對於這位“摩擦專家”更是敬鬼神而遠之了。

潘其武還在一旁說些蘸了酸醋的恭維話，鄧葆光不屑搭理，徑直走向梅樂斯。與梅樂斯心照不宣地握手道好後，鄧葆光便先上了飛機。

兩年前，梅樂斯曾秘密安排專門的工匠，製作汪偽政府的中儲券印刷模版，由軍統局組成的特別秘密小組印製假鈔後，通過鄧葆光安排的不同渠道擾亂淪陷區經濟。鄧葆光和梅樂斯對此特別行動都諱莫如深。

潘其武看著鄧葆光的背影，惱恨地哼了一聲。

“霸王號”開始滑行，逐漸加速，然後騰空而起，向東南方向飛去……

二

古廟餞行宴

富春江，如雲似霧……

大道奇軍用十輪卡，在崎嶇的山路上驚心動魄地蹦跳顛簸了整整一天。這種在第一次世界大戰時就名揚歐洲戰場的載重卡車，車頭上的大公羊象徵著道路之王。鄧葆光雖然坐在駕駛室中，也感到骨頭架子顛散了。

太陽早已隱沒在大山背後，山谷漸漸昏暗。還有多遠？天黑之前能趕到嗎？

大道奇聲嘶力竭地轟鳴著、咆哮著，爬上一道坡，拐過一處山岬，坡下是一彎清江，一座小鎮。

“快到了。”歪戴著黃軍帽的司機說。

這就是淳安？重重疊疊的青瓦黑脊，高高低低的白牆粉壁，縷縷裊裊的炊煙，一派江南小鎮靜謐而安詳的氣氛，找不到半點戰爭的痕跡。這就是早已聽聞的“陰陽”界口？

在很長一段時間裏，鄧葆光常常關注著這個遙遠的浙西小鎮。因為這兒是通向上海淪陷區的一個秘密窗口，演出著由鄧葆光一手導演的秘密經濟戰的離奇戲劇。

太平洋戰爭爆發後，上海租界被日軍佔領，接著香港淪陷，滇緬公路被切斷，重慶大後方物資來源幾近斷絕。日軍和汪偽政府頒佈政令，將軍事管制物資的範圍擴大到民生必需品，晝夜設卡檢查來往貨物，實施經濟封鎖。國民政府的對敵經濟作戰委員會對此頗傷腦筋。一次常委會上，經濟部一司長又提出這一議題：戰時物資供應異常緊張，內遷工廠因缺乏原料無法開工，軍隊急需的棉布、桐油十分匱乏。

“這些緊張物資，我可以代買。”鄧葆光胸有成竹地說，“不過，要先付款，一個月後提貨。”

“你有什麼法術？”四聯總處秘書長劉攻芸懷疑地問。四聯總處是國民政府控制全國金融的機構。全稱是“中央銀行、中國銀行、交通銀行、中國農民銀行聯合總辦事處”。蔣介石親自任理事會主席，使四聯總處成為抗戰時期金融最高管理機關。

“你們是金融機關當然沒辦法，我們是軍事機關，可以到敵佔區去偷，去搶，去走私，還可以通過各種渠道做買賣。”鄧葆光笑眯眯地說。

劉攻芸，這位倫敦大學經濟學、哲學的雙博士正為有錢買不到東西而發愁，於是當場拍板。

鄧葆光不是開空頭支票，他的一個搶奪敵佔區戰時物資的計劃已開始實施。

一九四二年初，鄧葆光就根據軍統經濟室在各地的秘密情報員所收集的情報，繪製了一幅足有半面牆大的“全國物資簡明圖表”，一目了然地標明了上海、武漢、天津、鄭州、太原等淪陷區各大城市物資庫存情況，特別是糧、棉、麻的產地和運輸路線節點。與此同時，他還擬訂了一個具體方案，即用內地的豬鬃，以及鋅、銻等礦產，甚至鴉片，通過秘密走私渠道，從敵佔區搶奪或換取大批戰略物資。

戴笠見了，大為欣賞，立即呈報蔣委員長。蔣介石很快特准了這一走私計劃，取名“朔日計劃”。於是，一家民營企業“通濟公司”的招牌出現在重慶街頭。“通濟公司”的董事長是大名鼎鼎的上海幫會首領杜月笙，表面上看來是杜月笙同中國銀行、交通銀行合辦的，實際上是軍統和杜月笙兩家聯營，那兩家銀行不過出點錢而已。“通濟公司”一成立，便在浙江淳安和安徽界首這兩個“陰陽”交界口設了辦事處。通過軍統控制的忠義救國軍等地方武裝，搶、換、偷運各種軍需物資。

與此同時，杜月笙留在淪陷區的大管家徐采丞，在上海開辦了一個“民華公司”。他以榮豐紗廠總經理的身份，通過一個交際花結識了日本內閣駐滬特務機關的阪田大佐，又經阪田大佐介紹，結交了“松”機關的阪本大佐。日軍各系統在華特務機構，分別以“松”“梅”“竹”為代號。“松”機關以誘降重慶蔣介石人員為任務，“梅”機關以控制南京汪偽政權為目標，“竹”機關則以華北漢奸政權為監督對象。徐采丞利用“松”“梅”兩大特務機關的矛盾，同“松”機關頭目阪本大佐達成了默契。鄧葆光也順理成章地進入國民政府對敵經濟作戰委員會當了專職常委和秘書長，統籌對敵經濟戰。

此後，“民華公司”的大批棉紗布匹，堂而皇之地通過封鎖線，源源不斷地運往淳安、界首，由“通濟公司”辦事處出面接收，交軍統運輸大隊運往重慶。而內地“土特產”也通過這一渠道流向上海，經“民華公司”之手出現在黑市市場。當然，其中不少孝敬了“松”機關。這種“走私”生意一直做到戰爭結束，彼此心照不宣。敵對交戰國雙方特務機關如此默契地交流戰爭物資，在世界戰爭史和諜報史上恐怕可算一大奇觀。

一條彎彎曲曲的青石板小街從江邊伸向鎮內，一家挨一家的酒肆、茶館、雜貨店、貨棧、旅舍在暮色之中給人以雜亂而熱鬧的印象。

這就是淳安，在地圖和文件上無數次看到的浙西小鎮。鄧葆光不禁感慨萬千，八年了。

在小鎮古廟裏焦心等待的戴笠使勁擤了下鼻涕，弄髒了一塊潔白的大手帕。他一天不知要換幾塊手帕，而且是特大號的。他感到惱火。他自信自己是無所不能的。過人的精力，不折不撓的頑強，聰明得近乎狡詐的腦袋，為了達到目的不惜一切手段，甚至雞鳴狗盜勾當的決心，足以碾碎所有擋路的障礙，唯獨對自己這個時常過敏的鼻子束手無策。而淳安這個依山傍水的深山小鎮，八月的夏夜竟如此涼爽，使這位連小鬼都感到害怕的特務首腦傷了風，鼻涕越發令人惱怒地流個沒完。這個不爭氣的鼻子是戴老闆唯一的遺憾。

他已到了發福的年齡，中等身材因為開始發胖而顯得壯實有力。輪廓分明的長臉，濃眉大眼，目光炯炯，一身整整齊齊的黃卡其中山裝，給人以幹練果斷，以及掌握生殺予奪大權的人所常有的威勢和神秘感。

戴笠又擤了下鼻子，從一張舊八仙桌旁站起，焦躁地來回走動。這兒是一座廢棄古廟的大殿，即便在白晝也顯得昏暗而森然。朽蝕的樑柱上佈滿蛛網、積塵和鳥糞，兩廂側立的十八羅漢斷臂少腿，斑斑駁駁。透過歪斜的窗欞，可以看見庭院中榛莽叢生，一派荒蕪。

戴笠又看了看手錶。他在急躁地等待三員大將的到來。

早在二十多天前，他帶著一百多名隨員警衛和十幾輛大小汽車，冒著烈日酷暑，風塵僕僕地趕到浙西山區這個小鎮，只是為了一個目的，一旦得到日本投降的消息，就搶在所有的人前面進入上海。這個在上海流浪過的浙江江山人，深知十里洋場舉足輕重的地位。上海的經濟比重佔到全中國經濟的三分之一。只要將上海搶到手，東南半壁河山便是軍統的天下。只有憨大才不去利用抗戰勝利這一千載難逢的機會，來狠狠擴充自己的地盤。一年前，他和汪偽政權的實力派周佛海做了一筆交易，讓他設法保釋了被日軍逮捕的三十九位曾潛伏在江浙一帶和上海的抗日國軍高級將領。他的老大哥陸軍中將蔣伯誠排名首位。一九四五年八月十八日，日軍宣佈投降的第八天，蔣介石就任命已經身患重病的蔣伯誠在上海掛出“軍事委員會委員長駐滬代表公署”的牌子，負責安定社會，指導處理一切。

對於這著搶先棋，戴笠很有點得意。誰也沒估計到不可一世的日本皇軍竟這麼快就舉手繳械，連最高統帥都感到意外。只有他——戴笠，早已心中有數，並且悄悄地為搶奪勝利果實作了周密的準備。

還在一九四五年年初，經濟室那位斯文的眼鏡書生，就面交了一份叫他瞪出眼珠的情報分析報告——日本人沒多少時間可以支撐了！戴笠懷疑這個書呆子是在發高燒。然而，報告所列舉的數據是明白無疑的，這是鄧葆光從他的秘密經濟情報網和公開的報刊雜誌上收集得來，並經過分析和篩選的戰略情報：（一）一九四四年日本商船總噸位幾乎損失一半，從一九四三年的五百二十三萬噸減少到二百八十四萬噸；（二）一九四四年日本從國外購買四百五十萬噸原油，只有一百零六萬噸運抵本土，大批貨輪在太平洋被美軍擊沉；（三）一九四四年日本工業指數，從一九四一年的一千六百九十下降到八百六十一，農業指數從一千零六十九下降到八百二十四；（四）一九四四年日本主食價格上漲三十二倍，成年人每天只能得到三百三十克糧食。結合盟軍塞班島戰役取勝，美軍完全控制太平洋制海制空權，B-29 轟炸機已能轟炸日本本土的戰局，鄧葆光極有把握地作出一個令人吃驚的結論：雖然日本陸軍的主力尚未受到重創，但日本經濟已瀕臨崩潰，日軍無法支撐到一九四五年年底。這位操一口難懂的湖北方言的經濟學家認為，戰爭取決於經濟。戰爭的爆發、進展以及結局，從根本上講均受制於經濟因素。

日本自身的經濟戰略物資有限，掠奪戰略物資以戰養戰，就必須加大經濟情報的搜集力度，向戰時經濟轉變。在侵華戰爭前的二十年代末，日本已經形成了軍、政、民的三層次情報結構體系。既有陸軍參謀本部的軍工部、海軍軍會部，又有駐華的各特務機關、日本憲兵隊特高課、外務省官房內的調查部、駐外使領館，還有滿鐵調查部等民間大機構。

鄧葆光這個書呆子，在日本學習研修的是經濟學中的“偏門”——經濟信息分析。他在每週的週報中都孜孜不倦地向他的老闆暗示著這樣一種信息：除了政治、軍事、外交情報外，經濟情報在情報綜合研判中的地位正在不斷上升。於是，就有了軍統經濟室每週直送蔣介石閱的《各地經濟行情》。

鄧葆光就是在這種背景下成了研究分析日本軍事經濟實力變化的極少數中國專家之一。

戴笠把這份極為重要的戰略情報鎖進了抽屜。這倒不是對委員長隱瞞不報。伴君如伴虎，深知老頭子為人的戴笠，對於奏章、上本一向是慎之又慎的。每次去見老頭子，他身上總帶著兩份報告。遇上老先生高興，便送上左手報告；碰到老先生煩悶，則遞奉右手報告。但鄧葆光這份報告未免過於聳人聽聞，一直在為一敗再敗的戰局傷透腦筋的蔣委員長，無論情緒高低都毫無疑問要大罵他戴笠胡說八道。因此戴老闆一看到報告便決定秘而不宣，以免惹是生非，但暗地裏卻沒有袖手以待。這就是這位軍統老闆親臨前線，早早趕到淳安這個抵近上海周邊浙西大山中的江邊小鎮的緣由。

然而，他疏忽了龜縮在山城的死對頭。掌管國民黨黨務的陳果夫出乎意料地抄了一條捷徑，趁戴笠遠在千里之外的大山中，拚命在蔣委員長身旁活動，甚至請來戴季陶這尊菩薩，上山保薦錢大鈞和宣鐵吾任上海市長和警察局局長。礙於國民黨"精神領袖"戴季陶的面子，委員長同意了任命。當重慶羅家灣軍統本部的總台以密碼傳來這一消息時，戴笠才發覺自己走得雖早，卻慢了一著。

戴笠連夜飛回重慶，一口氣跑到老頭子面前，呈上一份報告：（一）抗戰期間全國的漢奸名單和我方地下工作人員名單，大部分掌握在軍統手中，因而肅奸權應歸軍統；（二）鑒於上述理由，漢奸財產的清查工作應由軍統協助政府進行；（三）建議任命湯恩伯為淞滬警備司令。這頭一條是名正言順，第二條是順理成章，第三條則是投其所好——湯恩伯是委員長的嫡系。老頭子本來就對戴笠有點偏心，現在雨農拿出了擺得到台面上的理由，豈有不欽准之理？戴老闆雖然慢了一步，卻高出一招。CC 派不過搶到上海一塊肥肉，戴笠卻來了個釜底抽薪，伸出長手將全國肅奸大權統統攬到了自己懷裏，並且抬出湯恩伯去壓宣鐵吾，順手回敬了陳果夫一巴掌。難怪陳果夫一邊咳嗽一邊大罵："戴笠這小子欺人太甚！"

戴笠向來講究實效。肅奸權不過是老頭子賜給他的一支令箭，只有搶在陳果夫他們前面進入上海，這支令箭才能起作用。來淳安時帶上軍統人事處處長龔仙舫，就是為了調兵遣將。

戴笠已報請委員長任命周佛海為國民黨軍委會上海行動總隊總隊長，穩住這個大漢奸，控制住京滬地區的二十萬偽軍；同時又電令一直潛伏在上海負責同周佛海聯絡的軍統特務程克祥為行動總隊參謀長兼軍法處處長，對周佛海實施督控。電令是這樣的："凡吾在京滬工作之同志，均應竭誠贊助京滬負責治安之當局，力求各方力量之集中，以確保京滬兩地之治安。協力同心，共濟時艱，不爭權，不爭功，明大義，識大體，不乘人之危，不逼人太甚，務求各方協調，免為奸匪及反動分子所乘，是為至要。"發電令的前一天，他又密令化名陳思雲的毛森立即指揮汪偽七十六號特工機關的實控人萬里浪穩住所有特工人員，以免落入他人之手。同時急電重慶，密召王一心、鄧葆光、尚望三員大將，讓他們組成先遣組，隨同杜月笙火速進滬。尚望的任務是負責整頓長江下游淪陷區六萬多名的忠義救國軍，這幫子由特工、流氓加土匪組成的部隊若不趕快套上繮繩，讓他們統統跑進大上海殺人放火搶東西，老頭子非砍了他戴笠的腦袋不可。這些年，軍統在上海的潛伏組織有被捕的，有被殺的，有叛變的，弄得一塌糊塗，這方面就交給王一心去甄別清理。至於鄧葆光，則讓他肩負一個極為重要的使命：先摸一下上海經濟界的底，然後迅速接收。軍統的經費在國府行政院預算會議上一向打不出公開招牌，這次指望鄧葆光能給軍統大撈一票。

戴笠又擤了擤鼻子，見天色已晚，更坐不住了。他本來想親自踏入上海大門，但分不開身。八月二十八日毛澤東將飛抵重慶，國共和談即將開始，他必須立即趕回重慶佈置監視。在對待延安方面，他從來不敢馬虎。然而，急電發出已經三十九個小時，仍不見三員大將的影子。他又看了下手錶，傍晚六點半。明天一早，杜月笙就要出發。這三個人今晚若不趕到，一定軍法處置，非辦了這三個王八蛋不可。

戴老闆正在發狠，廟門外傳來了大道奇十輪卡的喇叭聲。

大殿中樑懸掛起明晃晃的汽油燈，燈下幾張舊八仙桌上已擺好酒席。

“請杜先生！”戴笠吩咐。

杜月笙從後院踱了出來。這位被稱作“海上聞人”的上海黑社會頭子，看起來倒也斯斯文文，不像張牙舞爪之徒。瘦瘦高高的個子，齊齊整整的小平頭，一身黑色格子紡短衫長褲，顯得清癯而利落。尤其是凸起的顴骨之上，那雙滴溜溜的小眼，閃爍著精明、機警、狡黠的目光，給人以深刻的印象。

一進大殿，杜月笙就操一口浦東官話拱手道：“諸位，杜某人有禮了！尚參謀長、王主任，久違了！噢，葆光，你也來了！”

“月哥！”

戴笠同杜月笙初識於十八年前的民國十六年四月，即一九二七年四月的一天。那時他只是北伐軍中唯一一支騎兵營的國民黨支部執行委員。因為在清黨前，他主動偵緝了騎兵營的二十幾名共產黨員，被蔣介石侍從室的情報副官相中，介紹給了當時的上海警察局局長楊虎。楊虎是國民黨元老級人物，在討伐袁世凱時聲名鵲起，在“清黨”中又屢建大功。他對當時年僅三十一歲，主動自費替蔣校長跑情報的黃埔軍校六期生一見如故，便引薦給了杜月笙。三人又惺惺相惜，義結金蘭。第二年便都鴻運當頭。楊虎升任上海警備司令，杜月笙也被封為國民政府軍事委員會少將參議，戴笠則晉升到總司令部聯絡組正式成為蔣介石侍從室有編制、領薪水的情報人員。杜月笙年長戴笠八歲，因此後者稱前者為“月哥”。

“今天給月哥餞行，在座的本局同志都是月哥認識的，請他們作陪。”

“雨農，儂不要客氣。大家都是老朋友。”杜月笙笑道。

“來，乾一杯！”戴笠舉起斟滿紹興黃酒的酒杯，“祝月哥一路順風，榮歸故里！”

“好好，借儂雨農一句吉言！”杜月笙也高興地舉起酒杯。

乾杯落座後，戴笠又對杜月笙說：“這三位同志要跟月哥一道去上海，請月哥多多照應。”

“當然，當然，自家人，閒話一句。”杜月笙說，“我已經佈置好了，明天一早我們先乘木船到富陽，然後用小火輪拖到杭州，再從杭州坐火車回去。一路上各個碼頭，都有自家門裏弟兄護送，不會出問題的。”

“杜先生，上海情況怎麼樣？”鄧葆光插話問，“聽說有點亂，有人已經在搶漢奸財產了？”

“這個嘛，肯定有人想乘機撈一票的。邵式軍、盛文頤這些人，袋袋裏鈔票木佬佬，總歸會得有小癟三眼熱的。別的不講，邵式軍女人手上一隻鑽戒，就有二十克拉吶！”杜月笙對上海的情況似乎很有底，特別是對汪偽政府的稅務署署長邵式軍的一舉一動更是瞭若指掌。

汪偽時期的上海，有兩個路人皆知的大富翁。一個是管稅收的邵式軍，另一個是管大煙和鹽運的盛文頤。杜月笙繼續說道，邵式軍家裏還有一位財神菩薩叫陳翠娥，原來是北平青樓名妓，她和邵式軍的丈人老頭生過一個女兒，後來又當了大總統徐世昌弟弟徐世章的五姨太。大概是民國四十年（一九二九年），徐大總統過世分遺產，她拿了一大筆財產逃到上海就一直住在邵式軍家。“海上聞人”一直在跟蹤邵家的一舉一動。財富誘人，樹大招風。

戴笠轉過頭，對鄧葆光他們吩咐道：“你們三個到上海後，要多向杜先生討教。剛才講的邵式軍除了是汪偽的錢袋子，他還有資助奸匪的舉動。你們要多聽聽杜先生的！”

“都是老朋友，雨農，你就不要講這種話了。”杜月笙咧開嘴笑著說，“你們三位到上海之後，就住在杜美路七十號我的房子裏。這幢花園洋房還可以，蠻寬敞的，雨農，就算我送給你了。”

“月哥，你的盛情兄弟領了。”戴笠拱拱手說，“這樣吧，多少折點金條給月哥？”

杜月笙擺擺手：“自家人，你雨農就不用客氣了。一幢房子還是拿得出的。我這個人其他沒啥本事，只有一條，看重朋友。回到上海，我也要靠各位老朋友捧場吶！”

戴笠指令尚望，一周之內趕製出五百套軍裝，配五百支左輪手槍。一到上海，立刻召集潛伏人員全部換裝統一配槍。他問尚望，軍委會發給被策反人員的“委任狀”都帶來了嗎？尚望答，帶來了，裝在三個公文箱裏。杜說，先穩住他們賣力接收。

戴笠同杜月笙相視大笑。

風景如畫的富春江上，三艘大木船順流而下。

鄧葆光站在船頭上眺望。江流清徹如碧，遠山黛影重疊，江面飄蕩著一團團水氣，如煙似霧……他只覺得心曠神怡，不禁輕聲吟誦起杜甫的名詩《聞官軍收河南河北》：

劍外忽傳收薊北，初聞涕淚滿衣裳。
卻看妻子愁何在，漫卷詩書喜欲狂。
白日放歌須縱酒，青春作伴好還鄉。
即從巴峽穿巫峽，便下襄陽向洛陽。

吟罷，鄧葆光感慨萬千。二十年前，當他還只是上海紗布交易所十七號經紀人古槐青手下的一名小賬房時，何曾想到日後能夠扛著少將的牌子肩負重大使命返回上海灘？八年抗戰，在重慶焚膏繼晷、埋頭苦幹的日日夜夜，又何嘗不是為了勝利的這一天？

他是黃安鄧家屯人，父親是當地頗有聲望的窮秀才，與中共創始人之一的董必武相交甚深。十五歲那年，鄧葆光離開家鄉去武昌，進董必武、張國恩、劉樹人等教育界名流創辦的私立武漢中學讀書。學校收費低廉，學生多為貧寒子弟。畢業後因迫於生計，到父親友人所開的一家棉花貨棧當小夥計。上海在一九二〇年就開設了證券物品交易所，交易棉花、布匹、金銀、糧食、油類、皮毛等大宗商品，和棉花貨棧有著長期的期貨和實物對沖交易的合作。於是，友人介紹他去上海，在棉花交易所十七號經紀人古槐青那兒當小賬房。過了幾年，在一次偶然的機會中，他結識了一位年輕的德國土木工程師，又進而戀上了他的妹妹尼娜。婚後，他便隨德籍岳父一家前往日本，去東京中央大學自費旁聽經濟學，並開始研究日本經濟。"七七"事變後，他帶著妻兒回國，懷裏揣著一封推薦書。這是中國駐日使館副武官胡屏章寫的，妻子尼娜曾在他家當過鋼琴家庭教師。推薦書的牛皮信封上寫著"南京雞鵝巷五十三號戴雨農先生台鑒"。那時，急於尋找職業養家糊口的窮書生還不知道這位戴先生是何許人物，更不會想到這個下里巴人的巷名地址竟是一個情報特務機關，否則他鄧葆光這一生很可能是另一種截然不同的色彩，今天或許是一位久享盛名的經濟學權威，或者是一名大洋行來的買辦。然而，當他跨進那道門檻被帶去宣誓，因神秘而嚴峻的氣氛感到不寒而慄時，他已經無法左右自己的命運了。

鄧葆光長長地嘆了一口氣，敞開灰布咔嘰中山裝，任江風吹拂胸襟。前面峰回水轉，從黛崖上透來一縷斜暉，將團團輕霧染上一抹胭脂紅。他想起一九三八年的夏天，在溯江而上的輪船上，不也見過這樣被陽光染紅了的江霧麼？

他不會忘記那個動盪的夏天。南京陷落前，他隨機關撤往武漢。那天，他去拜訪父親的老友、著名的大律師張國恩先生。張國恩與董必武過從甚密，一九一七年春，董必武曾在武昌和他合辦過律師事務所，以此為掩護，從事革命活動。見到鄧葆光，張國恩便告訴鄧葆光，董必武已聘請自己為共產黨的《新華日報》常務法律顧問，董必武現在也正在武漢，問鄧是否想去見見董必武。次日清晨，張國恩便帶鄧葆光來到漢口中共代表團駐地。

董必武和鄭位三工作了一個通宵，凌晨才躺下。辦事處十分簡陋，辦公室只有一張床，鄭位三自然讓給年逾半百的長輩，自己睡門板。見客人來到，鄭位三趕緊收起門板，將張國恩和鄧葆光讓進屋。鄧葆光自然不會想到，正在收拾門板的這位樸實而謙遜的漢子，竟是共產黨的一員虎將。八年後的一九四六年六月，鄭位三將同另一位黃安老鄉李先念將軍一起率部突破蔣介石三十萬大軍的合擊，成功地指揮了著名的“中原突圍”。鄧葆光更不會想到日後，他認識的並視為好友的另一位叫楊顯東的湖北老鄉，前一天晚上和董必武密談了四個小時後才離開。也是在八年後，楊顯東捨身取義為李先念、鄭位三指揮的五萬中共軍隊在接近斷糧的關頭，運去了一千噸美國進口麵粉和大批醫療物資。當然，這是另一段驚心動魄的歷史故事了。

一進門，鄧葆光就鞠了個躬，尊敬地喊了一聲："董老師！"

張國恩在一旁介紹："你還認識不？鄧葆光，就是鄧海珊的那個獨生子。"

老鄉見老鄉，眼裏總放光。"我知道，我知道。"董必武親熱地拉著老友兒子的手在床沿上坐下。

董必武見到鄧葆光是很高興的。他同鄧葆光的父親不是泛泛之交。早在武昌首義時，這位晚清秀才就毅然奔赴武昌投入辛亥革命，後又加入同盟會和中華革命黨。袁世凱稱帝時，董必武在家鄉從事倒袁革命活動，被黃安縣衙門以謀反罪投入死牢。鄧海珊聞訊，冒著被株連的風險出面營救。他到處奔走，邀集四鄉知名士紳聯名擔保，終於將董必武從死監中救了出來。

鄧葆光說："董老師您還記得不，在武漢中學您還教過我們國文。我是第六班的，班主任是陳潭秋老師。"鄧葆光肯定還不知道，陳潭秋和董必武都是中共第一次代表大會的正式代表。陳潭秋還擔任過中共武漢地區的最高領導，彼時正在莫斯科的共產國際工作。而董必武除了是中共一大正式代表外還是中共情報系統的創始人之一。

"記得，記得。那時候你剛從老家出來，還是個初出茅廬的毛頭小夥子呢。”董必武笑著說，“你父親現在可好？我們多年不見了。”

“家父今年春上去世了。”鄧葆光說。

“噢？”董必武感到很意外，神情變得沉重起來。他從床沿站起，凝視著窗外，深沉地自言自語：“他是一個很正直的人，很有學問，可惜沒能再見他一面。”

沉默片刻，董必武又關切地問起鄧葆光的近況。

張國恩介紹道：“葆光從日本留學回國後，被介紹到戴笠系統，在搞經濟方面的工作。”

董必武長長地“噢”了一聲，關心地詢問鄧葆光的工作情況。談了一會兒，進來幾個人，像是要找董必武談事，鄧葆光便和張國恩一起告辭。

董必武將他們送到門口，拉著鄧葆光的手，神情嚴肅而語重心長地說：

“葆光，你是我老朋友的兒子，又是我的學生，所以，我要送你一句話：專心抗日，不做壞事。你還年輕，路還長得很，要好自為之。”

“老師的囑咐，我記下了。”鄧葆光使勁點了點頭。但他無論如何也想不到，十二年後，這位老師在北京就任了新中國的政務院副總理、最高法院院長，官至共和國國家代主席。也是這位老師在他突遇險境的人生危難之時，給他迷航之際提供了一個備降的機場，使他在經歷九死一生後安全著陸。這些都是後話。

短暫的會面連同一九三八年動盪的夏日，不知為什麼竟深深刻在鄧葆光的記憶中。在此後漫長的戰爭歲月中，他常常想起“專心抗日，不做壞事”這句平平常常的話。此刻，他站在沿富春江而下的船頭，遙望著崖影嵐埡，又彷彿看見老師那嚴肅而又深沉的目光……

三

傳奇式的金融巨頭

——

二百兌一

八月底的上海。雷雨。急馳的小汽車在路面濺起兩道扇形水簾。馬路上十分冷落，偶爾才有穿雨衣或打雨傘的行人匆匆而過。雨幕掩遮下的花園洋房，一幢連一幢從車窗外閃過。鄧葆光知道，已經來到上海西區的高級住宅區。

鄧葆光用手抹了抹車窗上的水霧，發現不少緊閉的鐵門上貼著橫七豎八的封條。來到上海的這幾天，到處都能看見諸如此類的封條，什麼"別動隊""地下先遣軍""挺進隊""×× 司令"…… 五花八門，無奇不有。光復了的上海，一夜間就從地下湧出了無數"抗戰英雄"。一個個像紅了眼的強盜，破門而入，將十里洋場弄得個翻箱倒櫃，一塌糊塗。

這天上午，鄧葆光請程克祥領路，察看了幾家日本人和漢奸丟棄的工廠。每爿廠都是一派浩劫的慘景，保險箱被撬，機器零落，儀器破損，玻璃窗和電燈泡打個粉碎。

"土匪！還有沒有國法！"鄧葆光憤憤地說，將責問的目光轉向程克祥。

這位兼任上海行動總隊參謀長、軍法處處長的軍統京滬區區長，對上海的治安是負有責任的。他卻毫不在乎："這算什麼！老鄧，你還不曉得這幾天上海亂成個什麼樣子！吳紹澍一到上海就私自查封了邵式軍的財產，他吳某人有四個頭銜：上海市副市長、國府軍事特派員、政治特派員、上海三青團主任委員，你能對他怎麼樣？”還有九十四軍軍長牟廷芳連夜乘軍用飛機趕到上海搶房子，一口氣封了四幢大洋房。一個高級皮條客，還撮合上海名媛施丹萍陪牟軍長到察哈爾路（現在的新華路）上搶來的大洋房開舞會。牟軍長讓副官交一大串鑰匙給施美人：“你給我當五姨太，這幢房子就是你的了！”施丹萍藉機逃脫了。

上海灘的傳奇就是多。這位險些落入牟軍長虎口的施丹萍，兩年後，嫁給了大漢奸周佛海那個當了中共地下黨的獨生子，演繹了一場諜報驚險劇和淒美的愛情悲劇。這些，是上海灘的另一段歷史。

“怎麼能這樣？”鄧葆光憤怒地說，“戴局長不是交代過了嗎？你們也不管一管？”

“誰管得了？惹不起呀！”程克祥無可奈何地攤攤手，“再說一無接收計劃，二無接收人員，怎麼管？能維持就維持吧！”

不管程克祥怎樣辯解，鄧葆光知道，這位國民黨元老于右任的得意門生、汪偽時期潛伏在汪偽第三號人物周佛海身邊專門負責周和戴老闆聯繫的大紅人自己就搶了不少。鄧葆光已得到密報，軍統六員大將早就偷偷摸進上海，開始大搶特搶了。程克祥、彭壽以軍統京滬區的名義私自查封了大批工廠；毛森以美國戰略情報局出錢組建的軍統東南特別站的名義接管了汪偽七十六號特工總部；劉芳雄打著忠義救國軍調查室的牌子勾結英租界汪偽殘餘特務搶了幾家富商；阮清源扯著忠義救國軍前線指揮部的旗號四處查封；趙祖禧則悄悄奪了對日本海軍的接收權，佔了日本海軍江灣物資倉庫……這幫王八蛋連一份接收報告和清單都拿不出來。就連鄧葆光派在上海的經濟潛伏組的吳伯明，竟然也仗著伯父吳稚暉的腰桿搶了一大批生絲。據重慶透過來的消息，眼前的這位程將軍因策反周佛海、瓦解汪偽政權有功，很快就會被授予寶鼎勳章。

想到這裏，鄧葆光又煩躁起來。來到上海已經三天了，依然理不出一點頭緒。光復後的上海經濟，關鍵問題在哪裏？臨行前戴笠關照過他，到上海後要找兩個姓周的，一個是周佛海，一個是周作民。前一天下午，程克祥陪他拜會了周佛海。這個大漢奸已被蔣委員長任命為上海行動總隊總隊長，手上握有三個師的偽軍、德式裝備的稅警團和警察約十萬之眾。然而他也知道躲在峨眉山上的老蔣只是因為離得太遠，手不夠長，所以才叫自己暫時看管一下上海，防止上海落入中共的新四軍之手，而他自己的前途其實還生死未卜。臉色憔悴、神情沉鬱的周佛海，對於鄧葆光的來訪自然無心多言。這位被日本首相近衛文麿稱為"宰相之才，具備東亞一流政治家素養的"大人物只是忿怨地說："我是中央讓我怎麼做，我就怎麼做的。對時局，戴局長比我看得透，我沒有什麼可說的。"在周佛海那兒一無所獲，這天借了程克祥的車子前往周作民公館，又會怎樣呢？

鄧葆光與周作民雖未見過面，卻早就久仰大名。這位金城銀行董事長，是中國金融史上一位頗有傳奇色彩的銀行家。

周作民出身於蘇北淮安一個貧賤之家，很小的時候就跟著

1945 年周佛海在上海的寓所，現為上海市政府招待所

外出幫傭的母親上了北京。母親一直在北洋政府財政部次長梁士詒家裏當老媽子，他則作梁家少爺的伴讀，也就是當書僮。那位梁公子是個紈絝子弟，讀書不用功。而前往作伴讀的女傭之子卻因貧賤而發奮，學業精良。後來梁公子赴日留學，周作民也以伴讀身份跟隨東渡。學成歸國後，周作民先在南京法政學堂工作，不久即被梁士詒調到身邊。這位財政部次長對自己那位花花公子無可奈何，卻看中了刻苦而有才華的女傭兒子，著力栽培，逐漸提攜。北洋重臣們在天津法租界合資開辦金城銀行時，便讓他去掌管。年輕的周作民兢兢業業，用心經營，很得股東們的歡心，於是大權漸漸集於這位年輕人之手。此後

二十多年中，周作民煞費苦心地周旋於各種政治勢力之間，以其謹慎小心和政治遠見，巧妙而圓滑地渡過了一次又一次驚濤駭浪。

那年，他被馮玉祥手下的人綁票，自己立刻囑人送來四十萬大洋的贖金；蔣總司令的北伐軍進上海，周作民立即送去四十萬大洋保護費。蔣介石說："此人不錯，我會記住他的！"周作民有句名言：利潤必須分撥部分去打磨刺刀。

北洋政府垮台後，精明而有政治頭腦的周作民很快同張群、楊永泰的政學系又掛上了鉤，當上國民黨政府財政委員會委員，保住了金城銀行，逃避了被"四大家族"吃掉的厄運。此後，金城便成為"北四行"的支柱。所謂"北四行"即北方四家實力雄厚的私營銀行——鹽業、金城、中南、大陸。

上海淪陷前，周作民跑到香港。日軍攻港時，重慶派出專機前往接運社會名流，周作民被排在第二批名單中。飛機降在九龍，而他在港島，未及逃出即被日軍捕獲。周作民被押回上海後，汪偽政府幾次請他出山，他總以種種理由婉言推辭。他是聰明人，知道不能得罪日偽當局，雖然不出山當官，卻同大漢奸周佛海拉上關係，以取得庇護。與此同時，他又將金城總行悄悄移到重慶，同戴笠、杜月笙保持秘密聯繫。軍統有一個地下電台，便暗藏在周公館三樓。抗戰中軍統在上海的電台有不少被日本特高科偵破，唯獨藏於周作民府上的這個台一直安然無恙。有一段時間，戴笠全靠這個電台同上海潛伏組織保持聯繫。軍統和杜月笙合辦的通濟公司，也是通過這一渠道同徐采丞聯絡，指揮其從上海淪陷區走私戰爭物資的工作。

就這樣，周作民將金城銀行一直維持到今天。鄧葆光想：“這樣一位八面玲瓏的不倒翁，究竟是個什麼樣的人呢？”

小汽車一馳進樹影婆娑的武康路，眼前便出現盎然的翠綠。這條武康路原來叫福開森路，一九四三年汪精衛到福開森路湖南路口的周佛海家做客，覺得周圍都是別墅，環境頗似浙江武康縣的莫干山別墅避暑區，便金口一開，改了路名。

一百一十九號大門內，朦朧的雨霧中展現出一片極有氣派的大草坪，看樣子足有十來畝地，四周環抱著蒼翠欲滴的香樟、龍柏。草坪上坐落著相近的兩幢奶白色裝飾派藝術風格的大洋房，門前是寬敞的大理石露台，周圍聳立著一根根漢白玉花柱。

1937–1948 年周作民在上海的寓所，現為某政府機關

鄧葆光剛走進富麗堂皇的大客廳，周作民便迎了上來。這位年近六旬的銀行家，身材微福，面目清癯，穿一身做工考究的紳士英國花呢西裝，色澤沉著的領帶繫得整整齊齊，腳下的意大利黑皮鞋款式老派卻質地精緻。與鄧葆光想象的迥然不同，這位善於周旋的不倒翁，身上並無半點商人的油滑氣，相反，舉手投足間頗具從容不迫的政治家風度。鄧葆光先代表戴笠向他表示了問候和感謝。

年輕端莊的女傭送上加冰塊的咖啡，精美的雕花銀製咖啡茶具看樣子也是哪個歐洲國家的產品。周作民做了個"請"的手勢。

戴笠感謝的，不只是設在周作民家的地下電台，還有支援忠義救國軍的八十兩黃金的經費，以及軍統各種名目的貸款。更能讓周作民聊以自得的是，八月十六日，蔣委員長關於日本中國佔領軍總司令岡村寧次大將赴芷江向中國戰區陸軍總司令何應欽將軍投降的密電，以及岡村同意在芷江舉行投降儀式的回覆電報都是通過他家三樓上的秘密電台來往的。但是，面對鄧葆光，他還是謙遜的。周作民微微一笑，擺擺手說："微不足道，微不足道。再說，抗戰人人有責，這些事也是應該的。"

"戴先生讓我登門拜訪，是想向周先生請教一下對上海經濟局勢的高見。周先生是金融界的前輩，一定有很深入的研究。"鄧葆光誠懇地說。面對一潭稀泥的上海經濟，他迫切想聽到鞭辟入裏的見解。

"噢，談不上研究。因為金融業務，不得不對經濟問題時有所思。"周作民用銀匙慢慢攪拌咖啡，沉吟片刻，平靜而穩重地說了起來：“現在抗戰勝利了，國家需要安定，老百姓也盼望安定。而時局的穩定，首先取決於物價。民以食為天，老百姓關心的是吃飯，是油鹽醬柴米。至於政治上的事，老百姓是搞不靈清，也不會去問的。八年抗戰，望中央盼中央，盼望什麼？無非是吃飽肚子不打仗。”

鄧葆光暗暗點頭。來到上海這幾天，他還是第一次聽到這樣清醒而實在的觀點。

周作民呷了一口咖啡，繼續從容地說：“因此，取信於民，安定民心，首要對策是平穩內地和光復區的物價。我以為其中最關鍵的，是重慶法幣與上海中儲券的比價。如果兑換率合理，就能穩住上海市場，繼而影響南京、平津。這樣，全國物價就不大會出現大的起落。”

一語中的！鄧葆光被這位銀行家的透徹目光深深折服。“周先生認為比價應該怎樣計算？”

“一般說來，按基本生活物資的價格指數計算比較合適。不過，在目前，只要抓住‘黃綠白黑’就可以了。”周作民胸有成竹地說。

“黃綠白黑？”鄧葆光不解地問，“請周先生指教。”

“噢，”周作民微微一笑，“這是上海做投機生意的行話，‘黃’是黃金，‘綠’是美鈔，‘白’是棉紗，‘黑’便是煤炭。這四樣是投機的對象，按這四樣的指數計算兑率，投機者便無機可投，市場上也就會平穩了。”

“那就是說，中儲券對法幣應該是五十兑一？”鄧葆光插話道。

“對！對！”周作民十分驚訝，不由得重新打量眼前這位書卷氣很重的軍統大員。“鄧先生真知灼見！想來鄧先生早已有透徹研究。不知鄧先生早年問業於何處？”

“抗戰前在東京中央大學旁聽了兩年。功底淺薄，只是一知半解而已。”鄧葆光謙遜地說。

“鄧先生過謙了。”周作民高興地說，“鄧先生也留過日，這麼說來，我們還是學友囉。”

“不敢，周先生是前輩師長。”

“哪裏！從師不分先後，問道不論長幼。我們是朋友，是朋友。”

他們越談越投機。

以當時的批發物價指數為基準，上海為重慶的五十倍左右。即使放大預估，也不會超過六十倍，也就是說國統區的法幣和淪陷區中儲券的兌換率至多也是一比六十。如果法幣兌中儲券兌換率太高，則會使淪陷區百姓手持的錢財大大貶值，影響生計。

周作民坦率地道出自己的憂慮。自從一九三六年蔣介石政府同美國人簽訂了《中美白銀協定》之後，中國的財政便受控於美元。抗戰中長期擔任財政部部長的山西土財主孔祥熙，只知道假公濟私，中飽私囊，將財政搞得一團糟。法幣貶了又貶，生活指數上漲了數十倍，乃至上百倍。抗戰前一百元法幣能買兩頭水牛，戰後只能從市場提回一條斤把重的白鰱魚。現在，接替土財主的是一個洋買辦。全盤洋化的宋子文能否透徹瞭解中國經濟問題，要打上一個很大的問號；而美國人持何種態度，也難以吃準。如果兩種貨幣的兌換比定得不合理，不僅影響全局，也直接左右金城銀行的命運。周作民懇切地注視著鄧葆光，說："希望鄧先生在這個問題上能施加一點影響。"

"周先生，雖然我沒這個權力，但這是關係國計民生的大事，無論如何也得盡力而為。"

說罷，鄧葆光起身告辭。他急於將這一問題緊急電告戴老闆，並囑經濟室秦豐川，這一週放在蔣委員長辦公桌上的《各地經濟行情》頭條就寫這個內容。

一坐進汽車，鄧葆光就要司機快開。他心急如焚，深知其中利害。抗戰期間，他曾經謀劃過一項對敵經濟作戰的重大行動，這是經蔣委員長親自特准的一場極其機密的特殊戰役。按照鄧葆光的計劃，軍統通過美國海軍情報機構的梅樂斯，從美國秘密購買了最先進的印鈔機和特製印幣紙，又秘密請來偽幣製造專家歐密斯製作汪偽中儲券鈔票範本。然後在嚴格的保密措施下，大量印製汪偽中儲券假幣。軍統局專門成立了一個代號為"蛇魅"的秘密小組領導這項工作。鄧葆光是"蛇魅"小組唯一的秘書，戴笠的表弟張冠夫為會計，專管票面處理。這個小組的存在，在軍統內部只有戴笠和毛人鳳知道。假幣製造所設在重慶洪爐廠附近的小平房裏，中國銀行派來八名製幣工。那兒戒備森嚴，製幣員工等於坐牢，一般特務絕對禁止接近，連賈金楠這樣的高級警衛除了跟隨戴老闆外也不得隨便進出。偽幣製成後，由戴笠的表弟負責一張張弄舊。然後，在中國銀行特派員監督下，裝入印有特種物資標記的箱子裏，由美軍運輸機空運至江西上饒，再從那兒轉入浙江沿海，利用軍統所控制的海匪和走私渠道偷運到上海浦東。最後，通過忠義救國軍收編的張阿萎流氓部隊，成捆成捆地流入上海淪陷區，用來搶購戰略物資，擾亂敵方金融和市場。

這一行動持續了很長時間，汪偽中儲券一發行新鈔，秘密小組立即對其改版。因為保密措施嚴格，軍統內部鮮有人知，外界人士更無從聽聞。這就是那天早上在重慶白市驛機場，鄧葆光見到梅樂斯時，兩人相對一笑默契握手的緣由。

可是，同樣的經濟戰，對手也在秘密進行中。日軍參謀總長、陸軍大臣密令，由陸軍第九科學研究所實施偽造國民政府法幣工作，代號為“杉工作”，由特務機構“杉機關”（通稱“阪田機關”）負責用假幣購買軍需品和民用品，擾亂中國經濟，摧毀抗戰力量。

鄧葆光想，作為一名從事軍事情報工作的經濟專家，在戰爭中千方百計擾亂敵方金融，破壞敵方經濟，從而以特殊手段為贏得戰爭作出貢獻，這是應該的，而且是必須做的。但那是戰爭，現在戰爭結束了，需要的是穩定，穩定的金融，穩定的市場，作為一名經濟專家不能袖手旁觀。他認為，這是完成戴老闆交代的任務中最重要的一條。

一回到京滬區機要處，他就伏案起草了一份長長的電文給戴老闆，陳述了自己和周作民的看法同時轉發給了秦豐川。他守在電報機旁，直到滿頭大汗的報務員敲完最後一組電碼，才長長地呼出一口氣，下樓去休息。

夜已深，窗外依然雨聲淅瀝。他疲憊地躺在籐椅上，隨手打開了收音機。

柔聲媚氣的女播音員正在播送新聞："南京消息，中國受降主官何應欽接見中央社記者……"聽著聽著，突然有幾個數字像驚雷一樣灌進他的耳朵："二百兌一！"鄧葆光猛地坐起，緊張地捕捉收音機中傳來的聲音。沒錯，說得清清楚楚，中儲券兌換法幣，二百元換一元！鄧葆光的腦袋嗡的一聲。有人搶在了他前面。收復區百姓手中持有的貨幣無形中貶值了七成以上，高比價的兌換率將使那些靠薪水養家活口的中下層市民萬劫不復。完了，上海市場完了！

他拔腿向樓上跑去，把已經躺下的報務員從床上拖了起來。他要立即給戴老闆再發一份十萬火急的電報，他要向戴老闆申述利害，央求已經回到重慶的戴老闆無論如何也要運用他的力量和影響，想盡一切辦法挽回這個災難性的錯誤。他懇求戴老闆親自出馬，在委員長面前伏階死諫。

焦灼的電波穿過黑沉沉的雨空，飛向遙遠的山城。

四

老闆失蹤！

——軍統財神的苦惱

鄧葆光焦灼地等待老闆的回覆。

第三天，老闆飛來了。程克祥匆匆跑來說："戴老闆有電報，等會就到。我已經通知王一心，你們都在這兒等著。我去弄一輛好車，聽說老闆很喜歡汽車。你們別走開，等我弄到車一起去機場。"不等鄧葆光問明時間，他就急急地冒雨走了。

軍統京滬區設在泰山路一幢洋樓內，隔壁就是宋慶齡的住宅。泰山路原來叫霞飛路，路名的更改緊隨著城市的易幟和權力的轉移，一九四三年改成了泰山路，一九四五年十月又改成了林森中路。

不一會兒，王一心回來了。他倆在京滬站小樓裏足足等了個把小時，仍不見程克祥的汽車。正擔心誤事，程克祥水濕淋淋地奔了進來，神色慌張地說："老闆的專機已經到了，快走！"

小汽車在雨幕中急速馳向龍華機場。鄧葆光和王一心問程克祥如何知道老闆飛機已到，又為何遲遲才來車？程克祥卻一味支吾。汽車馳進龍華機場，已空無一人，老闆失蹤了！程克祥頓時臉色蒼白。鄧葆光和王一心一再追問，他才不得不抖出真相。

原來這位有點小聰明的程將軍，對鄧葆光和王一心耍了個小小的陰謀。他想甩下這兩個人，獨自去接戴老闆，以便獨佔鰲頭，博得老闆歡心。誰知聰明反被聰明誤。

他冒雨趕到機場時，雨地裏已橫七豎八停滿了幾百輛小汽車，休息廳前的晾簷下亂哄哄地擠滿了人。這些人是來迎接上海市長錢大鈞走馬上任的。戴笠的專機先到，錢大鈞的還在後面。專機停穩後，戴笠的警衛組長何龍新見機場十分混亂，立即警惕起來。他知道局長只通知三個人接機，哪來這許多人？他讓老闆先不下飛機，並迅速在專機周圍佈置了兩道警戒圈。程克祥擠到跟前，何龍新卻不讓靠近。據說程克祥任京滬區區長期間，在上海被日本特高科秘密拘捕過，後經關係疏通打點才被悄悄釋放。他雖仍為軍統效力，但卻與日本特務機構的河邊中佐保持接觸，屬於總部外放內控使用之人。程克祥從未在局本部工作過，警衛組的人又都不認識他。程克祥自我介紹，誰也不信。何龍新說：“通知接機的三個人中，有兩個是從本部來的熟人，何以不來？”警衛組組長還沒碰到過敢不理睬局長接機通知的人，感到事有蹊蹺。程克祥無奈，只得重新趕回站裏請兩位局本部的同志出面接駕。

鄧葆光和王一心顧不得跟這耍小聰明的小子生氣，一起驅車遍上海尋找。在戴笠身邊待過的人，都知道老闆最討厭辦事不牢靠的傢伙。一直轉到傍晚，他們才垂頭喪氣回到辦公室。值班員向程克祥彙報，一位叫劉吉生的先生來過電話，只問你們區長在不在，別的沒說。程克祥猛地想起，劉吉生曾向他吹噓過跟戴老闆有交情，莫非是他接走了。

他們慌忙趕到距離不遠的巨籟達路（今天的巨鹿路）劉吉生的"愛神花園"。這幢建築是建築天才鄔達克於一九三一年為商界奇才劉吉生量身定造的。抗戰前，戴笠就時常在此小住，為此，劉吉生還特意在戴笠居住的次臥房，設了個小樓梯，可以直達主樓第三個隱蔽的小門，能在緊急情況下衝入單獨的輔樓汽車庫，跳上防彈汽車直接駛上巨籟達路，以符合要人警衛標準。

三人急匆匆繞開劉家大花園門口二十多條凶神惡煞的狼

巨鹿路 675 號是當年實業家劉吉生的住宅，現為上海市作家協會

狗，進入豪宅高敞的主廳時，果然見到一臉陰雲的戴老闆。戴笠臭罵了一通程克祥：“這點小事都辦不好，你還能幹什麼？”程克祥戰戰兢兢，渾身冒冷汗。老闆的嚴厲，他是早有所聞的。幸虧今天老闆沒追問下去，大概是沒心思追究這樣的小事。“都到杜美路七十號去，開個會。”

一到杜月笙贈送的杜美路七十號花園大洋房，戴笠顧不上休息，就開始聽取彙報。匯報會直到深夜才結束，他又留下鄧葆光。

“明天上午你到市府參加一個會，成立上海敵產清理委員會，有中統、經濟部、財政部、市黨部、市政府和我們幾家。

杜美路 70 號，當年杜月笙送給軍統局作為上海辦事處的處所，現為東湖賓館

主任委員定了，由錢大鈞兼。我給你爭取了一個位置，當秘書長。這一段時間，你要把精力都放在這件事上。”戴笠用信任期待的目光盯著鄧葆光的眼睛，“葆光，你應該明白我的意思。”

鄧葆光當然明瞭老闆目光中的話。他知道自己在老闆眼中，是“團體”的一尊財神。

一九四三年初，戴笠以緝私總署署長的身份赴昆明視察，破獲中央信託局運輸處處長林世良的走私巨案。這位年輕英俊的處長，既是孔祥熙的親信，又是孔二小姐的情人。他依仗鐵的靠山，有恃無恐，在印度購買外國衣料、絲襪、香煙以及金幣，裝入子彈箱偽裝成軍用彈藥，用美軍運輸機飛越喜馬拉雅山走私入境。戴笠密報蔣介石，得到默許後便連夜開刀。等到孔祥熙聞訊，急呼刀下留人時，孔二小姐的情人已就地正法。自此，孔祥熙便對戴笠懷了殺親之仇。

半年後，國民黨召開五屆十一中全會，孔祥熙挑唆戴笠的死敵陳果夫，糾集一群黨棍，提出彈劾戴笠的提案，控告他兼任緝私署署長期間私斂資金，擴充武裝，破壞軍令統一。蔣介石為了擺平派系爭鬥，以“雨農兼職過多，精力分散”為由，同意讓孔、陳保薦的宣鐵吾取代此職。

戴笠向宣鐵吾辦理移交時，出現了一個大漏洞。軍統機構龐大，開支浩繁，幾年中已挪用財政部二萬兩黃金，賬記在緝私署和戰時貨運局的名下。孔祥熙和陳果夫獲知風聲，大喜過望，立即死死揪住，咄咄逼人地叫嚷查賬。自從蔣介石在三十年代初的復興社中，挑選了戴笠這個黃埔軍校六期的晚輩，直接越過復興社中黃埔一期、二期的老大哥，向蔣介石匯報時，就已經注定讓戴笠四面樹敵了。宣鐵吾正是黃埔一期的。

這一回，戴老闆被死對頭逼到了懸崖上，急出一身冷汗。這二萬兩黃金的虧空，若不能立即補上，早就咬牙切齒的孔祥熙和陳果夫不將他戴某人置於死地，也得狠狠扒下一層皮。而老頭子會不會翻臉不認人，他戴笠也不敢給自己打保票。諸如此類的事，不是沒見過。可立時三刻又上哪兒去找這麼多金條，二萬兩，整整一噸，去偷去搶，也得先準備一輛卡車！幾近絕望的戴老闆完全沒想到，自己手下的一個書呆子，抬了抬眼鏡架，講了幾句話，就輕輕鬆鬆替他解了圍。“葆光，你是搞經濟的，看看有沒有什麼辦法？”

“多少？”

“二萬兩黃金吶！”

“有，有。”

“在哪裏？”

“問劉攻芸拿。”

“他肯給？”

“我們軍統的錢。”

“哪來的？”

鄧葆光平平靜靜地交代這筆巨款的來龍去脈。自從那次對敵經濟作戰委員會常委會上劉攻芸拍板委託軍統採購戰略物資之後，四大銀行、經濟部、花色布管理局幾家給鄧葆光湊了一筆巨款，鄧葆光便通過通濟公司的秘密渠道，先後從日本佔領下的上海搶購了七十萬包棉紗順利運達重慶。當時一包棉紗值一百兩黃金。於是這位身無分文的窮書生替軍統賺來了數萬兩黃金，存劉攻芸處。這筆黃金不僅足以填補戴笠的巨額虧空，而且能支付今後幾年軍統巨大的預算外開支。

戴笠轉危為安，孔祥熙、陳果夫目瞪口呆。老闆自然忘不了這位財神的救駕之功。這就是性子暴躁的戴老闆從未對這位白面書生發過一次脾氣，甚至沒說過一句重話的一個重要原因。

抗戰勝利後，為蔣介石立下汗馬功勞的軍統陷於內外夾攻之中。外有共產黨和民主黨派要求取消特務機構的強烈呼聲，內有二陳、CC 派處處作梗，要想公開增加軍統預算是白日做夢。因此，戴笠只能指望眼前這個文質彬彬的讀書人了。

“明白了，戴先生。”鄧葆光只能這樣回答。他更關心的是中儲券和法幣的比率，見老闆一字未提，便急切地問：“戴先生，我的兩份電報……”

戴笠立即揮揮手打斷他的話：“你的意見，我轉給宋子文了。你就別管了，那不是我們的事，你想管也管不了。你還是集中精力，清理敵產吧！”鄧葆光怔住了。他無法理解戴老闆對這嚴重影響國計民生的大事何以漠不關心？

他太天真，太書呆子氣了。他的戴老闆，他的宋院長，他的委員長，又有誰會真心關注老百姓的飯碗呢？二百兌一，他們金庫中的法幣一秒鐘內增加了四倍財富，而上海老百姓買來的中儲券眨眼間失去了四分之三的價值！只要官僚發財，哪怕民眾傾家蕩產！

鄧葆光默然了。

五

大逮捕

敲竹槓與當保人

董事長的寫字間在金城大樓第六層。寬敞明亮，整潔有序，舒適實用而不事雕飾。務實的周作民不喜歡在這上面擺闊，寫字間就是寫字間。

他坐在寬大的柚木寫字台後面，默然地聽秘書彙報業務情況。自從政府公佈二百兌一的中儲券與法幣的兌換率後，這位慣於在驚濤駭浪中從容行舟的銀行家，也為險惡的局勢蹙緊了眉頭。

這些日子，他的職員們都在大聲罵娘，高聲傳播社會上的民謠：“望中央，盼中央，中央來了一掃光。”他不知道那些棚戶區的三輪車夫、扛大包的苦力、剃頭匠、澡堂擦背工以及賣香煙瓜子的小販，是否會因為多少年含辛茹苦積下的一點可憐巴巴的血汗錢，在一夜之間成了一沓揩屁股的草紙而去跳黃浦江。他的不少逃荒到上海的蘇北同鄉聚擠在那些茅草蘆席搭的陰暗潮濕的滾地龍裏，靠拾菜皮撿煤渣度日。他周作民自從跟隨母親離開家鄉以後，距離這些被上海人視為賤民的蘇北鄉親，已經很遙遠了。不過，這一次他也同他們一樣，被重慶來的“中央”差不多一掃光了。那個蠻不講理的兌率，使得金城銀行在上海的資產轉眼間損失殆盡。只是因為這位董事長的深謀遠慮，才沒有遭到破產倒閉的可悲下場。早在上海淪陷前後，他就將大部分資金轉移到重慶和香港。他為自己"狡兔三窟"的謀略在生死存亡的關頭顯示了作用而感到僥倖。他眼睜睜地看著重慶的大員和投機商，帶著一箱箱一捆捆的法幣，坐飛機、乘輪船、搭卡車，不要命地趕向上海，在一個早晨從窮癟三暴發成大富翁，只能長嘆而無可奈何。二百兌一，簡直就是強盜搶！就是重慶官僚公開搶劫上海百姓的腰包！抗戰勝利所帶來的興奮和希望，像慶祝光復的炮仗一樣，剛升到天空就被炸得粉碎，紛紛揚揚落了下來。

寫字台上的電話鈴響了，是樓下門房打來的，語調急迫而慌亂："董事長，來了一幫人，說是要見董事長。張先生出面接待，也被他們轟走了。攔也攔不住，他們帶著手槍，已經上樓了！"

"是哪裏來的？"周作民鎮靜地問。

"不曉得，他們不肯講……"

正說著，"砰"的一聲，寫字間的門被重重撞開，出現了五六個腰挎手槍的便衣。

周作民從寫字台後面起身，不卑不亢地說："諸位有什麼公事？"

"你就是周作民？"

"是，鄙人周作民。"

"我們奉戴局長命令，傳你問話！"

"不知什麼事情？"

"不曉得，請你跟我們走一趟！"

“請稍候片刻，容我給杜月笙先生打個電話。”周作民從容不迫地抓起電話。

“不行！”為首的一名漢子“叭”地壓住電話。

“既然如此，那就走吧。”

周作民朝秘書看了一眼，在便衣特務的簇擁下走出門去。

秘書站在寫字間門口，目送他們走入電梯。電梯門一關，立即拉上門，給杜公館掛電話。

十分鐘後。杜美路七十號。底樓。鄧葆光身旁的電話鈴響了。電話是杜月笙的管家萬墨林打來的。

“鄧先生，聽講周作民先生出事情了，你曉得嗎？”

“出什麼事了？我不清楚。”

“鄧先生不知道？這就奇怪了。剛剛周先生讓戴局長傳去了。”

“不會的，戴先生正在這兒。”

“噢。”

萬墨林不再多說，掛斷了電話。這位名聲很大，連蔣委員長都為了他坐日本人監牢時的威武不屈而給他頒過慰問金的杜公館大管家，抗戰期間一直留在上海，有勇有謀，對誰是敵人、誰是朋友、誰又敵又友應該是門清的。

鄧葆光感到很納悶。軍統抓漢奸的一多半名單就是來自萬墨林。

九月十一日，駐日盟軍總司令麥克阿瑟將軍宣佈逮捕以東條英機為首的全部日本戰犯。同日，蔣介石政府也開始大批逮捕漢奸。陳公博、周佛海等大漢奸被押往重慶。

然而大逮捕一開始，不少貪贓枉法的特務便乘機大發橫財。該抓的不抓，大把金條塞進腰包後就拍胸脯擔保；不該抓的倒抓了進來，不敲出金條美鈔就栽贓誣陷。毛人鳳的侄子毛森，原任軍統東南特別站站長。此站是為配合美國海軍陸戰隊在中國東南登陸而特設的，勝利後撤銷。戴笠指派毛森前往上海接收汪偽七十六號特工總部。毛森一到，便利用七十六號的漢奸行動大隊大隊長萬里浪，大肆拘捕"漢奸"，謂之用漢奸抓漢奸，然而目標卻是以漢奸之名敲詐上海有錢的大老闆；然後，再將萬里浪當替罪羊幹掉。前幾天上海報紙刊出新新公司和永安公司經理被捕的新聞，而這兩人在抗戰中曾暗中資助過軍統。戴笠將報紙一摔，大罵："這是哪個混蛋幹的？把那幾個發消息的傢伙抓起來槍斃！這樣公開誹謗軍統局不講義氣，誰還敢同我戴雨農打交道？"

鄧葆光懷疑周作民的事也是毛森指使萬里浪幹的。周作民的資金起碼有百萬兩黃金，金城銀行的賬目從來就有明暗兩本賬，而暗賬又分國際部和周作民自己兩本賬。這些情況，鼻子很尖的毛森不會不曉得。然而，他一個毛森竟敢如此膽大包天？蔣委員長不是說會記得他嗎？就這樣記得？

正當鄧葆光準備向戴笠彙報，萬里浪來了。

"鄧先生，周作民已經扣起來了，他的財產怎麼查封，請鄧先生指示。"萬里浪畢恭畢敬地站在敵產清理委員會秘書長面前。

果然是毛森幹的，而且胃口嚇人，不只是敲竹槓，而是想將周作民的百萬兩黃金全部瓜分！鄧葆光憤憤地說："誰讓你們抓周作民？”

“是毛先生，他有一份重慶直接發來的逮捕名單。”萬里浪小心翼翼地回答。

重慶的名單？局本部發來的？可戴老闆正在上海，何以不知？鄧葆光不及細想，對萬里浪說：“你等一下，我去問一下戴先生。”

鄧葆光匆匆跑進戴笠辦公室。

“什麼？豈有此理，又是毛森幹的！”戴笠的惱火不打一處來。“葆光，你趕快給毛森打個電話，就說是我的命令，千萬不能見報，要捅了出去，拿他毛森是問！這種事一見報就難辦了。另外，你替我跑一趟，把周作民接出來，送他回家。”

鄧葆光剛要走，戴笠又說：“等等，如果外頭已經知道了，你就趕快回來，我們研究一下，想個辦法。”

給毛森打完電話，鄧葆光叫上萬里浪，鑽進汽車，直奔海格路。

萬里浪領鄧葆光走進關押周作民的房間，後者正端坐在床沿。一見鄧葆光，周作民就語調平靜地問：“鄧先生，你們打算怎麼分我的財產？”

“對不起，周先生，”鄧葆光誠懇地說：“這事完全是誤會，戴先生一點也不知道。戴先生讓我接周先生回家，要我向周先生再三表示歉意。”

“是啊，是啊，”萬里浪也在一旁附和，“今天上午接到逮捕命令，我也覺得奇怪，怎麼可以抓周先生呢？好在沒什麼損失，周先生海涵！”

周作民這才起身，撣撣西裝，在鄧葆光和萬里浪陪同下離開羈囚之所。一坐進汽車，周作民就說：“先不回家，送我到銀行吧。”

“不回家休息一下？”鄧葆光說。

周作民苦笑：“二百兑一，有幾家能睡得著覺？”

鄧葆光默然了。在周作民面前，他深感愧疚。他沒能爭取到一個哪怕是稍微說得過去的比價。

“這不關你的事，”周作民說，“葆光，你我有心報國，無力回天啊！”

鄧葆光的心變得沉重了。他也要回到南陽路的辦公室去。

剛進辦公室，電話鈴又響了。

“老鄧，我是劉芳雄，哈哈，好久不見了。有沒有空？一起喝杯咖啡去，怎麼樣？”

噢，劉芳雄，這位先於鄧葆光他們從“地下”鑽出來的忠義救國軍的軍統調查室主任兼軍統上海站站長，早已發了一筆橫財。無事不登三寶殿，這位同事不知有何“公幹”？

這位劉芳雄是戴老闆浙江江山的老鄉，有名的行動打手。在香港任職期間，曾指揮暗殺逃到香港的汪偽宣傳部部長林柏生的行動。就是在上個月，他和毛森等人率領了一百多個行動小組手持請柬，分兩批誆騙了二百多名持有武器的漢奸頭目以戴公館請客的名義將他們集中誘捕，是戴老闆手心裏的狠角色，得慎重應對。

“芳雄同志，久違了。你找我，有什麼事嗎？”鄧葆光謹慎地問。

“哎呀老鄧，電話裏不方便。想跟你當面商量一些事情，怎麼樣，賞個光吧？”

鄧葆光無法推辭，只得前往應酬。劉芳雄已在大馬路“麥加利”咖啡館的火車座裏等候。兩人坐下後，劉芳雄便先聊了起來。

“老鄧，老闆跟我打過招呼了，讓我準備弄上海站。王一心還在整頓潛伏組織，完了就交給我。程克祥的京滬區也打算撤銷，本來成立京滬區只是為了控制周佛海的偽軍部隊，現在周佛海的部隊收編了，京滬區也就壽終正寢了。”劉芳雄壓低聲音，故作神秘地說，“聽說戴老闆對程克祥很不順眼。這小子不知天高地厚，戴老闆還在上海，他就擺起威風來了，成天西裝革履、油頭粉面，又帶警衛，又帶隨從，住的是花園大洋房，開的是美國最新式的 42 型別克車，比老闆的順風車還神氣。這還不算，還讓人拍照片登在老《申報》上，全副武裝，擺出一副將軍派頭，上頭還寫著‘京滬治安全仰程將軍’。你曉得的，老闆最看不慣這種喜歡出風頭的人，已經在罵他程克祥‘官僚’了。你想想，這小子的日子會好過嗎？”

鄧葆光知道，劉芳雄說這些，無非是想讓自己知道，戴老闆和劉之間有別人不知道的秘密。開場鑼鼓而已，正戲還在後頭呢。

果然，劉芳雄開口了：“老鄧，你現在是老闆的紅人，逆產接收大權都交給了你。有些事，兄弟我也得請你助一臂之力！”

“芳雄同志這樣說，我確實不敢當。”鄧葆光敷衍道，“芳雄同志的事，只要能幫忙的，理應效勞。”

“是這樣，我有一位朋友，交情不是一天兩天。他早就仰慕你老兄的大名，一直託我引見一下。他有心同老兄交個朋友，當然，不是一般交際應酬，是想交個知心朋友。你看，能不能給兄弟一個面子？”劉芳雄邊說邊觀察鄧葆光的反應。

“芳雄同志的朋友，我怎敢怠慢。不知是哪一位？”鄧葆光說。

“說起來，老鄧你恐怕也知道。許冠群，新亞藥廠的許老闆。”

鄧葆光心頭一驚，是他！這位許老闆可是戴笠明令逮捕的漢奸，清查逆產的名單上新亞藥廠也名列前茅。這家藥廠創建於一九二六年，是最早的製藥民族品牌。日本侵華時期，許冠群是日本控制的商業統制會的理事，為日本人加工製造藥品。在地產、化工、棉紡方面都有投資。你劉芳雄膽子不小哇！鄧葆光沉默不語。

“老鄧，聽說你正準備接收日本東方圖書館，還有‘松’‘梅’機關和日本領事館的一批資料？”

“芳雄同志消息很靈通啊！”

“老鄧你別多心，我劉芳雄不是故意打聽的，只是在戴老闆那兒偶然聽到的。許老闆聽說你鄧先生是讀書人，喜歡書，所以想把他的一大批圖書貢獻給老兄。”

“有些什麼書？”鄧葆光的確想搜集一批圖書，準備搞經濟研究。

“我不很清楚，反正有好幾萬冊，就藏在連署大樓。”

鄧葆光一聽就清楚了。他調查過，連署大樓確有不少圖書，但大多是無聊的武俠書和下流的淫書，用來做買賣倒可以賺一大票，可用來做學問卻一文不值。再說，身為敵產清查工作主持人，他鄧葆光怎能貪贓枉法？

劉芳雄見鄧葆光沉吟不語，以為他已動心，又壓低嗓門說："許老闆手上還有兩幢花園洋房，可以連同那些書一起交給你。當然，是作為朋友的一份禮物，送給你私人的。"

鄧葆光笑笑。"劉芳雄，你找錯人了。我鄧某人經手過的何止這兩幢房子、幾萬冊書？這些年來，明裏暗裏給'團體'搞到的經費是成千上萬兩的黃金，我鄧葆光何曾往自己腰包放過一根？直到現在，家中連一台收音機都沒有！我要貪圖身外之物，早就是百萬富翁了。"

鄧葆光憨勁發作，當場一口拒絕："這位許老闆也真會鑽門路啊！很對不起，這位朋友的情，我實在不敢領。"

"你也知道，老頭子給錢大鈞發了電報，說他從可靠渠道獲悉，軍警憲特的大員們生活奢靡，假公濟私，不擇手段，敲詐勒索，無惡不作……"錢大鈞時任上海特別市市長兼淞滬警備總司令。拉大旗鎮小鬼還是管用的。

劉芳雄的臉色難看了："好吧，鄧秘書長不給面子，我劉芳雄不敢勉強。哈哈……"

劉芳雄一甩手走了。

鄧葆光心情鬱悶地往回走。不該抓的亂抓，該抓的倒出來說情，而這一切都是為了錢。現在外面傳聞很多，某人收了漢奸奉獻的四輛高級小轎車，還將幾房姨太太統統"接收"過來；某人私佔了漢奸財產；某人同女漢奸姘居；甚至說戴老闆也收了什麼人的一隻大銀箱。看來，這一切並非都是謠言。最早進駐上海的憲兵大隊，由清一色高中和大專院校畢業生組成，目的是監督接收活動，可大隊長姜公美和副市長吳紹澍私吞大量豪宅、汽車和物資。上了漢奸逮捕名單的有五百多人。為了保命，他們的錢財大多落入軍統和中統特務人員的私囊。這樣下去怎麼得了！歷代勝利者從艱苦的戰場上踏入繁華的都市後都會很快被財貨迷惑而不能自制。看來，這是歷史鐵律。

那麼，今天的事要不要向戴老闆報告？報告了又有什麼用？鄧葆光想來想去，覺得還是裝啞巴為好。這類叫人頭疼的事，他一向躲得遠遠的。他討厭在別人背後打小報告，但也不願同流合污，潔身自好就是了。

六

大鑽戒之謎

不怕招風的年輕人

接收敵產的工作既瑣碎又累人，經過三個月的努力，鄧葆光已接收了四十幾家工廠、一萬多幢房產。所有這些，都得一一查看估價，登記造冊。雖然手下有不少職員，他仍事必躬親。他當過賬房先生，深知金錢是把利刃，不得不戰戰兢兢。按戴老闆立下的軍統“家規”，貪污五百元以上就得槍決。貴陽郵檢所一個女特務，才貪污四十元錢，還有八個月身孕，戴老闆一句話就把她推出去槍斃了。當然，被用來顯示軍統“團體”廉潔嚴明的犧牲，全是一些沒有背景的下層小特務。但鄧葆光現在處於一個眾人眼紅的肥缺上，稍有差池便會招來嫉妒者們的嚴厲攻訐。他不得不慎之又慎。

根據各方面情報，鄧葆光估計，上海漢奸逆產中有幾萬兩金條，他卻只查收到三千兩。他知道，那幾萬兩黃金，早已在暗地裏的“接收”中，流進了特務和貪官的腰包。他想起在淳安餞行宴上，杜月笙說起的邵式軍老婆那隻二十克拉的大鑽戒。這隻鑽戒不知還在不在？很可能也被什麼人“接收”走了。漢奸眷屬手中的首飾也是一筆巨大的財產，想來也不會剩多少了。雖然遲了，但能替國家追回一些也是好的。

他決定公開查收漢奸首飾。

逆產調查員開始奔走摸底，掌握漢奸眷屬擁有的首飾情況。

十一月，上海地區逆產清查委員會，改組為行政院蘇浙皖區逆產組，鄧葆光以逆產組組長的身份，邀請中央銀行、法院、警察局、敵產局四方官員，商定了查收辦法與程序。

辦法與程序確定後，逆產組向漢奸家眷發出了傳喚單。

查收手續在外灘中央銀行敵產局辦理。被傳喚的漢奸老婆、姨太太們陸陸續續到場，在大廳中依次排隊。有的依然塗脂塗粉，花枝招展，風騷地拋著媚眼，試圖巴結經辦職員，甚至幻想被哪位接收大員看中，從而改換門庭，另棲良枝；有的則布衣葛裙，蓬頭垢面，故意愁眉苦臉裝出一副窮酸相，以此對付查收職員的盤問。鄧葆光知道，沒有一個漢奸老婆、姨太太會老老實實全部交出心愛的首飾，藏匿、轉移、變賣在所難免，也只能收多少算多少了。

夫人和姨太太們，一個接一個被叫進隔壁房間。正面是一張大桌子，後面坐著鑒定人、登記員、保管員。兩側的長桌旁，有四方官員監察。漢奸家眷或抱著首飾盒，或夾著小皮包，將首飾倒在盤子裏。作鑒定的是鄧葆光專門請來的杜月笙門徒、上海有名的珠寶首飾商傅阿炳。他帶著幾個職員一件件品判、稱重、打算盤，然後高聲報價："金戒指一隻，份量三錢，成色十八開，估價五十美鈔……"

邵式軍的老婆、一個三十多歲的富態女人終於出現了。這位前浙江督軍的女兒，她的舅舅還是四明銀行的老闆；邵式軍出任偽職後把收來的稅款先在他控制的銀行裏存十天，然後再轉去財政部。如此一來他的財富便日長夜大地暴漲起來。法租界餘慶路八十號的那幢飛機式的四層豪宅，就是他的傑作。滬上民眾對他恨之入骨。她的出現，引起排隊等候的漢奸眷屬的一陣竊語。誰都知道她有一隻二十克拉的大鑽戒。她哭喪著臉，在眾目睽睽之下打開首飾盒時，只有幾隻不很值錢的金戒指，那隻傳聞一時的大鑽戒已不翼而飛。鄧葆光走上前去追問，她卻一味支支吾吾，只說戒指被政府派來的人拿走了。問她是誰、是哪個機關的，卻死也不肯說，推託不知道，來人沒告訴她。看樣子，哪怕砍下她的腦袋，她也不敢說出拿走二十克拉大鑽戒的人。鄧葆光分析不出，大鑽戒果真是被人拿走了，還是隱匿不交？估計後者可能性不大，這女人不至於有膽量拒不交出眾所周知的大鑽戒。先於錢大鈞和湯恩伯到達上海的吳紹澍，已經用國民黨黨部名義霸佔了邵式軍的住宅，很有可能將邵的財物洗劫一遍了。戴老闆曾為此暴跳如雷，派專人追討過這顆大鑽戒，也一直沒有下落。那麼暗地奪走大鑽戒的究竟是何等人物？這女人為什麼不敢說？這或許是一個永久的謎。後來，鄧葆光從軍統上海站前任站長王新衡那裏得知，九月的一天，一名叫馮少白的中共地下特工已經將邵式軍帶到了蘇北新四軍的控制區，邵式軍捐贈給新四軍一箱金條。

一連幾天，逆產組收繳了價值五百萬美元的逆產首飾。所有這些珠寶首飾，連同清單一起裝入牛皮袋，火漆加封，四方官員蓋章，然後存入中國銀行的保險箱。此保險箱無鄧葆光的私章任何人無法提領。如果按當年的十六美元合一盎司黃金計價，二〇二四年的國際黃金價格是二千三百三十六美元一盎司。從理論上計算，一九四五年一月，鄧葆光手裏掌握著相當於今天的約三點三億美元的可變現資產。

鄧葆光感到吃力的不是清理死的財物，而是應付活的人。他現在不只是上海敵產清理委員會的秘書長，劉攻芸出任全國敵產局局長後，親自邀請鄧葆光擔任僅有七名委員的敵產處理審議委員會委員，並且兼蘇浙皖區逆產組組長。手裏掌握著沒收來的不動產超過十萬幢（套）。這一來，幾乎天天有人找上門來。今天唐縱打電話要一幢洋房，明天鄭介民也要一處別墅，後天毛森出面替毛人鳳換一幢好房子，連影星胡蝶也打著戴笠的牌子叫鄧葆光把華山路上的一幢西班牙式的花園洋房派給了她。這些要人一個也得罪不起，他無可奈何地應付周旋，煞費苦心地斟酌擺平。他恨不能找個防空洞躲起來。

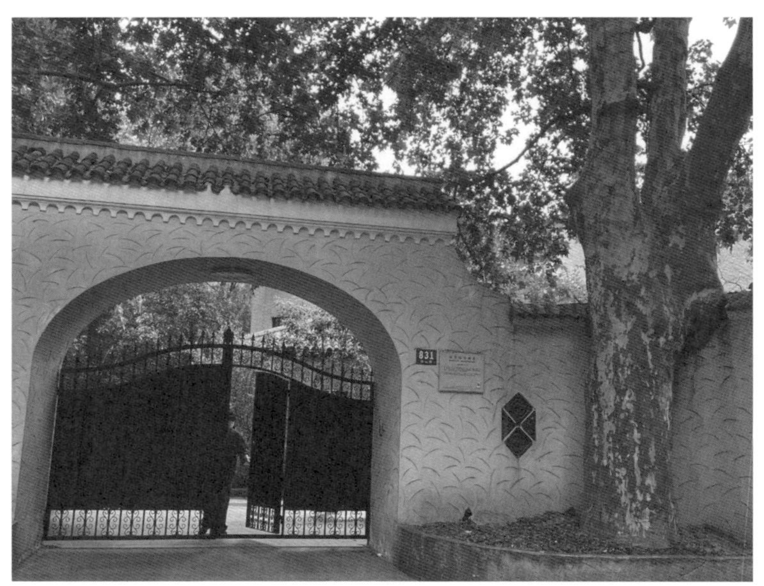

上海華山路 831 號，影星胡蝶 1945 年末和 1949 年初在此居住

這天，鄧葆光剛到外灘中央銀行二樓敵產局，在自己的辦公間坐下，就來了一名不速之客。此人叫張亞民，原先曾在鄧葆光手下當報務員，後來調到緝私大隊，聽說當了一名小科長。不過幾個月工夫，這個年輕人竟抖了起來，不僅換了一身高級毛料西裝，連舉止都透出一種小人得志的神情。

一坐下，取下禮帽，張亞民就大大咧咧地說："老鄧，要請你幫個忙！"

"什麼事？"鄧葆光微微皺眉。不久前還是一副唯唯諾諾奴才相，幾天不見就口氣大了起來，無非是因為巴結上上海警察局局長宣鐵吾的老婆，合夥做走私生意罷了。這種勢利小人，鄧葆光最看不上，但又不得不敷衍。

"沒別的，我要重華新村十二號那幢房子！"這傢伙幾乎是在下命令。

"怎麼，幾個月不見就發大財了？"那幢大洋房是漢奸周邦俊的財產，周邦俊是著名的國產"明星花露水"的老闆，那個貼遍全國的花露水商標廣告，準確地抓住了女孩子們崇拜明星的心理，風靡多時。抗戰時期，他發行了"中西大藥房股份公司"的股票，還參加"中華民族反英美協會"的活動，是鄧葆光列入抓捕和沒收逆產清單中的重要人物。"逆產組要處理的話，怎麼也得三四十萬美金哩！"鄧葆光想用大價錢來封住對方的嘴。

"價錢在你老鄧手裏捏著，還不是由你一句話。給兄弟壓一壓，就這個，怎麼樣？"

張亞民張開五個指頭翻了一翻。十萬？鄧葆光想，這小子等於叫我白送他一幢洋房。他一倒手，至少賺個二十萬，再從我這兒賤買一幢，一分錢不花，還能賺進十萬八萬。如果按照當時美元與黃金綁定的布雷頓森林體系計算到二〇二四年，那時候只要鄧葆光一鬆手讓張亞民賺十萬美元，就相當於現在賺了七百三十萬美元。鄧葆光當然不能這麼做。

“亞民，實話對你說，你在我這裏當過報務員，你的前妻現在還在我的部門裏工作，那幢大房子太引人注意了，給了你怕是要招風的。”

張亞民有恃無恐地大聲說：“我張亞民怕誰？誰要惹了我，我就把毛森佔了誰的財產，劉芳雄吞了誰的家當，阮清源走私了多少白麵鴉片，程克祥霸了誰的姨太太，統統抖出來！”

鄧葆光慌忙制止：“亞民！這種事情不敢亂講！你就不怕掉腦袋？”

“怕個屌！別看他們扛著少將的牌子，我張亞民現在也不是好惹的角色！”

鄧葆光無可奈何地搖頭。他想了一下，誠懇地說：“亞民，你還年輕，不能這樣招風，太招風是要出事的。重華新村那幢房子，你不能要，我也不敢給你。這樣吧，我給你另外想想辦法，弄一幢價錢公道一點的又不太顯眼的房子，你看如何？”

“好好，老鄧你不夠朋友，咱們後會有期！”張亞民戴上禮帽，怒氣沖沖地走了。

鄧葆光望著他的背影，長嘆一聲。

七

異國少女的愛情

——

踏入煉獄之門

黃浦江的十六鋪碼頭永遠是這樣鬧哄哄亂成一團。提箱扛包的乘客，擔行李的腳夫，告地狀的爛腳乞丐，臂挎竹籃叫賣香煙瓜子的黃毛小丫頭，像泥鰍一樣在人縫中鑽來鑽去的小癟三，手提警棍兇神惡煞的警察，爭相拉客的黃包車夫，倒賣銀元的"黃牛"，以及賣梨膏糖的"小熱昏"，還有餛飩擔、大餅攤、烘山芋爐、炸臭豆腐鍋，賣粢飯的、賣酒釀的、賣老虎腳爪的、賣豬頭肉豬舌頭牛鞭羊肚的、賣糖炒栗子五香花生米的、賣檀香橄欖青蘿蔔的、賣甜羹甜粥芝麻糊的、賣烤魷魚炒螺絲生煎饅頭油墩子的，伴隨著"桂花赤豆湯""五香茶葉蛋"的叫喊，夾雜著汽笛聲、喇叭聲、車鈴聲、賣唱聲、警笛聲、哭喊聲、笑鬧聲、敲擊聲……交織成一個令人頭昏目眩的亂糟糟的大旋渦。

鄧葆光下了汽車，沒有進貴賓休息室，也沒有找軍統的碼頭稽查所，在那兒他將會受到誠惶誠恐的招待。他獨自走到棧橋邊，遙望江面，以便重慶來的輪船一到，就能看見尼娜和兒子們的身影。雖然分別才三個多月，他卻有一日三秋之感，急切地想看見妻子挺拔苗條的身姿。

已是黃昏時刻，黃浦江籠罩在蒼茫的暮靄中。近處，有幾條小舢板在漂蕩。江心，小火輪拖著長長的載貨木船，突突地冒著黑煙。遠方，水天相接之處，隱約可見掛著星條旗的美國軍艦龐大的藍灰色影子。遼遠而空曠的汽笛聲在江面上回蕩……

人生如流水，逝者如斯夫。十多年了，第一次見到尼娜的情景，依然像昨天一樣清晰。

那是在北平，一條黃塵沒腳的小巷，陳舊失修的湖廣會館，狹窄昏暗的小屋，生著爐子，鐵壺裏的水嘟嘟地冒著熱氣，木格玻璃窗外寒風呼呼地響著。

木板床上半躺著一位面容英俊的西洋年輕人，瘦削的臉頰上泛著病態的潮紅，不停地劇烈咳嗽。他就是尼娜的哥哥葛彼得。這位年輕的土木工程師是德國人，很早就隨父母來到中國，學會了一口流利的北平話。他父親葛蘭瑟也是一位土木工程師，正負責幫助修築甘肅省的一條盤山公路。因為肺病日趨嚴重，葛彼得怕傳染給家人，執意離開溫暖的家庭，獨自躲到這虎坊橋西南的湖廣會館裏養病。他十分固執，他愛他的父母、他的妹妹，無論他們怎樣勸阻也不肯回家住。

他咳嗽著，苦笑著對鄧葆光說：“我知道，這兒原來就是亂葬崗子，廣東佛山一位大財主出錢修起了這所湖廣義莊，讓孤魂野鬼都有了個歸屬。我也是到這兒來等待死神降臨的。”

鄧葆光是在半年前跟這位德國青年認識的。

他那時候在上海棉花交易所十七號經紀人古槐青那兒當賬房，跟著老職員學會了“搶帽子”。交易所的職員有近水樓台之便，行情起落、進進出出都從賬面上經過，時間一長便看出點名堂，知道哪幾位實力雄厚的大亨能左右行情變化。沒本錢，做不得大生意，只能小弄弄。估計哪位“亨榔頭”要吃進或拋出了，搶在行情漲跌之前做點小投機。交易所的行話叫做“搶帽子”。這是小魚小蝦在風口浪尖上翻跟斗，一個不小心就會被興風作浪的大魚吞到肚裏。好在單身一人，小打小鬧，蝕掉一個月十五元的薪水也不心疼，勒勒褲腰帶也就過去了。搶了幾回“帽子”，積了一點錢，鄧葆光興致勃勃地上廬山去玩。那是這年夏天的事。

那天清晨，鄧葆光在林子裏打太極拳，來了一位瘦瘦高高的外國青年人，青年人看了一會兒，開口問道：“先生，您在練武功吧？”鄧葆光驚訝於這個外國人講中國話是如此標準，便攀談起來。外國青年說，他有肺病，是來這兒療養的。鄧葆光便勸他學太極拳，大講了一番太極拳治病強身的神奇功效。這位外國青年便將信將疑地跟著鄧葆光學太極拳了。在廬山相處了二十來天，兩個年齡相仿的異國青年成了好朋友。

這年年底，鄧葆光“搶帽子”走運，存足了錢，遠赴北平，想到燕京大學旁聽經濟學。這天他去會館看訪一位熟人，沒想到竟遇見了在廬山結識的外國朋友。

鄧葆光正想勸慰這位悲觀的小夥子，棉門簾一撩，隨著一股寒風，進來一位光華照人的外國少女，使得鄧葆光的眼睛頓時一亮。高挑挺拔的個子就像一株春天的小白楊，一灣湖水般大大的眼睛流動著溫柔的波光，白皙的嫩膚、柔軟的茸毛閃爍著豆蔻年華的光澤。雖然她一身中國少女的打扮，但臃腫的絲棉袍子外套和厚實的絨衣，再紮上一條羊毛頭巾，依然掩蓋不住她那豐滿而苗條的身姿，遮掩不住她那炫目的青春輝光。鄧葆光心旌搖蕩了，目不轉睛地盯著這位異國少女。

這位少女一進門，就將陽光和春天的氣息帶進了陰暗和充滿藥味的小屋，滿屋子響起銀鈴般清脆悅耳的聲音。她用鄧葆光聽不懂的德語，同躺在病床上的葛彼得交談，不時朝鄧葆光瞥來好奇的目光。

“我的妹妹，格·尼娜……”葛彼得咳著介紹說。

尼娜落落大方地朝鄧葆光伸出手：“你好！”她講的居然是一口地道的北平話。她是來給哥哥送飯的。她解下頭巾，脫下毛線外套，挽起袖口，打開飯籃，手腳麻利地到火爐上熱飯菜。尼娜伺候哥哥吃完飯，監督他服了藥，稍坐了一會兒就帶著哥哥換洗的衣服回去了。

葛彼得望著尼娜走出門，一邊咳嗽，一邊嘆息說：“她跟我說，等春天來了，一起到南方去玩。她還不知道，我這病是治不好的，等不到春天了。”

鄧葆光立即說：“不，你不應該悲觀。你有這麼好一個妹妹，你不會死的。我如果有這樣一個妹妹，上帝叫我死，我也不肯去的。”

葛彼得笑了：“你有沒有成家？”

鄧葆光忙說：“沒有，還沒有。”

葛彼得直截了當地說：“下次尼娜來，我問問她。她如果願意嫁給中國人，我一定讓她嫁給你。”

不久，鄧葆光便上燕京大學旁聽去了。

尼娜的哥哥終於沒能等到春天的來臨。然而，他希望能給妹妹留下另一個春天。臨終前，他困難地喘息著，對哭得死去活來的妹妹說："尼娜，別哭。我要跟你說一句話。如果你願意跟中國人結婚，我希望你一定嫁給我的朋友鄧葆光。我跟他認識時間不算長，可我看得出來，他是一個正直的人，一個有知識有才華的青年人。他會有前途的，他是值得你愛的……"

尼娜哭著，使勁點了點頭。

她點頭應允，不只是尊重兄長最後的願望。從第一次見面，那位身材修長、氣質不凡的異國青年，就已走進了彩色繽紛的少女的夢。

尼娜安葬了哥哥，鄧葆光送別了朋友。當星星點點的嫩綠隨同一場春雨在滿目黃土的古城降臨時，一對異國男女青年攜手走進了愛情的春天。在西安門附近的西什庫教堂舉行的簡樸而莊重的婚禮上，北京大學法學院教授陶希聖以主婚人的身份給這對新人以美好的祝福。鄧葆光在北平沒有別的親人，唯有陶希聖這位遠房二叔。

二叔在北伐時擔任過北伐軍的軍法處處長和宣傳處處長，彼時，當教授的二叔也正處在人生的十字路口。但若干年之後，二叔一躍成為蔣介石的侍從秘書，憑藉著才華執筆了聞名一時的《中國之命運》，化身國民政府的理論權威。

而鄧葆光婚後不久，岳父舉家東渡，赴基督教青年會東京分會任教德文。他也隨新婚的妻子一起來到日本，準備進東京中央大學自費旁聽經濟學。人生的變革和躍層由此展開。

岳父在東京猿樂町租了一套四間寓所。鄧葆光白天跑中央大學，晚上在燈下潛心研究經濟。他的注意力集中在兩個課題上。一個是經濟研究方法，如何收集、分析和利用經濟資料，也就是後來所謂的“信息處理”。另一個課題是東北三省的經濟資源與日本的經濟狀況。當時日本已佔領東北，中日對抗的格局業已形成。日本不少經濟學者正在全力以赴研究中國的經濟，但中國國內卻無人關注日本的經濟。

“九一八”事變後，日本加緊情報體系特別是獲取經濟信息手段的建設。對經濟信息結合政治、軍事情報的綜合運用，有了質的提升，實力遠超中國。比如，日本廣泛利用民間組織、日本國民、外籍公民收集中國吃穿用住行和農工商學軍的各類信息。僅民間機構南滿洲鐵道株式會社（簡稱“滿鐵”）的調查部就有近五千名情報搜集和分析人員。他們廣泛深入到中國各地城鄉，獲取大量旁人不以為然的信息。除了這些靠人力捕獲的信息群，在無線電信號偵收和破譯方面，日本軍部也一直走在前列。這當然不是鄧葆光求學的重點。他更感興趣的是如何在公開來源的信息中分析最有價值的戰略情報。他發現這個叫“滿鐵”的機構，動用了好幾百人，對中國華北的礦業資源、電氣製造、鐵路運力等諸方面，整理出了近百份詳細的調查報告。

當然，這個窮學生冥冥之中似乎有神靈指引，十年之後的一九四五年八月，他成為滿鐵調查部——這個號稱全球最大的情報機構之一——三千多萬字情報資料庫的主人。

鄧葆光決定利用置身日本社會這個機會，擔負起研究敵對國家經濟的任務。他感到，這一工作對於災難深重的祖國是十分重要的，戰爭的烏雲已經浮現在地平線上了。

由於學習勤奮，鄧葆光又被中央大學介紹到東京朝日新聞社、日本同盟社、東洋經濟新報社學習了一年，從而瞭解了日本人如何利用中國公開發行的報刊、電話號碼本、廣告宣傳分析搜集中國的經濟情報，以及整理、管理、運用這些情報的方法。這些是在大學課堂上學不到的。日後他受到蔣介石、戴笠和蔣經國的賞識，很大程度上得益於這方面的知識。

鄧葆光開始給《朝日新聞》、《琉東新聞》、上海《申報》寫經濟方面的文章。他沒有固定職業，從上海棉花交易所帶來的積蓄早已花完。他不能總是心安理得地和妻子一起吃岳父碗裏的飯。岳父教德語那點收入，本來就不能算富裕。而發表一篇文章，一般能拿到三十日元稿酬，在當時可以買到兩百碗有幾片豬肉的湯麵，僅夠維持一個人一個月的生活。鄧葆光越寫越多，逐漸有了點小名氣。他還不知道，這些經濟分析文章已經引起中國派駐東京大使館武官的暗中注意。

第二年，鄧葆光和尼娜的頭生子，在東京呱呱墜地。多了一張嘴巴，鄧葆光更感經濟窘迫。尼娜是賢慧的，這位西方女性有著東方女子的美德。產後不久，她就決心出去當鋼琴家庭教師。她彈得一手好鋼琴，鄧葆光卻無力替她買一台鋼琴。她對這位中國丈夫說：“為了我們的未來，你還是安心學習吧。”一位朋友將尼娜介紹到中國駐日使館副武官胡屏章家中，給他的孩子教鋼琴。不知是命運的安排，還是有意的牽線，反正這件小事竟成了鄧葆光一生最關鍵的轉捩點，此後幾十年中一直左右著他的命運。

那天尼娜給孩子上完課，在客廳碰上副武官先生，聊了一會兒天。

“尼娜小姐，您先生在哪裏謀事？”

“他還在學習，在中央大學旁聽經濟。”

“您先生尊姓大名？”

“他也是中國人，叫鄧葆光。”

“噢，鄧先生，經常在報紙上見到他的大名。您先生學成之後，打算不打算回國？”

“他當然想回去，只是怕謀職不容易。”

“這好辦。國內很需要您先生這樣的人才。我可以寫封推薦信，保證他回國以後有用武之地。”

胡屏章當場寫了一封介紹信。尼娜自然十分高興。鄧葆光從尼娜手中接到這封信，只見信封上寫著“南京雞鵝巷五十三號戴雨農先生收”。那時，鄧葆光還是第一次見到“戴雨農”這個名字，也根本不知“南京雞鵝巷五十三號”是個什麼機關。他只是為日後回國能找到謀生的職業，並且有機會報效祖國而感到興奮。

沒過多久，“七七”盧溝橋事變爆發，遠東陷入戰火。尼娜的父親準備返回德國。他對女兒說：

“尼娜，戰爭開始了，我和你母親商量好了，我們準備回歐洲去。你呢，你準備怎麼辦呢？跟我們一起回德國，還是跟你的丈夫去中國。那兒正在打仗。我的孩子，戰爭比你想像的還要可怕得多。當然，如果你有勇氣同你的丈夫一起承受戰爭的苦難，我們將會尊重你的意願。”

尼娜沒有猶豫：“親愛的爸爸，我想不出有什麼理由能使我不分擔自己丈夫的困難，我也不能使自己的孩子失去父親。”

尼娜的父親沉默了，最後他擁抱自己的女兒，祝福說："我親愛的孩子，願上帝保佑你。"

在以後的幾十年風風雨雨中，鄧葆光一想起妻子的摯愛和勇氣，想起她遠離父母陪伴自己走向戰亂的祖國，就懷著深深的感激之情。

年輕夫婦懷抱牙牙學語的兒子，取道神戶，搭乘一艘英國郵輪回到上海，第二天就馬不停蹄趕往南京。鄧葆光急於找到職業，以養活妻兒。

鄧葆光根本想不到雞鵝巷五十三號這樣一個寒磣陳舊的地方，竟是一個特務機關。出來接待的是一個身穿土黃色短衣短褲的男子，後來才知此人是軍統局第一科科長錢新民。這位日後的軍統局南京區區長，在三年後一個寒冷的冬夜，被汪偽七十六號特工槍殺了。

"鄧先生從日本回來，很好，我們很歡迎。中日交戰了，很需要你這樣的人才。我們考慮過了，還請你幹本行，研究日本經濟。我們準備設一個這方面的專門機構，人手不夠，現在還只有兩名大學生。在我們這兒工作，薪水還是可以的。你來了，可以拿一百八十元。"

鄧葆光吃了一驚，這麼高的待遇？他曾聽說，當時少將級待遇也只有一百四五十元，連國民黨宣傳部部長周佛海也只拿二百四十元的月薪。這樣一個破破爛爛的機關，待遇如此之高，實在有點讓人懷疑。但他不敢流露，生怕人家討厭。他剛回國，當務之急是安下家來，管它什麼機關，只要搞本行，先幹了再說，若機關不好，以後另找出路。月薪一百八十元是個很大的誘惑，在上海交易所當賬房，一天忙到晚也只有十五元，這兩個差事簡直是天壤之別。

過了兩天，通知他開會。一走進雞鵝巷的會議室，鄧葆光就感到氣氛異常。正牆上掛著國民黨黨旗和蔣介石的像，下面的長條桌上放著一本《三民主義》。神情嚴肅的人事股股長陳康，領著這批新招來的大學生、留學生，一字一句宣誓："……服從領袖，遵守紀律，盡忠職守，嚴守秘密……"神秘而嚴峻的儀式，使鄧葆光不寒而慄。他這才知道自己進入了一個非同一般的秘密機構。他開始後悔了。然而，到了這一步，後悔也晚了。軍統的門檻，一旦踏進去，想跑也跑不了了。

事已如此，他只能順從命運的安排。他生來不是一個甘於混日子的人，無論把他放在什麼地方，事業感和責任心都會使他竭盡自己的才智。再說現在是戰爭時期，無論是公開職務還是秘密工作，反正都是為了抗日。

鄧葆光從來不跟妻子談局裏的事，這不僅是戴老闆立下的"家規"，他不想讓純潔無瑕的妻子知道那些烏七八糟的事，使妻子為自己擔驚受怕。她是一隻小鳥，就讓她無憂無慮地生活吧！直到很多年後，尼娜還只曉得丈夫在軍委會工作，是一個秘密的軍事機關。機關規定，所有人員必須在機關住宿。每日白天工作八小時，夜晚工作兩小時；每週只有外宿假一次。她完全沒想到，自己心愛的人已置身於一個燃燒著煉獄之火的地方。她不會相信的。她不會相信世界上還會有魔鬼和黑暗。她心裏只有上帝、鮮花和陽光。

鄧葆光深深地愛著自己的妻子，不完全是她光彩照人的美貌，也不完全是她熱情活潑的性格，而是她的純真和善良。

一聲汽笛將沉緬於回憶的鄧葆光喚醒。

從重慶來的客輪出現在暮靄迷蒙的江面上。他遠遠地看見一個熟悉的身影，那是站在甲板上的尼娜，江風吹拂著她那件粗花呢大衣。她的身邊，露出了三個小腦袋：大兒子志新、二兒子志學、三兒子志明。他們的背後，還站著一個瘦瘦高高的人影，噢，是秦豐川。老朋友護送自己的妻兒來了。

他急切地走向碼頭……

八

密商

實施“東方”計劃

尼娜感到很奇怪，從重慶到上海以後，敵產局給配了小汽車，派了一幢花園小洋房，也有錢請傭人和家庭教師，一切都跟在重慶時無法比擬了，鄧葆光卻反而時常滿腹心事，悶悶不樂。問他，總說沒什麼。為了給丈夫解悶，尼娜弄來一條純種德國牧羊犬。這條狗長得很精神，淘氣而通人性。尼娜十分喜愛，三個兒子也同牠成了好朋友。然而鄧葆光依然如故，牧羊犬纏著他親熱，他只摸一下牠的腦袋，就將牠趕走，又獨自坐在沙發上沉思。

上午，他去查看周佛海留下的《上海日報》印刷廠，正碰上一個便衣在敲竹槓。他腰間別著手槍，手裏拿著封條，氣勢洶洶地對印刷廠經理說，不拿出三十根“大黃魚”，今天就將廠封了。鄧葆光惱怒至極，真想打電話叫人把這傢伙捆起來。又想想算了，不值得跟這幫小土匪大動干戈，將他趕走就是了。

印刷廠經理見鄧葆光到，立即誠惶誠恐地說：“鄧先生，您來了。”

鄧葆光朝經理擺擺手，往沙發上一坐，故意哼哼哈哈地拉開了官腔：“嗯，這個人是哪個部門的？”

那便衣見經理恭敬的態度，知道這位戴金絲邊眼鏡的先生來頭不小，但還要嘴硬："爺叔是軍統的，怎麼樣？"

鄧葆光想，正好，是一個廟裏的小鬼。"嗯，軍統的？軍統哪個單位？"

那便衣心怯嘴老："軍統上海站的，這還有假！"

鄧葆光掛下臉，厲聲說："你既是軍統的人，知道不知道家規？還想不想要脖子上這顆腦袋？你給我把劉芳雄叫來，我要問問他，你們上海站是怎麼執行家規的！"

聽這口氣，那傢伙知道今天晦氣，撞上了一個廟裏的菩薩，嚇得臉孔發白，連聲說："是，是，我該死，先生海涵，先生海涵……"

沒說完，便衣就別轉屁股溜了。

下午回到機關，跟秦豐川說起這事，秦豐川也只有搖頭嘆氣。他告訴鄧葆光，原先經濟室的報務員張亞民因為走私案事發，被押解去重慶後就槍斃了。鄧葆光心裏一沉，這個巴結上宣鐵吾的老婆就耀武揚威的小白臉，果然是這個下場。他沒再提張亞民找上門來要房子的事。人已死了，何必再去揭他的短。

這幾天，報紙上接二連三公佈了一些發接收財的傢伙被槍斃、被撤職查辦的新聞，其中就有那個坐軍用飛機連夜趕來上海搶房子，後來又跑到天津胡作非為的九十四軍軍長牟廷芳。這位黃埔一期的老大哥，後台就是何應欽，老蔣也不會下狠手。鄧葆光知道，這是老蔣做給輿論界看的，否則無法平息民憤以及手下那些未撈到好處的官員們的嫉妒。留在重慶沒能當上接收大員的餓狗們，眼巴巴看著一塊又一塊肥肉不斷落進已經撐圓了肚皮的飽狗們的口中，眼睛都紅得出血了。不殺幾個，又如何擺得平？然而，處在逆產組組長這個位置上，鄧葆光比別人更清楚，那些藏在幕後的一筆又一筆交易，又有多少被揭發出來。殺了幾個太招風的傢伙，而更多的依然霸著漢奸的洋房，摟著漢奸的姨太太，腰裏塞滿漢奸賄賂的金條美鈔。

鄧葆光越來越煩躁了。這就是八年抗戰的勝利成果？這就是和平建國？面對著這一切，他鄧葆光又能做什麼呢？

下了班，鄧葆光拉秦豐川出去喝酒。他有什麼煩惱，只有向這位共黨嫌疑分子傾訴。

黑色順風牌小汽車向梅龍鎮酒家馳去。本來，敵產局給鄧葆光配備小汽車，他可以在幾百輛各式小汽車中任選一部，比如最新式的別克車、漂亮的帕卡德車，或者時髦的雪佛蘭。然而他只要了這一輛不顯眼的道奇車廠生產的中等車。到了酒家門口，他吩咐司機老姜回去，不必等候。

南京西路上的梅龍鎮酒家，當年是中共的秘密聯絡站

鄧葆光同秦豐川走上二樓包廂，點了幾個菜，要了兩杯威士忌，便聊了起來。

他們先談起上海新近發生的一樁綁票大案。被綁票的是一個大老闆，社會反響強烈。最後，警察局的偵緝人員利用五十萬美元贖款的鈔票號碼，在杭州查到了綁匪，原來竟是軍統行動處一名科長。

鄧葆光嘆道："這樣下去怎麼得了。軍統在外面已經很臭了，不徹底整肅，遲早完蛋！"

自從八年前稀裏糊塗進入軍統之後，他一向看不起那些腰揣手槍匕首的打手。簡直是一群土匪流氓！他總想，在戰爭這個殘酷的非常時期，戴老闆重用這些殺人越貨的傢伙也是不得已，難道叫手無縛雞之力的讀書人去幹暗殺、爆破的勾當？現在，硝煙已經消失，他本以為該是那幫橫眉豎眼的打手靠邊站的時候了。戴老闆卻毫無此意，那些傢伙卻越發肆無忌憚。鄧葆光不能不感到沉重。他畢竟還是這個"團體"裏的人，他的命運還不能不同軍統中的這些土匪們緊緊糾纏在一起。他又不敢公開脫離這個"團體"，那是後腦勺要挨黑槍的。有沒有什麼行得通的辦法呢？

秦豐川呷了一口酒，思索著說："我看，軍統能否存在下去，並不取決於內部整肅，而是取決於時局。'雙十協定'公佈了，如果蔣先生果真決心同共產黨握手言歡，成立聯合政府，那戴先生的日子恐怕要不好過了。因此，問題在於蔣先生是否真的準備實施'雙十協定'，這一點我看未可樂觀。杜聿明十萬人馬打出關外，搶佔瀋陽，美國人晝夜不停幫著運兵調將，火藥味很濃啊。如果國共再開戰端，對於我們這位委員長來說，軍統還是必不可少的。不過，這些事我們也只能空談而已，不是我等所能操心的。”

聽了秦豐川對時局的分析，鄧葆光更覺壓抑了。

從在延安潛伏的情報人員那裏送來的不同消息讓他這個經濟情報專家陷入迷局：毛澤東已派一個小組安排其在江蘇淮安的駐地，還實測了淮安開汽車到南京城的距離和時間，說是今後組成聯合政府了，他要生活在淮南，工作在南京。可又有情報顯示，就在八月二十八日，毛澤東從延安飛重慶和談的同時，他的重要軍政幹部分別從延安抵達了各大戰區的指揮位置。僅是林彪就拉走了一半主力集結於東北，把蘇聯作為了戰略腹地，進可攻，退可守。

和平建國，只是一個美麗的夢。看來唯一可行的辦法，是同軍統內的打手們保持距離，想方設法不露痕跡慢慢擺脫“團體”的控制，日後再伺機而行。他想起在重慶時常同秦豐川議論的一個設想，就是創辦一個民間性質的經濟研究機構。或許，這是一個漸漸擺脫軍統的最現實的途徑。他指望自己能搞出一點名堂，從而使戴老闆有朝一日高抬貴手，放自己出籠，完全轉到民間機構中去。他也只能做這個夢了。

“是的，政治上的事太複雜了，你我這些讀書人實在吃不消，離遠一點好。我們還是搞我們的經濟研究，不管他們怎樣，也不管時局如何變化，多少為國家建設出一把力，也算對得起自己的良心了。”對於秦豐川這樣的知心朋友，鄧葆光也不敢明確流露脫離軍統的想法。不是不信任朋友，而是實在太危險，弄不好還要將他牽累進去。秦豐川已經背著共黨嫌疑分子的包袱，再牽進背叛案件，還能有活路嗎？

“你是說‘東方’計劃？”秦豐川問。

“是的，想跟你再商量一下。”鄧葆光說。

在重慶時，鄧葆光同秦豐川談過自己的設想。當年在日本留學，鄧葆光就已發現，日本的經濟研究已超出純學術範圍，成為指導日本經濟發展的一項決策參謀工作。當時，他就已產生回國後也開闢這項工作的念頭。後來，在抗戰中，他同中美合作所的一些美國人有所接觸，瞭解到美國不少頂級智庫的學術機關常常是各大財團以基金會的形式出錢組織的，吸收高級知識份子和專家參加，而且幕後往往有情報機關作靠山。這樣，鄧葆光的構想開始完整了：利用自己的軍統背景，爭取一些大老闆的資助，組成一個民間經濟研究機構，聘請一批專家，收集研究經濟的資料，從複雜的經濟動態中找到來龍去脈，制定正確的經濟發展策略，為戰後和平建國服務。鄧葆光連研究機構的名稱都想好了：東方經濟研究所。

鄧葆光說：“老秦，我們的‘東方’計劃，條件已經成熟。現在，我已接收了五十萬冊的圖書資料，有大漢奸梁鴻志、趙尊嶽的善本古籍，還有日本領事館和滿鐵事務所的圖書情報檔案。此外，還接收了周佛海的《上海日報》，七十六號汪偽特工總部開的立秦銀行、實業銀行。辦一個經濟研究所，這樣的基礎不算差了。我們再把東方圖書館恢復起來。”

一九三二年一月二十八日，日軍蓄意挑起“一·二八”事變，進攻在上海閘北的國民革命軍第十九路軍。第二天，就連

民國三十六年（1947 年）6 月 19 日，東方經濟圖書館董事會成立大會。前排有杜月笙、錢新之、周作民、陶希聖等，鄧葆光在後三排右二

續轟炸這座上海最大的圖書館。日本浪人又潛入縱火，大火燒了三天三夜。東方圖書館館藏的宋版、元版、明版、抄本、稿本等五十多萬冊珍稀古籍毀於一旦。恢復和補救這樣一個民族的文化和精神空間，是鄧葆光內心的追求。

“這些圖書、印刷廠、銀行固然重要，但關鍵還是戴先生的態度。”秦豐川冷靜地分析，“北平什錦花園會議你聽說了吧？軍統名聲臭，外界壓力大，經費也困難，所以戴先生提出了化整為零合法化的方針。實際上人事處處長龔仙舫早已在辦了。你這個民間經濟研究所的計劃，只要掛上‘合法化’的名義，我想，戴先生是會很快批准的。”

鄧葆光搖頭說：“不過，我辦‘東方’並不是給軍統經濟室換一塊合法的招牌。我是準備另起爐灶，辦一個真正的民間經濟研究機構。人事獨立，不讓他們插手，軍統鐵杆一個也不要。經費自籌，不拿他們一分錢。”秦豐川微微一笑。他完全理解鄧葆光的本意，知道這位書生無非想藉此機會擺脫軍統控制，但是，未免太書生氣了。

“葆光，事情要一步一步辦。不拿軍統的錢，這一條好說，戴先生本來就為經費發愁。人事獨立也可爭一爭，在重慶，經濟室的人事安排，戴先生基本上是聽你的。有此先例，戴先生不會多心的。不過，軍統的人一個也不安排，恐怕行不通。戴先生會不高興，毛人鳳、龔仙舫也會疑神疑鬼。你的計劃就可能通不過，即使勉強批准，明的不讓進，也要暗中插入。與其暗的，還不如明的，心裏有數就行了，以後再見機而行。”

鄧葆光沉吟片刻，說：“老秦，你比我成熟，說得有道理。

我們這個民間經濟研究所，也得來個‘合法化’。”

秦豐川會心地笑了。

鄧葆光激動地站起來，伸出手說：“老秦，一起幹吧！”

秦豐川緊緊握住他的手。除了資金，研究所還需要更多的專家。

不久，一位專家便主動找上門來了。

秘書說，有一位叫楊顯東的先生求見。“楊顯東？楊博士？他從美國經濟作戰局不是去了武漢，在行政院救濟總署出任湖北分署的代署長嗎？趕快請，趕快請！”

“什麼風把你吹到上海來了？兩年多未見，官運很順吧？”

楊顯東苦笑道：“你知道的，我從來不想做官，更談不上走官運囉！聽說你官運亨通，特來拜訪！”

“小弟領當不起，請坐請坐！”鄧葆光連忙倒茶遞煙。

“我還是不抽煙。”

“太太都不喜歡抽煙的男人，太太管得好！”

寒暄之後，楊顯東把自己在武漢受中統特務算計的事說了說。“湖北救濟分署工作已經移交，想到上海找點兒事做。還盼老兄關照一下，先給安排個住處吧。”

鄧葆光心中大喜，這個人才不就是他想尋覓的嗎？

“我們軍統在淮海路雁蕩路口有一座很好的公寓，給你安排一個兩房臥室的，免費住宿，你願意住多久，就住多久吧！”

楊博士在軍統的公寓大模大樣地住了一個月。

其實鄧葆光哪裏知道，這位他急於想聘請來參加創辦東方經濟研究所的美國博士，早在八年前就已肩負共產黨的秘密使命，所以他在一個月後也婉謝了鄧的盛邀。三年後，楊顯東以國民政府糧食採購儲會代表的身份從美國經濟合作總署緊急購進了兩萬噸大米，還制止了國軍將糧食從上海轉移運往廣州的命令，為七百萬人口的大上海保住了口糧，給新政府獻上了厚禮。這是另一個驚心動魄的故事。

不出秦豐川所料，籌辦東方經濟研究所的報告，一送到戴笠那兒，第二天就得到肯定的回覆。

接著，東方經濟研究所籌備工作便緊鑼密鼓開始了。鄧葆光起勁地到處奔走。首先得籌錢，他先想到的是財神周作民。

自從那場虛驚之後，周作民一直心情鬱悶。鄧葆光來訪，周作民很高興。他同這位鄧先生頗有點意氣相投，一見如故。再說，鄧葆光是戴笠紅人，周作民也想藉重。

鄧葆光一坐下，周作民就開始攤苦經。

“葆光，這幾個月日子不大好過。財政部下命令，讓我們金城銀行的董事錢永銘，取代我掛董事長的職。理由麼，說我在上海淪陷時期同敵偽有曖昧關係。接下來，財政金融特派員陳行飛，又開始組織人馬審查金城銀行，已經放出風聲，準備從嚴處分，吊銷執照。”周作民作了一個無可奈何的手勢，苦笑著說：“所謂曖昧關係，無非就是周佛海的保護。日本人把我從香港抓到上海，不應付一下，我這腦袋能保到今天嗎？金城銀行能支撐到現在嗎？說金城銀行同日偽勾結，可汪精衛幾次請我出山當官，我都想辦法推掉了。不管怎麼說，捫心自問，中國人的良心還是有的。這幾十年，我一直是在夾縫中求生存，小心翼翼，步步謹慎，難啊！”

鄧葆光嘆息道："這個理由那個理由，說穿了，無非是人家對你眼紅。四大銀行是官辦的，早就想吃掉你這個民間銀行了。"

周作民點頭道："縱有三頭六臂，民間資本也鬥不過官僚資本。不過，我總不能袖手待斃，金城銀行維持一天是一天。不為別的，這口氣咽不下去。"

聊了一會兒，鄧葆光談起自已創辦東方經濟研究所的計劃。周作民靜靜地聽完，沉思片刻，說："葆光，這是件好事。直到現在，我們國家還沒一個像樣的經濟研究機關。南開大學何廉教授主持的南開經濟研究所，範圍很小，而且是純學術性的，主要是指導學生搞點研究，寫幾篇論文。抗戰前，中國銀行幫助張肖梅女士組織過中國經濟研究所，上海淪陷前跑到大後方，也就不了了之。你能出面把這項事業搞起來，那是再好不過的了。我周作民一定竭盡所能支持。張肖梅離滬前，曾將他們研究所的兩萬冊圖書交我們金城銀行經濟研究處代管。你若需要，就先拿去用。另外，我讓我們經濟研究處的陳伯流、斯繼唐他們，也幫你出出點子，參謀參謀。你這事，於國，於民，於和平建設，都是大有益的。"

周作民將鄧葆光送到門口，又說："對了，如果經費上有難處，我也準備支持一下。"

過了兩天，周作民便派金城銀行稽核室主任李奉之，給鄧葆光送來一張四百萬元的巨額支票。周作民的慷慨，使鄧葆光十分感動。他知道，這絕非一般性應酬，而是全力相助。周作民投資著名的長江民生輪船公司不過二百萬元，而對"東方"，一出手就無代價資助了四百萬！而且，周作民還讓李奉之捎來口信，除了這四百萬外，他還打算在金城系統替鄧葆光再籌一點經費。

鄧葆光又想到了杜月笙。在抗戰中，因為辦通濟公司與杜月笙有了接觸之後，深知此人神通廣大，能興事也能敗事。在上海灘，若想辦成一件大事業，沒有這位幫會首領的支持，或至少是默許，將會步履維艱。他決定登門拜訪。

杜月笙已從他的一個做鴉片生意的門徒家，搬到“十八層樓”（錦江飯店）。電梯上到七樓，開門的是大管家萬墨林。杜月笙在這兒包租了整個一層。鄧葆光進去時，杜月笙和他那如花似玉的四姨太姚玉蘭正坐在會客室裏。這位四姨太，原是四馬路長三堂子的頭牌，綽號“茄力克老三”。茄力克是英國名牌香煙，姚玉蘭排行老三，因有此號以形容名聲之大。姚玉蘭跟杜月笙從良後，很得寵愛，杜月笙經常把她帶在身邊。

一見鄧葆光，杜月笙就用他那浦東官話高興地說：“是葆光！坐，坐！回到上海有一段辰光了，你也不來看看我。你現在也是大忙人，今非昔比了。”

“早就想來向杜先生請教，實在是走不開。”鄧葆光立即將話題轉到來意上，“這兩天，我正在忙一個計劃。”

他將籌備東方經濟研究所的前前後後說了一遍。又補充了一點，他可以利用軍統設在全國乃至東南亞的電台網絡，把那些希望戰後轉業的同仁招致麾下，組建一個全新的通達亞洲的擁有無線電網絡的經濟通訊社。

“周作民這隻老屁眼肯拿出四百萬？好，我杜月笙也出四百萬！”杜月笙痛快地說，“你葆光的事，我總歸要捧場的。這樣子，後天禮拜六，我在國際飯店替你拉一個場子。”

他思索片刻，吩咐萬墨林：“墨林，你馬上替我打電話通知一聲。嗯，就請王柏園、徐寄傾、徐采丞……”

杜月笙一氣報了十七八個大老闆的名字，萬墨林不用筆記，只是點著頭默記在肚，然後便去撥電話，並不翻一下電話簿或通訊錄。萬墨林記性之好是出了名的。跟杜月笙有來往的人和機構，不下數百個電話號碼和地址，他全都爛熟於心。杜月笙要找某人，他想都不用想就去撥電話，一個地方不在，又撥第二個，直到把人找到為止。

杜月笙如此熱心，自然有一半是看在戴老闆的面子上。不過，杜月笙對諸如此類的“關目”，歷來很重視。他不是眼睛只盯著蠅頭小利的人，他是做大生意的。他的算盤打在大處，雖然花幾百萬，既能換得社會影響，又能得到第一手的經濟情報，這些都是金錢無法計算的。

這樣，以杜月笙為代表的江浙財團出資六百萬元，以周作民為代表的金城財團也出資六百萬元，加上周作民和杜月笙個人捐贈的共八百萬，鄧葆光手上就有了兩千萬元的經費，聘一百位教授和研究員幾年的薪水是毫無問題了。

鄧葆光並不真是書呆子。他從財政部起草《收復區敵偽鈔票及金融機關處理辦法》時就看到商機。接受上海逆產的清單中有日本銀行十一家、偽政府銀行六家、日偽合辦銀行三家，暫時停業的民辦銀行和錢莊約三百家。未來，國府對金融的壟斷勢在必行。別人搶錢、搶珠寶，他可以搶資源。

鄧葆光膀大腰圓了。從各方面收集來的五十萬冊圖書，集中到杜月笙送給他的愚園路五百二十三號大洋房裏，成立了東方經濟圖書館；將周佛海的上海日報社改為印刷廠；將汪偽七十六號特務機關開設的立秦銀行和實業銀行改組成通運報關行，作為研究所的主要經濟來源；接收大通銀行，與四川商人合夥創辦華威銀行；成立中國經濟通訊社，總社設上海，並在中國南京、北平、天津、青島、武漢、重慶、廣州、香港和日本、泰國設了分社並架設通訊電台；建立商業聯合廣播電台，每天早晚播送各地行情。

一九四六年二月十日，是鄧葆光近年來少有的興奮的日子。東方經濟研究所理事會正式成立，杜月笙任理事長，周作民任副理事長，鄧葆光任所長，並邀請他的遠房二叔、當年的證婚人，時任國民黨宣傳部副部長陶希聖為名譽所長。

鄧葆光的和平建國夢想終於落地了。

上海愚園路 523 號，當年新恢復的東方經濟圖書館，現為居民住宅

九

仙樂斯舞廳

來了一位教授

鄧葆光喜氣洋洋地回到家裏。

敵產局配給的登喜路這套住宅，是一幢假三層紅瓦坡頂英國式洋房，過去是漢奸孫曜東諸多房產中的一幢。孫曜東出身名門，年輕時就讀於聖約翰大學並留學美國，擔任周佛海的機要秘書，負責經營周的私人財產。上海灘流傳的最有錢的“邵錢孫李”中，“邵”是財政部稅務署署長邵式軍，“錢”是中央儲備銀行上海分行錢大櫆，“李”是特務頭子李士群，“孫”即是孫曜東。但孫曜東更出名的是因為替主子周佛海拉皮條，被周佛海潑辣的湖南老婆命人在“大世界”遊樂場將一桶大糞當眾潑淋在他頭上的新聞。周佛海過意不去，“潑糞事件”不久後，就把復興銀行行長的肥缺給了他。

現在，孫曜東搬進了提籃橋監獄，這裏成了接收大員的住宅。對陰陽風水似懂非懂的鄧葆光總覺得應該改動些什麼，去去“煞”。

宅院門前是一塊約三畝地的花園，一半草坪，一半種花，鄧葆光搬來後又種了不少蔬菜南瓜。進門是客廳，有五六十平方米，比起周作民公館那間可以開大型“派對”（舞會）的二三百平方米的豪華客廳，自然顯得局促而小家子氣。但是，因為家具少，只擺了一套蒙著墨綠色平絨的沙發，反而覺得空空蕩蕩。客廳左手是司機和門房的休息室，右邊是餐廳。二樓一間是鄧葆光的書房，一間是他們夫婦的臥室，一間是孩子們的臥室。假三層用來招待客人，現在住著家庭教師。這位剛從交通大學化學系畢業的年輕人叫李文漢，同鄧家有世交。李文漢之父是金陵神學院院長李玉文，與尼娜父親是老朋友；其岳丈是美國駐華大使司徒雷登的秘書，又同鄧葆光相從甚洽。洋房後面還有一幢兩層小樓，給女傭、花匠和門房住。房子和氣場相當才行，人多陽氣重，總能去"煞"吧！

在上海灘，這樣的住宅和條件亦可列入上流階層了，與在重慶時相比不可同日而語，然而尼娜卻感到十分寂寞。老大志新已上中學，在徐匯中學住校，有時星期天也不回來。老二八歲，有家庭教師李文漢管著，此時帶著那條牧羊犬，和老三一起出去玩了。老三雖小，平時也有保姆管著。鄧葆光成天早出晚歸，連晚飯也常在外面應酬，很少回來吃。尼娜常常像今天這樣，一到黃昏就獨自呆坐在空空蕩蕩的客廳裏，等候丈夫的歸來。

可是，這位更不懂中國宅第風水的德國女人，怎麼也不會想到，他們住進了這棟住宅後，命運便將他們和住宅的前主人以及前主人豔麗的太太——上海灘的名女媛，勾連在了一起。鄧葆光先是力排非議幫這位太太要回了誤當逆產沒收的一幢不動產；後又接受王新衡的請託，將從提籃橋監獄保釋的孫曜東安排在東方經濟研究所擔任研究專員。三年多後，當鄧葆光在香港被保密局特工暗殺而生命垂危時，再次被國民黨中統特務抓進監獄的孫曜東，由青幫兄弟接應越獄後在潘漢年和揚帆的周密安排下冒險赴港策劃安排救回了鄧葆光；而鄧葆光和中共地下組織之間的秘密聯繫人之一，則又是孫曜東的那位豔麗的名媛太太吳嫣。人生的旅途，偶爾會遇到這樣的場景：你飛向目的地，卻因為天氣、故障、不可抗力的陰差陽錯，把你備降到另一個安全的地方。但是，危險還是在向鄧葆光靠攏。

鄧葆光見一向快樂的妻子變得孤獨寂寞，感到很過意不去。這些日子一直忙著籌備研究所，尼娜來上海一個多月都沒陪她出去玩過一次。尼娜對丈夫沒有任何要求，不像那些愛虛榮的女人整天熱衷於衣服、珠寶首飾。她至今沒有一副像樣的耳環或項鏈，沒有幾件貴重的衣服。她喜歡音樂，彈得一手好鋼琴，也從未要求丈夫買一架。這位還帶著大孩子氣的外國少婦注重的是感情，只要自己所愛的人能陪在身旁，她就興高采烈了。

"尼娜，今天是禮拜六，我陪你出去玩玩，怎麼樣？"鄧葆光知道自己妻子天性愛玩。

"真的，你今天晚上沒有公事了？"尼娜疑惑地問。

"我給自己立了一條規矩，從今天起，禮拜六晚上屬於夫人所有，聽從夫人調遣。怎麼樣，高興了吧？"

"太好了！"尼娜像孩子似的一下子高興起來，摟住丈夫的脖子，"謝謝，親愛的，謝謝你！這些天可把我悶壞了，在上海又沒一個朋友。"

夜幕垂落，鄧葆光陪尼娜驅車前往仙樂斯舞廳。他早就聽說這是一家有名的一流舞廳，因為氣氛高雅，上層知名人士常來此光顧。他想帶尼娜見識一下。

仙樂斯是冒險家沙遜開辦的。據說某日，沙遜去上海最好的百樂門舞廳跳舞時被服務生怠慢了，一生氣，就在上海繁華的南京路上建了這座舞廳。沙遜還仿照百樂門建造了彈簧地板舞池，用汽車鋼板鋪底後再鋪上企口地板，舞客隨節奏跳動時，如同踩上彈簧，微微的反彈讓人格外靈動輕盈，踏波無痕，一時風頭無兩。

入夜的大馬路燈紅酒綠，光怪陸離。雖然寒氣凜冽，仍摩肩接踵，人頭攢動。有濃妝豔抹、身穿狐皮大衣的小姐太太，也有破衣爛褂在北風中瑟瑟發抖的乞丐；有身穿號衣背心、滿頭大汗拉黃包車的車夫，也有提著警棍晃晃悠悠的軍警。時而還可見到高鼻子藍眼睛的美國憲兵，腰挎手槍警棍，臂掛"MP"臂章，傲然地昂首走過，就像踏在太平洋彼岸的土地上一樣。夜幕掩蓋了一切，使這些五光十色的畫面柔和起來，不那麼觸目。

順風牌小汽車在仙樂斯舞廳門前停下。身穿黑色燕尾服、繫著紅色蝴蝶結領帶的僕歐，恭恭敬敬地拉開了彈簧門。鄧葆光給了小費，挽著尼娜步入門廳。領班將他倆引到一張小圓桌旁，招呼侍者泡上兩杯清茶，收了茶錢，便悄然離去。

舞廳很大，光線朦朧而柔和，裝飾華麗而不豔俗。一張小圓桌成半圓形地圍繞著舞池，未下場的男女三三兩兩地小坐品茗，低聲竊語。打過滑石粉的舞池中，一對對衣著筆挺的舞伴正踏著《藍色多瑙河》的旋律跳著華爾茲。舞池對面的小舞台上，身穿黑色西裝的樂隊全神貫注地演奏著。小舞台旁還坐著十來位裝束豔麗的年輕女郎，從她們濃妝豔抹的打扮來看，鄧葆光估計可能是舞女。仙樂斯舞廳果然名不虛傳，氣氛舒適，看不到下等舞廳常見的吆五喝六的地痞流氓，也少見粗俗的打情罵俏。處在這種氣氛中，連滿口粗話的傢伙也要裝出斯文腔。

尼娜很滿意，悄聲對鄧葆光說：“到底是上海，在重慶就找不到這樣的舞廳。”

鄧葆光呷了一口清茶，忽然不解：“這種洋派的地方，怎麼不備咖啡反而泡茶？”

“你又呆了。”尼娜揶揄丈夫，“跳累了，一身汗，當然是一杯清茶爽口。”“有道理，還是我家夫人聰明。”鄧葆光逗笑著。“葆光，你看那一對跳得多好，特別是男的……”尼娜突然睜大了眼睛，“是她！”

“誰？”鄧葆光問。

“錢敏，從重慶來的時候，在船上認識的。”

一曲終了，尼娜便迎上去招呼：“錢敏！”

“噢，尼娜小姐！”錢敏高興地說。

她們互相介紹了自己的丈夫。錢敏的丈夫姓徐，名鈞，是敵產局法律顧問徐老先生的公子。鄧葆光在敵產局同這位德高望重的老先生有所接觸，知道他在民國初年曾當過大理院院長，後因反對袁世凱辭官隱居上海，因而對老先生清廉耿直的人品十分敬重。

“這麼巧，都湊到一起了。”尼娜拉著錢敏的手說，“太好了，以後我就找你玩了。我在上海一個朋友也沒有，悶壞了。”

鄧葆光也同徐鈞攀談起來：“這裏怎麼不收門票？”

“門票已經在茶錢裏了。”徐鈞見這位戴金邊眼鏡的先生不熟悉，便介紹上海舞場的規矩。他是個愛玩的角色，大小舞廳都去過。

“上海一流舞廳不多，有仙樂斯、愛爾靈、百樂門幾家。仙樂斯、愛爾靈洋派，而百樂門屬於老派。仙樂斯和百樂門有舞女，愛爾靈沒有，自己帶舞伴。舞女一般坐在樂隊邊上，面孔朝門口，舞客一進門就可看到。帶女伴來的客人，領班招呼沏茶後就不再來打擾。如果是單身舞客，你一坐下，領班就會低聲問：‘先生，要不要請伴舞？請哪一位小姐？’舞客點人後，領班便朝樂隊那頭一招手，被點的舞女就會過來，坐到小圓桌旁陪你說話。陪談不收錢，但說了一會兒還不請她下舞池，舞女就會說聲‘對不起，那邊還有一位朋友等我’，然後起身走開。這叫‘轉台子’。如果舞客請她跳舞，只要一招手，僕歐就會過來賣舞票。一張票一塊錢，一般陪你跳兩支曲子。跳完了，仍陪你坐到桌邊，說上幾句話，見客人沒有繼續請她伴舞的意思，也就假裝見到熟人，說聲對不起，‘轉台子’了。舞客買了舞票後，票根交給舞女，舞女憑票根找老闆拆賬分成。一個晚上能轉三四張台子，收入也頗可以了。碰上派頭大的舞客，喜歡那個舞女，跳完後一買就是十張、二十張舞票，朝舞女手中一塞，然後‘拜拜’。這種闊佬，下次一進門，那舞女就會主動走來招呼。有辰光大亨來了，領班曉得他喜歡那個舞女，而這位舞女如果已經下舞池，領班就會走過去對客人打招呼：‘先生，很抱歉，這位小姐需要離開一下，給你另請一位伴舞，好不好？’這時候你最好識相一點，不要不識相吃辣糊醬。舞廳為了招徠生意，也常請歌女來唱歌。聽唱歌另外收錢，按茶錢計算，一般歌女一場是十杯到二十杯茶錢。最紅的歌女，現在是吳茵茵，一場要四十杯茶錢。舞廳生意清淡的時候，就千方百計請吳茵茵。事先貼出海報，‘某日晚紅歌女吳茵茵在本舞廳獻歌，諸君切莫錯過’。吳茵茵的崇拜者就會蜂擁而至。上海舞廳一般到晚上十一點鐘就收場了。”

“噢，還有這些講究。”鄧葆光問道，“生意好的舞女月收入大概是多少？”徐鈞說：“有三千多的，也有六千多的。”鄧葆光有些驚訝，一般薪水高一些的職員，月入也只有兩百多元，十倍！

尼娜在同錢敏輕聲拉家常，這時轉過頭對鄧葆光說：“葆光，徐鈞現在還沒找到職業呢。”

“噢？”鄧葆光問了問他的履歷。徐鈞是學財經的，曾求學於東吳大學。

尼娜說：“葆光，你就給徐先生想想辦法吧。”鄧葆光說：“我們印刷廠倒是需要一個會計，不過，徐先生還沒有會計執照，要到南京考試院辦一下。等下次去南京，我順便跑一趟。”

錢敏連聲道謝。

鄧葆光又問起徐老先生近況。錢敏介紹說，老先生一直在研究文字，抗戰中一邊窮得吃六穀粉，一邊寫了六十多萬字的《說文載疑》。他寫了整整八年，用工工整整的蠅頭小楷抄了十二本。老先生雖然名聲很大，既是立法委員，又是敵產局法律顧問，可是哪一處都沒給定薪水，老先生也不開口，弄得家裏很清苦。老先生出門，將大錢夾綁在腰上，防小偷。那時候有軌電車前後兩節車廂，前面是頭等車，後面是三等車，車票價格不一。為了省錢，老先生總去擠三等車。老先生當了敵產局法律顧問，常有漢奸親友跑來求情送禮。老先生耿直，鐵面無私，將來人和禮物一起趕出門，得罪了很多人。有些漢奸家屬竟跑到弄堂裏罵街，什麼老不死的，什麼斷子絕孫，鬧得四鄰不寧，門闔家不安。老先生卻穩坐泰山，充耳不聞，只是說“這種人不要睬他”。

“老先生竟然去擠三等車？還有人罵街？”鄧葆光既驚訝老先生清廉，又驚訝漢奸家屬的猖狂。他想，明天一定要找劉攻芸反映一下。舞女都月入三千了。

“別光坐著呀！”尼娜主動邀請徐鈞，“徐先生，你的舞跳得真好，教教我，行不？”

鄧葆光也笑道：“那我也要請徐太太教我了？”

這兩對夫婦走下舞池。誰也沒有料到，鄧葆光和徐太太的這一次交集，奠定了他們倆後半輩子的緣份。

二十七年後，各自經歷了無數磨難和風雲之後，尼娜促成了當年的閨蜜徐太太變成了鄧太太，這是後話。

第二天，鄧葆光去外灘中央銀行敵產局處理事務，走進劉攻芸的寫字間。這位英國倫敦大學畢業的銀行家，高高的個子，微微發福，戴一副金絲邊眼鏡，穿著甚是講究，言談舉止間帶著英國紳士派頭。享有盛名的貴族學院不僅造就了一批批博士，而且培養了一批批紳士。在待人處事上，劉攻芸也同樣是紳士。他為人精明，八面玲瓏，又待人謙和，看重友情。鄧葆光在重慶對敵經濟作戰委員會同他相識之後，彼此相處頗洽，因而說話無需兜圈子。

鄧葆光談了徐老先生的情況後，劉攻芸也感詫異：“怎麼，老先生至今沒地方拿薪水？”鄧葆光揶揄道：“你這位局長也夠官僚的了，自己的顧問拿不拿薪水都不知，害得老先生年逾花甲還去擠三等電車。”劉攻芸笑道：“如此清廉的老先生，現在實在是鳳毛麟角。”兩人商量下來，給徐老先生定了個一百八十的生活指數，立即通知會計造冊。

鄧葆光剛想走，劉攻芸又叫住他：“慢著，我幫你解決了徐老先生的薪水，你也得替我安排一個人的位置。”鄧葆光笑道：“你這位銀行大老闆也真會做生意。”

劉攻芸說：“這人叫陳乃昌，原來是大夏大學的教授，學識淵博，在經濟學上很有研究。為人也很正派，當屬耿介之士。他是黃炎培老先生推薦的。我想讓他在你的逆產組當個副手，你看如何？”

鄧葆光笑道：“黃先生推薦，又有您局長大人的口諭，豈敢不從？”

第二天，陳乃昌前來報到，鄧葆光熱忱歡迎。這時，他還不知道這位頗有學者風度的教授，其實是一名身負秘密使命的戰士。

四十六年後，鄧葆光八十三歲。那年，他當年的直覺判斷又一次在楊顯東的傳記中得到驗證。傳記作者記敘，那年楊顯東遭特務迫害從武漢潛逃上海找到鄧葆光請求安排一個落腳點，鄧葆光將他安置在軍統管轄的一套高級公寓的第二天，清晨六點鐘他還未起床，電話鈴突然響了……

他見到中共上海局策反委員會主任張執一，問起鄧葆光的情況。張執一哈哈大笑：“鄧葆光的副組長是我們自己人。”這位“自己人”就是劉攻芸推薦給鄧葆光作逆產組副組長的中共地下黨員陳乃昌。

十

神秘的本家大哥引來——嫵媚的女經理

南陽路一百三十四號這幢花園大洋房，因東方經濟研究所本部遷來後，變得有生氣了。這幢安妮女王時期建築風格的大房子，是上海四大顏料富商之一張蘭坪的。據說這幢房子是建在大名鼎鼎的“惜陰堂”舊址上的。惜陰堂的主人趙鳳昌曾是清末湖廣總督張之洞的文膽。鬧義和團的年代，他就在此地

南陽路東方經濟研究所總部，現為居民住宅

假造聖旨，促成了“東南互保”條約的簽訂。此後又在此起草了中國歷史上最後一道皇帝詔書——清帝“退位詔書”。由孫中山、袁世凱的南北議和代表在此密商後，將此以末代宣統皇帝名義起草的詔書，送紫禁城抄於大幅黃紙上，鈐蓋玉璽詔示天下。

眼下，這個風雲際會的地方是鄧葆光的上海總部。研究所本部的五六十名研究員和工作人員集中在此辦公。鄧葆光的辦公室在二樓，對門是機要室。假三層的頂樓上，設有東方經濟通訊社的無線電收發報總台，空間是窄了一點兒，但這裏是同中經社各地分社聯絡的樞紐，報務員是軍統電訊處派來的。

鄧葆光上午在此辦公，中午驅車前往寧波路華威銀行，在那兒主持工作午餐。這個辦法是跟戴笠學來的，邊吃邊談，效率很高。各部門負責人或匯報，或請示，有問題就當場解決。華威銀行三樓，設有聯合廣播電台，早晚各一次為中國經濟新聞社廣播各地商情和股票行情。

這天黃昏，鄧葆光回到南陽路本部，向邱秘書交代幾件事，正準備回家，樓下門房通報，有一位姓鄧的客人來訪。外來客人不准上二樓，鄧葆光走下樓去，會客室裏坐著一名似曾相識的中年人。

“不認識了？”來客微笑道。

鄧葆光端詳片刻，突然想起來了：“大哥，是你呀！”

這位多年不見的本家大哥叫鄧雲衡，是個神秘人物。他很早就追隨董必武離開了家鄉，想必早已是中共的人。可後來又聽說，這位大哥當上汪偽政府駐日本神戶領事館的領事。抗戰勝利後，又不知跑到何處。鄧葆光根本沒想到他還在上海，而且今天居然親自找上門來。鄧葆光不免又高興又吃驚。在這幢房子裏，有不少軍統派來的人。若讓他們知道這位大哥的底細，少不了惹出麻煩。

鄧葆光正在擔心，研究部的吳祺方走進會客室，向他問了個無關緊要的事情，又朝鄧雲衡瞟了一眼，客氣地說："噢，鄧先生有客人？"鄧葆光隨口答道："是親戚。"吳祺方走開後，鄧葆光正想請鄧雲衡一起離開這裏，找個清靜地方好好談談，鄧雲衡卻先開了口：

"好久不見了，今天我們兄弟聚聚，我請客，怎麼樣？"

鄧葆光巴不得同這位神秘的大哥趕快避開耳目。他關照邱秘書打個電話，告訴尼娜不回家吃晚飯。

他倆剛走出門口，司機老姜趕緊上前問："鄧先生出去？我把車開來？"

鄧雲衡馬上說："我有車，就坐我的吧？"

"也好。"鄧葆光對司機說："你就下班吧。"

鄧葆光坐進鄧雲衡開來的小汽車，無意中一回頭，發現吳祺方不知什麼時候跟著出來了，正向司機老姜問著什麼。鄧葆光生了疑："這個吳祺方倒很關心我的行蹤！"好奇心和習慣打聽事是特工人員的基本素質。

汽車開到梅龍鎮酒家。鄧葆光心想，真叫無巧不成書。上次在這兒同一個共產黨嫌疑分子密商，今天又在這兒同一個神秘的本家兄弟會面。

兩人走上二樓包廂，茶房替他們拉開門。鄧葆光一眼看見裏面坐著一位年輕少婦。約莫三十出頭，略施粉黛，清麗嫺靜，一笑一顰間透出知識婦女的氣質。

這位氣度不俗的女子是誰？大哥今天是怎麼啦？

“吳湄小姐，梅龍鎮酒家的經理，我們是多年的好朋友了，特地請來作陪。”鄧雲衡介紹道。

“吳小姐，打擾了。”鄧葆光點頭打招呼。他想，一個年輕漂亮的女人能掌管這麼一家頗享盛名的大酒店，從大買辦虞洽卿手裏盤下這幢中西合璧的物產想必不是等閒之輩。

“歡迎鄧先生光顧本酒家。”吳湄落落大方地說，“久仰鄧先生大名，只是無緣相識，今天才知同鄧大哥是至親，不然早就到府上拜訪了。”

說罷，吳湄招了招手，恭候門外的茶房立即進房，俯首聽了女經理的吩咐，便走出張羅。片刻，就開始上菜了。

吳湄起身斟酒：“今天我特別關照廚房，安排本店最好的廚師掌勺，不知燒得如何？”

席間，兩位本家兄弟不免談起家鄉親友。

“不知董老師現在怎樣？”因為有吳小姐在場，不知底細，鄧葆光不敢說出名字。

鄧雲衡微微一笑：“我跟他也多年沒見過面了，常常惦念著，他老人家今年該過六十五大壽了。”

鄧葆光講起一九三八年夏天在武漢見董老師的情景。“我常想起他老人家囑咐我的一句話：專心抗日，不做壞事，就是以後……”鄧葆光沒有往下說。他對董老師心理是矛盾的。八年抗戰，董必武經常在重慶的紅岩辦事處，他還是國民參政會中共派出的駐會委員。國民參政會是當權的國民黨承認多黨合作地位的民意議政諮詢機構。駐會參政員在中華路的一幢洋樓裏設有辦公室。可是，鄧葆光從來不敢去那裏跟董必武見面。

“我也聽說過。”鄧雲衡神秘地笑笑，似乎什麼都很清楚。

鄧葆光想，這位大哥一會兒說沒見過董必武，一會兒又好像早就知道一九三八年他和董必武見面這件事。鄧雲衡究竟同他的領路人還有沒有聯繫？到底是哪條線上的人？這些年來神出鬼沒在幹些什麼？如果說，一九三八年在武漢和董老師見面時，還不清楚董老師在中共方面的特殊地位，那麼隨著鄧葆光在軍統局地位的上升，他已經很清楚他的董老師正是軍統的死對頭、中共情報系統的創辦人之一。董必武曾以近五十歲的年齡隨中共紅軍徒步走完了兩萬五千里的長征；他還是中共的創始人之一，中共在上海組黨召開第一次全國代表大會時的十三名代表之一。鄧葆光很想問問，但話到嘴邊又忍住了。這些事還是少知為好。萬一這位大哥亮出共產黨的牌子，是跟他保持往來好，還是切斷聯繫好？鄧雲衡沒說，鄧葆光也正好裝糊塗，還能在一起敘敘鄉情。然而，鄧雲衡找鄧葆光僅僅是聚聚嗎？

果然，鄧雲衡將談話引到了正題上。“葆光，聽說你辦了一個經濟研究所，市面做得不小。我這裏有幾位朋友，想謀個差事，你那裏能不能安排一下？”

鄧葆光心裏打了個咯噔。這位神秘的本家大哥介紹的朋友，莫非也是紅線上的人物？能不能答應？不答應情面難卻，答應又會不會招來麻煩？不過這位大哥的人品自己是知道的，他的朋友自然不會是雞鳴狗盜之徒。自己所接觸過的共產黨人士或者疑似的共產黨人士，都是正直而有才幹的出類拔萃的人物。還是那句話，不管這個黨那個黨，只要為人正派又有本事，就用。更何況，日偽政府中留下來的幾位經濟方面的人才，他不也安排進了所裏當研究專家了嗎？要不，還幹什麼事業？

"是哪幾位？有些什麼專長？"鄧葆光問。

鄧雲衡從西裝貼袋取出一份名單，說："姓名、學歷、專長、履歷，上面都有了。這幾位朋友都很可靠，你放心，無論怎樣，我這些朋友是決不會給你添麻煩的。"

鄧葆光笑笑。這位大哥在跟我打招呼。麻煩不麻煩就別說了，真有什麼事，我還能逃了干係？你將朋友安排到我這兒來，無非知道"東方"有軍統的背景，沒人敢上這兒找麻煩。不過，你還不知軍統內部也會有人虎視眈眈的。只要戴老闆在，我鄧葆光還不怕擔點干係。你大哥別給我挑明就行了，不知者不為罪，萬一出事，戴老闆面前還說得過去。

"大哥，你的朋友還信不過嗎？你就別多說了，小弟照辦就是，別的事情就不想知道了。我一直是這個態度，只要是真正幹事業的人，我都歡迎。別的，我什麼也不管。"

鄧雲衡心領神會。"兄弟之間就不客套了。這幾位朋友，請多多照應。要有人問起，就說是梅龍鎮酒家吳經理保薦的。"

吳湄朝鄧葆光含笑點點頭。

鄧葆光想："這位大哥倒是老手，辦事滴水不漏。吳小姐也算是上海灘上有身份的人士，萬一這些朋友有麻煩，追問起介紹人來，我還能說得清。雲衡大哥這是為我考慮啊。”

“你我兄弟見一面不易。今天夜裏我就要動身，到內地去做幾筆生意，以後還不知什麼時候才能見面呢。”鄧雲衡舉起酒杯，“來，葆光，乾了這一杯！我替朋友們謝謝你！朋友們是不會忘記你的！”

“祝大哥一路平安！”鄧葆光舉起杯，真心實意地祝福。他知道這位大哥做的是“大生意”。

鄧雲衡將吳湄拉到跟前，對鄧葆光說：“吳小姐是我最信得過的好朋友，希望你們也能成為知心朋友。”

吳湄含笑伸出手。

鄧葆光上前握住。

這是一雙柔軟而有力的女性的手。

十二

不祥的空難事件——未來是灰暗的嗎？

一九四六年是在時陰時晴、乍暖還寒的政治氣候中到來的。

內戰實際上已經開始，然而一月十日國共停戰，由國民黨、共產黨、民主同盟、青年黨、社會賢達等代表參加的政治協商會議的召開，又似乎帶來一線轉晴的希望。二月一日，中共發出《關於目前形勢與任務的指示》，介紹政治協商會議的成果。各界歡呼中國即將走上和平民主建設的新階段，在較場口舉辦慶祝政協成功大會。結果慶祝大會開得不太平，發生了重慶較場事件，特務搗毀慶祝會場，打傷郭沫若、李公樸。接著，特務又搗毀北平軍事調停處執行部，繼而又搗毀重慶《新華日報》和民盟的《民主報》。

三月一日的國民黨六屆二中全會，推翻了政協憲法草案中各項民主原則的決議。

時局惡化，中國的前途吉凶未卜。與此同時，鄧葆光的處境也突然急轉直下。變化的原因倒不是時局，而是因為一起空難事件。

三月十六日，鄧葆光收到戴笠從北平發來的電報，指定他和時任軍統上海站站長李崇詩、副站長王一心於翌日下午二時去機場接機。

第二天去機場前，鄧葆光特意換上一件半舊的絲棉長袍和一雙半新皮鞋。在局本部工作過的人都知道，戴老闆最看不慣西裝革履、油頭粉面。他自己在抗戰期間無論冬夏總是一身黃卡其中山裝，勝利後到上海才換了藏青或灰色的卡其中山裝。鄧葆光從來沒見他穿過西裝，也不知什麼原因，或許在穿著上也貫穿他一貫強調的“當無名英雄”“不要出風頭”的原則？在冒雨驅車去江灣飛機場的路上，鄧葆光思索著怎樣向戴笠彙報這幾個月籌建東方經濟研究所的工作，爭取老闆更有力的支持。剛開張的“東方”要想在中國站住腳，並且向“東方”財團的方向發展，沒有這位鐵腕人物的幕後撐腰幾乎是一個天真的幻想。

雨越下越大，在機場等了兩個多小時，仍不見老闆座機的影子，他們不安了。李崇詩先通過機場電台向北平查詢，答覆是戴局長座機已於上午九時飛青島。再電詢青島，回答說午飯後已飛往上海。三名少將級特務焦急起來，又驅車急返市區，直奔杜美路軍統辦事處，讓專台分別向北平、青島、南京詢問，均無消息。會不會像去年一樣，老闆降落後徑直去了劉吉生家？戴笠喜歡在劉家豪宅小住，已是公開的秘密。與日偽政府有過牽連的男男女女們，都拐彎抹角地來劉家通路，祈求他讓軍統對他們網開一面，“放一隻碼頭”。可是，這一次，電話打給劉吉生後，他聽到戴笠失蹤的消息，也緊張起來。戴老闆連同他那架 C-47 型 222 號專機一起失蹤了！

他們三個誰也不敢回家，在杜美路辦事處焦急地等候消息。直到深夜，毛人鳳從重慶來電說，戴局長仍無下落，他們還在尋找。

十八日依然大雨滂沱。守了一天電台，各地仍無線索。傍晚，接到軍統南京辦事處主任李人士的電話，說他得到報告，十七日午後有一架軍用飛機在南京江寧縣板橋鎮附近墜毀，已派人前往偵察。

十九日持續了兩天的暴雨仍未停止。凌晨時分，從南京傳來確切消息，飛機墜毀處發現一顆私章，刻著軍統人事處處長龔仙舫的名字。龔仙舫跟戴笠隨行，老闆失事已確實無疑。

接此電後，在滬的"將"字頭大特務毛森、王新衡、李崇詩、王一心以及鄧葆光等人，隨即乘專列趕往南京。在南京換乘汽車直奔江寧，上午八時趕到板橋鎮，前面已無公路。他們冒著大雨，在泥濘的小道上跋涉了一個多小時，終於來到飛機墜落現場——戴山。

一天兩夜的大暴雨已將現場沖刷得狼藉不堪，飛機殘骸夾雜著燒焦的殘肢七零八落地拋散在半山腰的泥地裏，屍體已被山水沖進一條溝中。一個先到的小特務說，當地老百姓說那條溝叫"困雨溝"。在場的大特務們聽了不由得驚懼地低聲議論起來。戴笠生前頗相信算命，一直說自己命中缺水忌土，所以使用化名都是水淋淋的，如汪濤、沈沛霖、洪淼等。唯獨去年他不在重慶，秘書不相信這些忌諱，故意替他取了個缺水多山的化名試試看。誰知"高崇嶽"這個化名啟用不到一年，戴老闆就摔死了。而失事地點又恰巧叫"戴山"，不僅同姓，而且是個多土的山。更為蹊蹺的是，戴笠屍體被山上下來的雨水沖進的那條溝又正好叫"困雨溝"，戴笠不是字"雨農"嗎？戴山下還有一座“戴家廟”，這一切，彷彿是冥冥之中安排好的，命中注定這兒是他的入土之地。大特務們越議越神。有的還說，算命先生早就送給戴笠兩句偈言：“遇山即止，逢橋必回。”現在一一應驗，飛機撞在戴山，此地又屬板橋鎮。此話不知真假，那些大特務們一個個遇見鬼似的心驚肉跳，寒意凜凜。

鄧葆光沒有聽這些議論。他打著傘，站在山坡上，默默地望著小特務們在雨中尋找殘骸。

戴先生死了！他悲哀而又茫然地對自已說。

他已記不清第一次見到這位軍統老闆的情景。他只記得戴老闆對他刮目相看，是因為一份報告。

一九三七年十一月二十四日，日軍佔領上海後急速西犯，兵迫首府南京。特務處奉命撤往武漢。鄧葆光被任命為復興社特務處武漢區第二組組長，負責經濟調查。對外的公開職務，卻是軍委會調查統計局第二處武漢區第二組組長。武漢失守後，鄧葆光奉命撤往重慶。一路上，他親眼目睹穿黃軍裝的士兵放火焚燒堆成小山似的藥品和物資，執行蔣委員長的“焦土抗戰”政策；親眼目睹關卡林立，嚴禁物資進出和商賈往來。他在顛簸的卡車上深思著。到重慶後，他憑著書呆子的勇氣和抗戰青年的熱忱，疾書了一份報告：《搶奪敵方物資，安定後方經濟》。他直言不諱地批評“焦土政策”。不准商賈往來，何言後方經濟？軍隊一撤就大肆焚燒，戰時所需物資又將從何而來？這位無名書生統籌全局，提出了學習日軍“以戰養戰”的戰時經濟方針，並建議財政部設立緝私署和戰時貨物運輸管理局，統一監察和管理戰時物資的調配和流動。他自己做了幾大張全國物產和運輸路線圖，包括產地、產量、品種等詳細信息。他將這些像軍用作戰地圖那樣掛滿了辦公室牆面，一目了然。戴笠路過時，先是好奇地進來觀看，然後指令鄧葆光馬上把他的想法寫成報告。

報告送到戴笠手中。此時，蔣介石剛把軍委會第二處和中華復興社特務處合併後擴編為軍統局，戴老闆拍案叫好。鄧葆光當然不會知道，戴老闆叫好的背後還有小九九。財政部這個最大的肥水衙門，向來是孔氏家族把持的地盤，戴笠雖然眼紅卻難以染指。如果老頭子准了這份報告，他就能擠進孔家後院，又能增加軍統財源，還能打著緝私警察的公開招牌，堂而皇之擴充軍統的武裝。一箭三雕，妙極！想不到鄧葆光這個讀書人還有這些鬼點子！戴笠開始另眼相待了。

報告送到蔣介石的案頭，引起了這位身兼數職的國民黨總裁的關注。美國人公佈了《戰爭中立法》，中斷對華貿易，而英美兩國卻向日本大量輸出石油和鋼鐵。俄國人慷慨地向中國提供二億五千萬美元的貸款，然而中國海岸被日本軍艦所封鎖，滇緬公路也被英國人關閉，有錢買不來物資又有屁用？正為英美不夠朋友而大傷腦筋的蔣介石，從鄧葆光這份報告中找到了一條出路。他反覆推敲著，在"印刷假幣，部分用於高價搶購淪陷區物資，重點破壞敵軍補給"這句話下，畫了一道深深的紅槓。

於是，鄧葆光這份"以戰養戰"的報告，成了國民黨政府戰時經濟政策的一份藍圖。

根據這份藍圖，"對敵經濟作戰委員會"在重慶成立，統籌對日經濟作戰的重大行動。鄧葆光因獻策有功，被委以常委重職，從而參與了抗戰期間對日經濟作戰的全部重大決策。

根據這份藍圖，緝私署及戰時貨物運輸管理局相繼設立，戴笠如願以償地兼任了署長和局長兩職。鄧葆光也被委任為最有實權的貨運管理局業務處處長，負責直接指揮搶購敵佔區物資，確定緝私處封鎖物資流向的位置，指導經濟檢查大隊管理戰時物價，取締投機倒把。

此後，對日經濟作戰便開始活躍起來。

軍統與杜月笙合作組建通濟公司，在安徽界首和浙江淳安設立秘密搶購點，通過五花八門的渠道，採用形形色色手段，從敵佔區大量搶購棉紗、布匹、桐油、糧食、煤炭等戰時物資。

按照鄧葆光所提供的目標，對日軍重要補給線及經濟設施組織了大規模轟炸和破壞。一九四三年，美軍第十四航空隊轟炸上海吳淞口日軍匯山碼頭，轟炸八字橋日本海軍軍需倉庫。一九四四年，美軍 P-40 轟炸機猛烈襲擊北寧鐵路、天津至山海關沿線日軍補給線。

當時軍統經濟室主任會某是戴笠的學生，又曾留學德國，雖然學了點經濟理論，但誇誇其談不務實，架子十足一副官僚腔。戴笠提拔鄧葆光當經濟室副主任後，會某很不舒服，成天跟鄧葆光鬧彆扭。會某找戴笠告狀，說戴笠要鄧葆光就別要他。戴笠沒有表態，而是將鄧葆光調到秘書室，放在身邊考察了一段時間，認準之後便將會某趕走，讓鄧葆光全權負責經濟室工作。鄧葆光從此成了戴笠的紅人。戴笠曾多次在別人面前誇獎鄧葆光，說他點子多，有辦法，只可惜太年輕了些。言下之意是讓他熬上一陣子再進一步重用提拔。

而如今，這座強大的靠山突然頹倒了。鄧葆光不能不感到茫然和沮喪。

鄧葆光清楚，作為一個特務頭子，戴笠的確是一個心狠手辣、殺人不眨眼的魔王，他的雙手沾滿了鮮血；而作為一個幹事業的人，戴笠又能禮賢下士，重視人才，並非鼠目寸光、雞鳴狗盜之徒，否則他不可能白手起家支撐起這樣一個龐大的特務組織。至少，對於他鄧葆光這樣一個書生，戴老闆是不曾虧待過的，沒拍過一回桌子，沒罵過一次娘，而且將他這個一無背景、二無資歷的白衣秀才，提拔為獨掌一面的少將情報官。沒有戴笠的厚愛，他鄧葆光決不可能在老牌特務們的嫉妒排擠中一次又一次倖免於難，也不可能創辦以"東方"財團為發展前景的東方經濟研究所，從而開拓自己從青年時代起便夢寐以求的事業。

現在戴笠死了，而且是如此突然地摔死了，他鄧葆光還能指望誰的庇護呢？他這樣一個手無縛雞之力且毫無派系勢力的讀書人，混在一群陰險兇狠的土匪打手中間，能有什麼好下場？東方經濟研究所，這個朝思暮想的初生兒，莫非注定要夭折在繈褓中？

透過雨幕，鄧葆光看見戴笠的副官賈金南，抱著老闆半截燒焦的屍體，痛哭流涕地向山下踉踉蹌蹌走去。鄧葆光感到自己的眼睛模糊了，分不清是雨水還是淚水。他不知是為戴老闆的慘死而傷心，還是為自己從此變得黯淡的未來而悲哀。鄧葆光在想，戴笠死了，無論他是魔鬼還是凡人，一切的一切都隨之終結了。對於一個與自己共事過八年的人，對於一個對自己有知遇之恩的人，他無論如何也難以像那些搖尾獻媚的傢伙一樣變得冷漠無情。他鄧葆光終究還是一名書生。

直到深夜，鄧葆光才落湯雞似的回到家中。尼娜還沒睡，坐在客廳的沙發上，摟著那條純種德國狼狗，在燈下等候丈夫。因為緊急，早晨走的時候沒來得及通知妻子。

尼娜給丈夫換下濕透了的外衣，什麼也沒問。鄧葆光常常深夜不歸，而且回來後什麼也不肯說，做妻子的已經習慣於不去打聽丈夫的公務。然而今天，當他一坐到沙發上就頹然地說：“戴先生死了。”

鄧葆光當然不會跟妻子談論戴笠之死將會對他的前程產生怎樣灰暗的影響。他不願讓一個無憂無慮的女人替丈夫擔憂。他更不願說起，在南京辦事處遇見剛趕到的潘其武，一見面潘其武就半真半假地對他說：“葆光，人家說軍統有兩個最大的資本家，北平是馬漢三，上海就是你鄧葆光，哈哈……”鄧葆光並不傻，他聽得出這哈哈聲後面隱藏著的陰險用意。他只能裝糊塗，一笑了之。他知道這個要求軍統各地辦公室的白牆上都刷上道德教義的人，是個很麻煩的人。潘其武就曾跑到東方所的大洋房裏，抱怨怎麼沒有貼上局本部的大標語：“正其誼不謀其利，明其道不計其功。”鄧葆光沒有理睬。他能夠向這些人解釋，儘管自己手中掌握著接收來的幾十家工廠、近萬幢洋房的逆產，但那都是記在敵產局賬上的公家財產，自己沒往腰包裏裝過一根條子嗎？他們不會相信的，削尖腦袋想發接收財的人無論如何是不會相信的。

他心裏非常清楚，他已經被軍統的這位資深大特務盯上了。

鄧葆光的心被這驟然浮起的烏雲壓得沉沉的。

戴笠一死，他生前自詡為鐵板一塊的“團體”，一夜之間就分崩離析，形成了四派。一派是廣東幫，以鄭介民為首；一派是湖南幫，如“湖南三李”李人士、李肖白、李崇詩，聚集在唐縱周圍；一派是浙江幫，核心力量是在局本部工作的江山籍特務，以毛人鳳為代表。最後一派就是中間派，大多像鄧葆光這樣既無派系背景，又不想得罪人，因而採取觀望態度。老奸巨猾、哼哼哈哈的鄭介民兼任軍統局局長之後，並不像戴笠那樣死抱著“團體”不放。他不想當一輩子“無名英雄”。他只是想利用軍統這塊跳板，謀取高官厚祿。

唐縱一向謹慎膽小。他知道軍統得罪人太多，早已無心留戀。他已在暗中活動警察總署署長的位置。

毛人鳳雖然逢人三分笑，一副唯唯諾諾的公務員腔，但骨子裏是個口蜜腹劍、陰險狡詐的傢伙。因為資歷淺，他還不敢公開同鄭介民、唐縱搶權，但他一向是戴笠的大管家，經營多年已在局本部打下了地盤。他沒有本錢像鄭介民、唐縱那樣，跳出軍統謀個大官當當。他做不成那個夢，只有死死把住戴笠遺留下來的家底，面帶恭謙的微笑暗中覬覦局長的寶座。潘其武是他這一派的鐵杆。

這年夏天，軍統本部還都南京，在國民黨內外一片叫罵聲中開始縮編裁員，並改名為保密局。鄧葆光派秘書去南京摸底，帶回一連串明爭暗鬥的內幕新聞。

軍統重慶辦事處在朝天門碼頭查獲一批走私貨，追根追到總務處一個科長身上。然而後台老闆卻不是總務處處長沈醉，而是毛人鳳的老婆向影心。重慶辦事處中將主任張嚴佛如獲至寶。他是一九三一年復興社特務處的元老，又是鄭介民的親信，想利用這個案子翻毛人鳳的船。張嚴佛連夜拷問，收集人證物證，準備送鄭介民報告蔣介石。誰知毛人鳳一得風聲便來了個閃電式的襲擊，不等張嚴佛寫好案情報告，就下令撤銷重慶辦事處，逼著張嚴佛一天之內辦完移交，連同走私案卷宗一起鎖進自己的抽屜，給張嚴佛來了個釜底抽薪連鍋端。

毛人鳳以神速的動作破了鄭介民的攻擊，此後便先易後難，不露痕跡地暗地裏對"湖南三李"動手術。他以保送去美國學習警察業務為理由，將李人士擠到了大洋彼岸；又悄悄尋來李肖白舊日姘頭之夫，暗中唆使他向法院控告，免了這位曾獲國民政府寶鼎勳章的少將職務；最後又將李崇詩踢到國防部二廳任辦公室主任，掛個"高參"的閒職。唐縱手下這三員大將都是黃埔出身和戴笠同期畢業的老資格大特務，竟被一個小公務員式的人物排擠得一乾二淨。厲害。

鄧葆光憂心忡忡。下一個該輪到誰了呢？會不會拿他這個中間派開刀呢？

鄧葆光趕到南京，去活動活動，先去找唐縱。他同小心謹慎的唐縱，一直相處得還可以。他希望唐縱能看在共事多年的面子上，運用自己的影響從側面支持他一下。這位當年"力行社"特務處書記長，在駐德使館當過武官。回國後一直在蔣介石侍從室擔任負責情報的第六組組長，手眼通天。雖說唐縱已離開軍統，稱心如意地當上了警察總署署長，但畢竟也兼任過軍統副局長，長期在軍政漩渦中心逢迎有術，位居樞要，說話多少還是起作用的。

因為跳出了軍統權力之爭的旋渦，唐縱顯得輕鬆寬心。

“葆光，近來還可以吧？”

“不好，我正是為這事來拜訪的。”

“我曉得，你是怕毛人鳳打你的主意。沒得關係，你那個‘東方’的攤子不是鋪得挺大麼，不讓他毛人鳳插手就是了。哈哈……”唐縱的湖南腔把“毛”字拉長了兩個音節。

鄧葆光感到渾身冰涼。你唐縱現在是全國警察頭子，你的警察系統可以不讓毛人鳳插手。我有這個本錢向毛人鳳鬧獨立嗎？鄧葆光明白了，唐縱這個老狐狸，既已擺脫了同毛人鳳的矛盾，絕不會為他再去開罪保密局的。不過，臨走時唐縱還是給了鄧葆光一點小小的定心丸：“有特別的事隨時找我！”

鄧葆光失望之中想起了陶希聖。陶希聖一向看不上毛人鳳。論輩份，他稱陶希聖“二叔”。當年在北平，陶希聖還在當教授時，就曾為他當過主婚人。抗戰後，中宣部將從漢奸那裏沒收來的中華印刷廠撥給陶希聖“調劑生活”。在國民黨內部，這是給一些大員們薪水外津貼的慣常辦法。撥一爿廠交給你管，你就可以董事長之類的名義拿第二份薪水。而陶希聖這個老學究，既不會管事，又不會理財，印刷廠的職員都不買這位宣傳部副部長的賬。印刷廠經營不善，自然沒有外快“調劑生活”。陶希聖求鄧葆光幫忙，聘請這位軍統大員兼印刷廠的經理。鄧葆光一直替他維持到現在。就憑這點功勞，陶二叔也總該替他出面疏通一下，以保住東方經濟研究所這塊地盤吧？

陶希聖的府邸，在南京新街口東邊的鄧府巷，是一幢破舊的老房子。鄧葆光還是第一次來。一踏進客廳，那副窮酸相叫他吃了一驚。沒想到堂堂國民黨中央宣傳部副部長的官邸，竟沒一件像樣的家具，連一對皮沙發都是破的，露出亂糟糟的棕絲。不知這位陶二叔確是生活清苦，還是故意弄成寒酸相以示清廉？他似乎又看到軍統局總部潘其武在大白牆上刷出的"正其誼不謀其利，明其道不計其功"的大字橫幅。

陶夫人出來招呼鄧葆光。她是一個臉上不少皺紋的小腳女人，不事修飾，還不到五十歲年紀，顯得又土又老，不知情者還以為是在陶府當老媽子的鄉下老太婆。其實，千萬別小看這位"老太婆"。六年前，陶希聖從上海汪偽政府出逃時，汪偽特工都誤以為她只是陶部長那位有九個孩子的鄉下髮妻。為了帶五個孩子逃離上海，這位看上去土土的陶夫人在汪精衛和陳璧君面前，演出了一場連環戲，掐絲接縫，滴水不漏。那種從容、冷靜得體，可不是一般的女人能做到的。陶部長十分敬重和依賴她。

見到鄧葆光，陶希聖很高興。陶希聖不僅是國民黨的中宣部副部長，還兼著黨報《中央日報》的主編。軍委會委員長侍從室撤銷後，他在國防最高委員會任參事，掌理法令、計劃、方案的審查、設計和調查。陶希聖一開口就問起上海的市面。鄧葆光簡略地說了幾句，便急切地將話題引到來意上。

陶希聖沉吟片刻，說："葆光，不是二叔不願幫忙。你們軍統，噢，現在改成保密局了，一向針插不進，水潑不進，旁人很難說上話。我雖在委員長身邊，這種事也很難進言。你們那個毛人鳳，我最不要看，確乎是個小人。近君子而遠小人，你敬而遠之就是了。”

這位二叔早已不是在法庭上評擊英國巡捕“五卅慘案”暴行的那位一夜爆紅全國的法學教授了，也是明哲保身，不管閒事。鄧葆光突然產生了一種孤獨感。“委員長也有他的苦衷，用毛人鳳那樣的小人也是不得已，他也要受各方面力量的牽制。”陶希聖不知為什麼，突然說起了蔣經國：“我看，中國社會改革的希望，還在經國身上。他雖然年輕，確是不可多得的經邦緯國之才。”

他講起蔣經國在贛南當行政專員時整頓三青團的事。一九三八年初，蔣介石欽點復興社書記康澤負責組建“三民主義青年團”。康澤成了蔣經國在政治生涯中遇到的第一個政敵。康澤在三青團江西支團安插了一批親信，為首的是支團書記彭朝鈺。此人表面上十分尊重蔣專員，幾乎天天跑專員公署彙報工作，而實際上卻在暗中活動，想架空蔣經國。蔣經國心中有數，但不露聲色。他抓緊物色和培訓自己的幹部。支團部幹部訓練班每期招收一百多名學員，期期親擬計劃，自任“精神講話”課，一手包辦，不讓助手替代。經過一段時間，幹部基礎雄厚了，蔣經國抓準時機，在支團會上一舉撤換了康澤的全部人員。過了兩年，江西支團召開全省代表大會時，已是清一色的經國太子兵了。

陶希聖說：“經過這些年的磨煉，經國已經成熟了。他的組織才能和刻苦精神，是那些官僚望塵莫及的。他是真正幹事業的人，尤其可貴的是他有在蘇俄學習和歷練的經歷，有革命熱忱。”

鄧葆光不明白，陶希聖何以跟自己大談蔣經國。莫非暗示自己，要想幹點事業應該找蔣經國做靠山？然而，這位太子果真如陶二叔所說是個棟樑之才麼？再說，他同小蔣素不相識，靠山不靠山又從何說起？鄧葆光不便明問，帶著失望和疑問怏怏返滬，天就要下雨了。

一回到上海，他就找秦豐川商量。

“老秦，我在南京回來的路上反覆考慮，覺得你還是去北平的好。我們東方經濟研究所在北方沒有打開局面，只能藉重你老兄在北平的關係和北平傅長官的支持。再說，戴先生一死，許多事情都很難說，我自己的命運都靠不住，說話更不管用了。北平有傅作義將軍在，你去了也好有個照應。”

鄧葆光有些話沒有明說，然而秦豐川完全明白他的意思。戴笠在，他還可利用老闆的厚愛，對他秦豐川有所蔭護。戴笠一死，他鄧葆光泥菩薩過江自身難保，再沒力量保護朋友了，只能將他秦豐川這個共黨嫌疑分子放虎歸山。

秦豐川緊緊握住鄧葆光的手，什麼話也沒有說。

被戴笠誘捕，又被戴笠捏在手心好多年的秦豐川，終於逃脫了軍統的鐵籠，飛回古都北平去了。到北平後，秦豐川創辦了北方經濟建設協會、民生廣播電台、民生印刷廠、圖書館。不久，又應傅作義之請，就任張家口市長。兩年後，一九四九年一月三十一日，北平和平解放。鄧葆光在《中央日報》上發現，隨傅作義將軍起義的華北剿總的大員中，有華北剿總文教委員會主任兼張家口市長秦豐川的大名。

秦豐川走後，鄧葆光將精力集中到“東方”內部。“東方”

要生存下去，只能依靠自身的生命力了。他不能束手待斃，不戰自敗。

鄧葆光著手鞏固組織，一方面不露聲色地將軍統鐵桿一一排擠出核心部位。他知道“東方”會計組組長周浩良是毛人鳳派來監視和控制“東方”的經濟命脈的。鄧葆光用徵求意見的口吻跟他商量：“通運行需要加強力量，我想請你去當副經理，你看如何？”周浩良自然求之不得，對他個人來說，在外面當經理比在內部當會計，不僅牌頭大，而且就像直接面對企業的稅務專管員一樣能撈外快。他興高采烈地走馬上任了。另一方面，鄧葆光又不露痕跡地將鄧雲衡介紹過來的人安排到關鍵位置，任命占自佑為研究部主任、周雪為出納、林迪惠為機要員、馮曼雲掌管秘密資料。這些人的背景，只有鄧葆光一個人心中清楚。這樣安排，鄧葆光是經過精心考慮的。無論如何，從紅線上介紹過來的人，絕不會向軍統出賣自己。他現在最大的威脅是來自軍統內部，而不是共產黨。

與此同時，鄧葆光全力以赴組織開展經濟研究工作。他急於拿出一點成果來。研究部的專員們，開始整理研究從日本領事館、日本商工會所和汪偽機關接收來的檔案資料，著手編撰東北經濟叢書。計劃編撰七冊：東北的資源、東北的工業、東北的農業、東北的林業、東北的貿易、東北的財政金融、東北的畜牧。另外，編寫四十萬字關於的黃河水利問題的專著及中國對外貿易專著的資料準備工作，也同步進行。

“東方”屬下的中國經濟通訊社投入緊張運行，散佈國內外的幾十部電台源源不斷地通過電波送來各地行情和經濟信息，經過匯總處理，交聯合廣播電台播發。

鄧葆光最為關注的是編寫反映全國物價和經濟動態的週報。這項工作，在抗戰期間就已開始，一直未斷。那時是軍統經濟室搞的，這條渠道不能斷，鄧葆光到上海後，就將編撰的權力和推送渠道轉移到了東方經濟研究所。這份週報，是專為蔣介石編的。每週星期六午夜十二點之前必須列印完畢，然後派秘書連夜趕往南京，專呈蔣介石官邸。這樣，星期日一早，蔣總裁在吃早餐之前，就可從身旁的茶几上拿起這份還散發油墨清香的經濟週報。每一期週報，鄧葆光都一字一字推敲，一個數字一個數字核查，唯恐稍有差錯。他不能不戰戰兢兢，如履薄冰。還在重慶時，有一期週報上出現一個錯字，戴笠就立即打電話來查問。打這以後，鄧葆光便知道這份直接通天的週報非同小可，它在老頭子眼前所引起的一顰一笑，都會帶來難以預料的禍福。他現在心存一線僥倖，希望這份浸透自己心血的專呈週報，能引起最高領導層的垂青，從而給危機四伏的“東方”爭取到強有力的支持。

鄧葆光並不完全是個書呆子。

十二

“聞人”失寵

黃金風潮內幕

上海灘，每天都有大新聞。

鄧葆光拿起今天剛到的報紙，打開一看，吃了一驚。赫然觸目的標題：“杜月笙楊虎到港發恒論”。這是一則新聞：

本報香港電：上海市商會監事長杜月笙及中華海員總會理事楊嘯天（楊虎）兩氏，最近連袂赴港，在港歡迎會上，忽發“恒論”，對於國內經濟之措置失當，諉為官僚主義之後果，並公然主張停止內戰，實行民主，聞者出乎意外，為之咋舌。猶憶去年政協閉幕後，國共失和，內戰掀起，上海市商會曾電請政府，明令戡亂，時杜氏為該會常務委員，實主其事……不謂一登香島，居然作風大變。

國府戰後一比二百兌換偽幣的政策給通貨膨脹帶來了機會，不僅是對收復區人民無端的剝削，而且幾乎沒收了以偽幣維持生計的中下層人民的全部財產，使上海物價大大低於內地，刺激了後方法幣大肆流入上海，搶購、囤積、投機，國府只得大量印製和發行法幣，引發物價急劇上漲，形成第一輪通貨膨脹。一九四六年六月內戰爆發，軍費飆升，貨幣貶值，物價上漲了百分之五十以上。作為幫會和商會的首領，理應發發怨氣。

杜月笙和楊虎去香港，鄧葆光是知道的。楊虎當年在國民黨中的地位是人所共知的，當過討袁軍的師長，孫中山總統府的參軍兼衛隊總長、第二軍軍長和上海警備司令。一九三七年八月淞滬會戰爆發，十一月上海淪陷，力主抗日的楊虎經杜月笙安排偽裝成商人逃離了上海，又從香港撤到了武漢。從此，不受重用，漸行漸遠。但楊虎到港後會公開批評政府，倒是出乎意料。鄧葆光吃不準這則新聞是真是假，但杜月笙近來牢騷滿腹確實有其事。

自戴笠死後，杜月笙也開始失寵。一九四六年八月，上海參議會選舉議長。事前，杜氏門徒大造輿論："杜先生眾望所歸，乃議長最適當人選。"而另一批有背景的人卻放出消息："上海市議長非潘公展莫屬。"潘公展是 CC 派骨幹。開票那天，杜月笙以一百六十票當選。誰知杜月笙卻當場起立，說："今天承選為議長，甚為榮幸。惟我國家正向民主之途邁進，上海又係通都大邑，議長責任異常重大，本人為多病之人，不勝擔此重任，辜負諸公厚意，多請原諒，再予改選。"話音剛落，會場喧聲鼎沸，一派堅決挽留，一派大叫同意。雙方揮拳相罵，幾乎演出一場武劇。最後市長吳國楨站起來講話："杜氏眾望所歸，當選自屬必然。今既堅誠請辭，自應聽從本願，另行重選。"話畢，當場宣讀某醫生所開"杜氏健康診斷書"，證明不到六十的杜月笙，的確不宜"肩任繁劇"。改選結果，果然是 CC 派黨棍潘公展當了議長。

鄧葆光知道這齣鬧劇的底細。表面上看來是杜氏讓賢，實際上他是有苦說不出。蔣介石是從上海起家的，深知十里洋場在全國舉足輕重的地位，也深知這兒黑社會勢力根深蒂固。如果讓杜月笙成為上海的土皇帝，不僅有失“中外觀瞻”，而且會礙手礙腳。現在租界已經收回，“海上聞人”的使用價值也已過時。杜氏是個識相人，自知無力同黨國大老闆對抗，只得含屈“讓賢”了。

不過，杜月笙無論怎樣氣惱，還不至於魯莽到同黨國唱對台戲。他是個何等精明的人物，不會授人以柄。但這則新聞又是怎麼回事？鄧葆光不能不關注，這位“聞人”畢竟是“東方”的理事長。“東方”要在上海灘生存下去，依然少不了他的一臂之力。

鄧葆光從寫字台上拿起電話，接電話的是杜月笙的大管家萬墨林。

“鄧先生，現在謠言莫佬佬。有人說杜先生賣掉了杜美路那幢房子，到香港當寓公去了。有的更玄乎，說杜先生已經秘密到延安去了。嘴巴生在人家身上，要造謠又有什麼辦法？”

“噢，是這樣。那杜先生準備什麼時候回上海？”

“大概個把月吧。鄧先生，現在是飛鳥盡、良弓藏噢。自從我跟了杜先生做事，從來沒這麼窩囊過。要是戴先生在世，杜先生會跑到香港去嗎？”

鄧葆光安慰了幾句，放下電話，嘆了口氣。

萬墨林是經過大風大浪的。抗戰時期，他奉杜月笙之命堅守上海，最出名的就是“功成不居”。一九三九年鄧葆光的二叔陶希聖在擔任汪精衛政府中央宣傳部部長時，得知了汪精衛與日本人簽署投降密約後，通過萬墨林聯絡上正在香港的杜月笙，杜月笙又親自冒著危險兩次飛到重慶得到老蔣的密旨，便讓萬墨林拚死也要將陶希聖從汪精衛特工的監視下解救出來。陶希聖在萬墨林的安排下從十六鋪碼頭乘“胡佛號”郵輪逃離了上海，但是陶夫人和五個年幼的孩子都被汪精衛的特工監視軟禁。從未受過軍事訓練和特工培訓的萬墨林居然又安排了金蟬脫殼的三連環計，由四十多名槍手分別保護他們從家中、學校、特務監視的眼皮子底下逃出，並護送他們上了一艘意大利郵輪脫離險境。在上海灘刺殺漢奸市長傅筱庵的人選和酬金的安排等滔天大事也都是杜公館的這位總管巧妙安排的。不過，抗戰期間，他在上海也兩次入獄，被灌辣椒水、坐電椅、吃老虎凳，受盡酷刑，一字未招，絕對是條響當當的綠林好漢。如今，他又剛被國民黨政府的上海警察局從監獄放出來。

萬墨林說如果戴笠在杜月笙就不會跑到香港去這句話後面的意思，鄧葆光聽得出來。議長選舉鬧劇之後，又起一波，禍延萬墨林。抗戰勝利後，法幣日日消瘦，物價天天膨脹。尤其是市民生活餐餐必需的大米，價格如脫弦之箭，一日數變。老百姓怨聲載道，馬路上賣梨膏糖的“小熱昏”敲著小鏜鑼唱：“犯關犯關真犯關，白米漲到三千塊。價鈿好比孫悟空，一隻跟斗翻幾番……”國民黨政府為了推卸責任，不得不抓幾個奸商作替罪羊。萬墨林是上海豆米業同業公會理事長，自己也開著一爿大米行，少不了囤積大米、哄抬糧價的勾當。上海警察局局長宣鐵吾，本來就是戴笠的死對頭，將杜月笙視作眼中釘。

這時便藉打擊奸商機會搞一下杜月笙，一個命令將萬墨林傳去，立即扣押起來。市面紛紛傳說，此案涉及杜月笙。於是，萬墨林在上海灘第三次進監獄。前兩次是日偽的牢獄，而這次吃的卻是國民政府的牢飯。

杜月笙也不是好惹的角色。這年夏天，上海警察局貼出佈告，嚴禁商販在黃浦、老閘兩區設攤，幾個月中抓了違禁攤販一千多人。萬墨林被宣鐵吾扣押後，杜月笙便決定給宣一點顏色看看，指使門徒利用小商小販的怨怒，煽動三千多人包圍黃浦警察局請願。警察開槍打死七人。第二天攤販聚眾更多，又被打死十人、打傷百人。事態越鬧越大，輿論嘩然。宣鐵吾無法收場，查知有杜月笙門徒興風作浪，一氣之下連夜趕去南京，向蔣介石摜紗帽。於是杜月笙便同楊虎一起去香港避風頭了。

鄧葆光看了一下手錶，想起該去向宋子文彙報物價情況了。

宋子文公館就在環境幽靜的岳陽路永嘉路口。大草坪、太湖石、噴水池塘、參天古樹以及洛可可式建築，使人懷疑是否走進了歐洲王室的小宮廷。

宋子文照例在鋪著深藍色羊毛地毯的寬敞豪華的書房裏談事。他看完鄧葆光帶來的行情簡報，雙手交叉著手指沉吟片刻，用矜持的口吻說："那麼，你對通貨膨脹有些什麼見解呢？"

這位全盤西化的行政院院長，待人接物雖然溫文爾雅、風度翩翩，卻總讓鄧葆光感到一種頤指氣使、誇誇其談的派頭。對於這位早年在美國學過財政經濟，在紐約銀行實習過幾個

宋子文當年在上海的官邸，現為某事業機構

月，以後在北平開小五金店，又在上海交易所倒賣股票，不到一年就倒閉的洋買辦，鄧葆光從心底裏覺得不舒服。他不想跟這位先生多談，然而堂堂行政院院長既已發問，只好回答幾句：

“照目前情況看，通貨膨脹的趨勢越演越烈。引成這種局面的因素很多，最根本的恐怕還是社會上存在大量游資。現在內戰已開，時局不穩，游資持有者不敢投入工商界轉成資本，存入銀行又害怕因為通貨膨脹而變水。這樣，大量游資便衝擊市場，搶購囤積，投機倒把，使得物資短缺，法幣貶值。因此我想，扭轉這一局面，恐怕還得採取政治、經濟各方面的綜合措施，設法將社會上的大量游資引導到生產資本投入上去。”宋子文起身，在地毯上踱了幾步，然後說：“唔，不能說你的看法沒有一點道理。社會存在大量游資，這是誰都看到的問題。不過，你說的綜合措施等，恐怕流於空泛，解決不了問題。你們東方經濟研究所在行情調查方面做了不少工作，唔，還是不錯的。不過，我想你那兒大概缺少幾名金融專家。有沒有在外國學過財政經濟的？”

“有不少從日本留學歸來的。”

宋子文揮揮手：“日本不行，日本金融業本身就不發達，沒多少理論。”

“我們有幾位是從美國學習回來的，有一位叫孫曜東的，在聖約翰大學畢業後去美國學的金融。”鄧葆光應付著。但宋子文並沒有理會，接著說：“現在世界上只有美國有金融理論，美鈔堅挺，一再升值就是最好的證明。日本有幾家銀行？美國單單在曼哈頓區華爾街，世界性的大銀行就有幾十家，大通曼哈頓銀行、化學銀行、摩根保證信託公司、第一花旗銀行、美洲銀行、梅隆國民銀行……唔，說到哪兒啦？噢，所以我認為，解決法幣貶值問題並不複雜，關鍵是要有一個正確的金融政策。金融問題還得靠金融手段去解決。我已經考慮很長時間，可以下決心了，制訂一個新黃金政策，也就是說用黃金打垮游資！”

鄧葆光必須擺出一副洗耳恭聽的樣子，來對待宋院長滔滔不絕的“理論”。然而，這時忍不住插話問道：“有那麼多黃金儲備能頂得住游資麼？”

“如果沒有把握，我今天便不會跟你談這些了。”宋子文不悅地揮揮手，又胸有成竹地說："中央銀行有九百多萬兩庫存黃金，還有十億美元的外匯，最近還在跟美國人談二十億援助貸款。社會上游資能有多少？能頂住我的拋售？不出三個月，我就要叫游資銷聲匿跡，實現新黃金政策的兩大目標：一是穩定匯價，二是收縮通貨。"

鄧葆光不是外行，聽得出宋子文新黃金政策的最大漏洞就是那二十億援助貸款。剛開始談判的美鈔，怎麼能拿來押寶呢？如談不成，豈不是打腫臉充胖子。即使談成了，也遠水救不了近火，不等美鈔到，中央銀行那點黃金儲備早就被洪水般湧來的游資搶購一空，反而造成緊張空氣，刺激通貨進一步惡性膨脹。那時候，你從美國人那兒借更多的美鈔，也抵擋不了了。

這些憂慮，鄧葆光不敢再進言了。

他哪裏知道，錦衣玉食，發揚蹈厲的宋子文對他高談闊論的目的，只是想找人佐證一下他決策的正確性，事情已經決定了。第二天，宋子文就宣佈開始推行他的新黃金政策。

這天，周作民打來電話，請鄧葆光到國際飯店吃晚飯。鄧葆光知道，周作民這個金融老手准是被宋子文的新黃金政策弄得七葷八素，急於找他瞭解底細，商討一下對策。

鄧葆光在華威銀行處理完事務，叫司機老姜彎到外灘，看看中央銀行門前搶購黃金的陣勢。

新黃金政策推行後，開始還穩了一陣子，波動不大，後來就撐不住了，黃金價格像斷了線的風箏扶搖直上，出現搶購黃金的風潮。不但大亨們傾囊而出，連小老百姓也搜箱刮底爭購黃金。有勢力的巨頭紛紛向銀行借“生產貸款”，去搶購黃金、美鈔、物資。據鄧葆光所知，幾家銀行前後已貸出六百個億。因為拋售黃金僅限於上海，外地富商顯貴爭相跑向上海灘搶購。來往上海的飛機常常被人整架整架包租，用來運送黃金。大軍雲集的隴海、津浦一帶，高級將領扣壓軍餉，用軍用卡車運往上海搶購黃金美鈔。有的甚至等不及軍餉運來徐州，派全副武裝的衛兵在半途攔截中央銀行運送鈔票的專車，逼其掉頭馳向上海。一時間，五個月內黃金漲了三倍，美鈔漲了兩倍半，物價漲了三倍多。一覺醒來，兜裏的法幣三成化了水，一個禮拜之後就蝕掉了一半。外灘中央銀行門前，天天堵個水泄不通，踩傷的、擠昏的時有發生，叫喊聲、哭罵聲亂成一團，加上流氓扒手趁機渾水摸魚，簡直成了一個瘋狂的世界。

當鄧葆光的順風牌小汽車馳到外灘時，中央銀行大門的鐵柵欄早已緊緊拉上，門外街沿上、馬路邊依然人群麇集，喧聲震天。鄧葆光走下汽車，遠遠看見鐵柵欄上掛著一塊大牌子，因為無法靠近，上面寫的什麼看不清。他聽見身旁幾個人在小聲議論：“今朝賣光了，明朝不知還賣不賣？”“做做樣子咯，大票頭‘黃魚’統統被‘大亨’吞掉了。”“聽講重慶來的廠條件少了，配額也一日比一日小下去。”“明朝拚老命也要軋進去，要撈就要趁這兩天，沒有幾天工夫了。”鄧葆光聽得出來，這幾個人是“黃牛”，上海人把做小筆投機生意的人叫“黃牛”。他們所說的“黃魚”就是金條，大金條叫“大黃魚”，小金條叫“小黃魚”。所謂“大亨”就是那些有錢有勢的巨賈、財閥、達官、顯貴。連他們都能看出，新黃金政策支持不久了。

汽車停在了國際飯店門口。一九三四年，國際飯店落成時，正是周作民牽頭的“四行儲蓄會”卓爾不凡的時候。“四行儲蓄會”由四家華資銀行——鹽業、金城、中南、大陸銀行——組成，吸收社會閒散資金保本又保息，期短利厚，又分紅利。蓋起這棟上海灘最高地標建築，工程結算時，只需花費五百五十萬法幣，大約合一百五十萬美元。以後又花了八十二

1934 年落成的國際飯店曾是上海最高的建築物，由民營資本建造

萬在蘇州河邊建了堆放客戶抵押物的四行倉庫。而按昨天的法幣匯率，五百五十萬法幣只能兌換五萬美元，還蓋不了國際飯店的一層樓。一陣悲哀湧上鄧葆光心頭。

鄧葆光上了國際飯店十二層樓餐廳，周作民已到。他笑著對鄧葆光說：“今天就我們倆，小酌幾杯。”鄧葆光想，果然是藉吃飯之名來談事的。

他倆在靠窗的桌旁坐下，俯瞰暮靄沉沉的上海街景，邊吃邊聊起來。“周先生，最近銀行業務如何？”鄧葆光關心地問。

“不好哇，中央銀行欺人太甚。”周作民平靜的語調中帶著氣憤。“美國人陳納德空運大隊開辦的時候，我們金城銀行給了不少方便，資金借貸從來都是無條件答應。因此陳納德飛行大隊的美鈔往來，一直都在我們金城。現在飛行大隊雖然解散了，可是他們周轉的業務大了，辦起了公司，存款業務自然也多了起來。中央銀行開始眼紅了，千方百計挖這筆業務。現在各地匯費都很高，因此金城也不得不照市情辦理。中央行便想鑽這個空子，派業務局的王紫霜去找陳納德，說是如果他將所有存款業務轉到中央銀行，不拘任何地方都可平匯，免收匯費。”

“中央行公開挖金城牆角？”鄧葆光說。

“是啊。這樣，前兩天陳納德派人來了，提出一個條件，如果金城銀行也能平匯不收匯水，他們還是願意保持現狀的，如果辦不到則不得不轉到中央行去。你想，他們中央行是官商，匯水吃點虧還有其他生財之道。我這個民商，貼不起呀。我只好親自去找王紫霜，希望看在金城同陳納德的歷史關係上給予照顧。磨來磨去，最後商定，陳納德的外匯存款百分之七十轉中央行，百分之三十照顧金城。”

“大頭給他們搶去了，太仗勢欺人了。”鄧葆光說，“要不要我去找找劉攻芸？這點面子他還是會給的。”

“算啦，算啦，我這還算好的哩，別人更慘了。三千多家大小私營銀行，有兩千多家已經給他們吞併了。”周作民搖搖頭說，“而且，陳納德的存款業務，比起這兩天的黃金風潮，還只是小事一樁。游資多，黃金少，中央行拋售黃金怎麼頂得住。所以他們一面按官價配給，一面又隨黑市行情拋售。按官價配給，大部分落到有牌頭人的腰包；按黑市拋售，中央銀行也大發其財。這樣子，官僚撈飽，官商撐足，他們兩全其美，物價卻一漲再漲，苦煞老百姓。他宋子文哪能這樣做呀？”

“是啊，用投機態度執行金融政策，怎麼弄得好？這種情況並非今日始，由來已久。在重慶他們就是這個樣子了。”鄧葆光嘆道。

抗戰期間，重慶也鬧過幾次黃金風波，周作民是知道的，但人一直在上海，還不了解內幕。鄧葆光便給他介紹了一些情況。

一九四二年，重慶國民黨政府向美國借了五億美元，想用這筆美鈔來穩定金融，決定撥出一億元美金作基金，發行“美金節約建國儲蓄券”和“同盟勝利美金公債”。按二十元法幣折合一元美金的比率，用法幣購買，到期兌取美金。大多數平頭百姓既不了解其中奧妙，手頭又無餘錢，因此購買極少。當時是孔祥熙任行政院副院長兼財長，將這些債券當作人情隨意分配，對外則稱發行額已足，停止發售。這樣，不少可以兌取外匯的債券流進了孔氏家族和親友的私囊。後來有人曉得了內幕，鬧了起來，告到蔣介石那裏。蔣介石便命中央銀行總裁俞鴻鈞查辦。結果抓了業務局局長郭錦坤、撤了國庫局局長呂咸，以此息事寧人。但政學系張群、軍委會政治部主任張治中仍氣不過，又奏了孔祥熙一本，蔣介石只好讓宋子文接替孔祥熙的職務。那些債券也不付外匯了，改成用法幣支付本息。這一來一去一折騰就已是一九四五年三月的事了。

事情還沒有了結。孔祥熙在台上時候，中央銀行還辦過“法幣折合黃金存款”，也就是用法幣預購黃金。一共收進法幣存款六百二十四億元，到期後應支付黃金二百一十九萬兩。一九四六年到期時，已經接任行政院院長的宋子文卻訂出一個黃金購戶四成捐獻法，公開搜刮民脂民膏。規定所有預購黃金的存戶，一律扣減四成作為捐獻。這樣一紙公文，就搶劫了老百姓八十多萬兩黃金，弄得怨聲載道、民憤四起。而同宋氏家族和中央銀行有關係的人，早已得到風聲，已用種種手段將黃金撈到手了。

在重慶時有個民謠：“孔祥熙不祥，徐堪（財政部次長）不堪，陳行（中央銀行副總裁）不行，宋子良（建設銀行總經理）不良。”當時有人又在後面加了一句，叫做“宋子文不文”。

“瞞天過海！”周作民連聲嘆息，“唉，哪能這麼幹，叫人怎麼相信他們的金融政策。那麼，你看這次拋售黃金，結果會怎樣？”

鄧葆光說：“這次宋大院長的新黃金政策，其實並不新，孔祥熙在兩三年前就已經做過。一九四四年九月時，孔祥熙就口頭吩咐中央銀行，叫他們委託蔣氏中央農民銀行和宋氏中國國貨銀行辦理拋售黃金業務，售價隨市，在上日銀行關門後或當日開門前，按孔祥熙臨時指令，由財政部通知錢幣司辦文通知銀行掛出牌價。也就是說，黃金牌價全憑孔祥熙一句話。這裏面的漏洞還少得了嗎？一九四五年三月二十九日這天孔祥熙決定，第二天黃金牌價從兩萬元漲到三萬五千元。不知為何，這個決定竟在銀行營業時間結束前已經洩密。得到消息的人搶在銀行關門前傾囊搶購。財政部總務司司長王紹齋身邊沒現錢，竟動用公款私購四十兩。風聲傳到中央信託局，不少人又哭又鬧要借錢搶購黃金，儲蓄處處長王華便私自打開國庫取款。後來重慶天主教會辦的《益世報》揭露了醜聞，法院只好立案，最後拍了幾隻小蒼蠅了事。所以，碰上這些貪官污吏，再好的辦法也無濟於事。更何況我們的宋大院長用大投機家的辦法拋售黃金，不但平抑不了物價，反倒刺激投機心理，米價漲了十五倍，黃金日長夜大，十二個月內黃金黑市價格漲了十五倍，事態越發不可收拾。”鄧葆光壓低了聲音又說：“我已經把這些情況寫給了……”他用手指向上指了指。

“我也覺得苗頭不對，宋子文快支撐不住了。聽說上海庫存黃金已經告罄，包租中航運輸機連夜運送重慶庫存濟急。越這樣漲風越壓不下去，黑市價已經高出數倍。我看，不出幾天，宋子文肯定要剎車，還不曉得他準備如何收場？”周作民憂心忡忡地說。

“我也有這種感覺，新黃金政策很快就要破產了。至於收場辦法，根據‘宋子文不文’這一條，估計他會來個一百八十度大轉彎，採取嚴厲制裁措施。”鄧葆光分析道。

周作民點頭稱是。“是啊，我必須有所準備。”

周作民再也坐不住了，通知結賬，匆匆趕回銀行，同親信們商量對策去了。

第二天，二月十五日清晨，電台廣播中央銀行公告，停止拋售黃金。

第三天，二月十六日，行政院提出“經濟緊急措施方案”，國防最高委員會會議通過，正式頒佈。宋子文果然來了個一百八十度轉彎，宣佈禁止黃金買賣，取締黃金投機，並規定了“取締黃金買賣辦法”十條。禁止買賣金條金飾，禁止用黃金代替通貨，禁止市民攜帶黃金，按中央銀行停售前價格凍結黃金牌價，違者黃金充公或按官價兌收，凍結一切職工生活指數。

緊接著，政府派出經濟監察團，鼓勵告密，收繳黃金。同時，拋出替罪羊。中央銀行總裁貝祖詒免職，中央銀行業務局局長林風範、副局長楊安仁和上海金業分會理事長詹連生被捕。

史無前例的嚴峻經濟措施，一時間人心惶惶。

然而，黃金風潮並沒有平息，物價依然直線上升。黃金投機，從公開轉入地下，更加猖獗。直到十六個月後，黃金漲了八百八十六倍。這是，一九四七年的七月。鄧葆光在上報蔣介石的經濟週報都有明顯的數據。蔣委員長不會視而不見的。但是，怎麼辦？

十三

委員長特准秘密調查——胡信義釣到大黑魚

鄧葆光剛走進辦公室，出納周雪就跟了進來。

“老鄧，上個月借金城銀行的錢已經空了，下個月的薪金還沒有著落，是不是早點想個辦法？”

物價飛漲，生活指數坐了飛機，“東方”的經濟也出現危機。最近一段時間，幾乎靠從銀行借貸發薪度日。這幾天忙，若不是周雪提醒，鄧葆光差點忘了，臨到發薪水再去求貸就有點臨時抱佛腳了。

“謝謝你的提醒。不過，經費上的困難，請暫時不要告訴其他人。”

“我知道，同事們曉得了會影響情緒的。”

“對，對。我們‘東方’全靠大家團結，無論如何也要穩定軍心。”

鄧葆光對這位出納很放心，鄧雲衡沒介紹錯，真是一位好管家。

周雪走後，鄧葆光拿起放在寫字台上的報紙瀏覽。這幾天，各家報紙都在使勁吹吹打打，慶祝“圍剿”進入大別山的劉鄧“匪軍”，充斥了肉麻的阿諛之詞。鄧葆光略略掃視了幾行標題，嘆了口氣就放下了。他想起自已的老師。大別山的要地就在湖北境內，他老人家不知去向何處，是跟著中共總部轉移到陝北荒僻的山溝裏去了，還是被圍困在大別山裏或是轉入了地下？現在一口一聲“共匪”，他無論如何弄不懂，像董先生那樣德高望重、正直敦厚的長者何以會成了“土匪”？不過幾個月前，延安被胡宗南攻佔，中共的處境想來很困難了，難道真的像蔣介石宣稱的那樣，不出六個月就全部解決問題了麼？真那樣，董老先生又將如何？他不禁為自己所敬重的師長世伯的命運深深擔憂了。

“鄧先生，在考慮什麼？”陳乃昌走進辦公室。他瞥見寫字台上的報紙，說：“噢，研究時局啊。”

這位大學教授由劉攻芸介紹來逆產組擔任副組長，又隨鄧葆光來了“東方”。很快他以博學多才和勤奮刻苦贏得了鄧葆光的尊重。鄧葆光很願意同他談些心裏話。所以，他進鄧葆光的辦公室也是推門就進，不拘禮章。

“陳先生，”鄧葆光指指攤開的報紙。“你看這事將會如何？真像上面說的那樣？”

陳乃昌坐在沙發上，拿起報紙掃了一眼，笑笑：“鄧先生也會相信這上面的東西？”

鄧葆光說：“管《中央日報》的是我二叔，他是個治學嚴謹的學者，一般不會故意說假話造謠。延安終究還是被胡宗南拿下來了。”“這倒不假，”陳乃昌說，“不過，誰知道是胡宗南攻下來的，還是中共故意撤離的？中共的打法，歷來不重一城一地的得失。就是中央社的報導，也看不出打過大的戰役。你想，延安是中共總部所在地，中共若不主動放棄，少得了一場惡仗嗎？”

“難道是中共故意誘敵深入？”鄧葆光似有所悟。

陳乃昌笑笑。“這就不清楚了。不過，我們這位委員長的說法倒是一變再變。開始是先解決關外，再解決關內；然後又是全面‘圍剿’，不行了又來個重點進攻；一會兒說三個月平定，一會兒又說六個月解決問題。軍事上沒有進展，又想在政治上得分，開國大，制憲法，結果又弄得罵聲四起。經濟上更不用說了，鄧先生是搞經濟的，自然清楚……”

鄧葆光嘆了口氣：“是啊，軍事、政治上的事我不敢說，這經濟弄得一團糟，如果沒人出來力挽狂瀾，局面將不可收拾。我歷來認為，軍事上的局面最終取決於經濟。我看，蔣先生失敗，最後要敗在經濟上。你算一算，號稱八百萬國軍，每月得發軍餉吧？軍餉就是現金吧？可是共產黨的軍隊沒有這種金融壓力。他們發的是口糧，薪水是以小米計價的。”

“經濟只是一個因素。我看，最重要的是民心。得民心者昌，失民心者亡。”陳乃昌關切地說，“鄧先生，我們不能再稀裏糊塗下去了！”

“是的，這時局變化很難說啊。”鄧葆光說，“所以，從辦‘東方’一開始，我就給自己立了一條，不拿軍統一分錢。可現在，經費上難啊。”

“鄧先生頭腦很清醒。”陳乃昌說，“經費問題，大家一起想想辦法。嗯，對了，印刷廠不是有一幢大樓空著嗎？反正沒用，倒不如讓掉，能得一筆款子，先維持一段時間再說。聽說直接稅局正在找房子。”

“也好，你去談談看。”鄧葆光說，“說起直接稅局，你倒提醒了我。我們可以為他們編物價指數，作為徵稅依據，讓他們撥點經費給‘東方’。”鄧葆光說。

“這也是一個辦法。”陳乃昌說。

陳乃昌走了以後，鄧葆光想，賣房子只能救一時之急，給直接稅局編物價指數拿點經費也有限，還有沒有別的辦法？他從陳乃昌想到了劉攻芸。劉攻芸現在是中央銀行的總裁，若能稍稍幫點忙，事情就好辦了。

“葆光，你是無事不登三寶殿，又遇到什麼難處嗎？”劉攻芸的關心不是客套，他一直很賞識這位聰明能幹的讀書人。

“‘東方’經濟困難，來找你求援了。有沒有什麼法子給我解決一點經費？”鄧葆光開門見山。

劉攻芸沉吟片刻，問：“你搞過經濟情報，如果能在調查黑市套匯方面做點工作，我就好說話了。經濟緊急措施公佈以後，宋院長一直催促中央行查處幾個大傢伙。我們這些人辦法不多，你應該是這方面的專家。”

劉攻芸這麼一說，鄧葆光便想起“東方”有人建議在上海、香港、廣州設私台，替商人發商業電報賺錢。做黃金美鈔黑市生意的人很多，都想利用電報這個最快的工具發橫財。設私台是違法的，鄧葆光當時就否定了這個建議。劉攻芸提出調查黑市，倒使鄧葆光心生一計，設私台不正是引誘奸商上鉤的好辦法嗎？

“辦法倒是有的，只是你得給我取得特准，允許我採取一些非常手段。”鄧葆光說。

“你是要一張釣魚執法又能掌控黑市市場的護身符啊，好吧，手續我去辦。”劉攻芸說，“上面准許以後，每個月我補貼你三千萬元經費，另外，破案之後還可提百分之三十作獎金，怎麼樣？”

“水清則無魚，破多少案、按什麼比例破案、怎麼配合黨國的經濟政策破案、什麼風口上破案，還都得你們決定。”鄧葆光詭譎地笑著。劉攻芸說：“軍統就是軍統。”

“那麼我就等你的通知。”鄧葆光說。“這事就這樣吧。”劉攻芸接著又問，“陳乃昌在你那兒幹得怎麼樣？”

鄧葆光說：“你劉總裁保薦的人還能不行？的確是個人才，彼此也合得來。我想將逆產組的事全部委託給他，我好騰出手來將‘東方’辦好。不知你這位敵產局局長是否批准？”

劉攻芸哈哈大笑：“你葆光提名，我豈有不准之理？”

沒幾天，劉攻芸就來了電話。他已會同上海市市長吳國楨，向南京提出請東方經濟研究所協助秘密調查黑市套匯，得到了蔣委員長的特准。劉攻芸的職務雖然是中央銀行副總裁兼業務局局長，卻極受老蔣的信賴。他在老蔣和財政部部長王雲五的指使下，瞞著中央銀行總裁俞鴻鈞做了一整套幣改方案，是帳中紅人。

鄧葆光剛同劉攻芸講完話，毛人鳳也從南京打來電話，命令他協助中央銀行調查黃金美鈔套匯活動。鄧葆光想，毛人鳳也一定得到蔣介石特准的消息，因而急急忙忙發來命令。毛人鳳對“東方”把得真牢哇！鄧葆光趁機提出要求：“我可以辦這件事，不過，要請魏大銘把陳乃昌借給我，還要帶兩名研究密碼的技術人員過來。”毛人鳳一口答應。魏大銘是軍統電訊處處長又兼著國防部二廳的職務，他安排人做點工作，就好說話了。

魏大銘當天就指令手下技術人員到“東方”報到。這幾位本來就經常請假幹私台賺錢。這次派的活兒正好相得益彰。

有了銀子，鄧葆光的怨氣和擔憂似乎少了很多，他又回到了黨國要員的主流角色的感覺中，鄧葆光勁頭十足。

接著，他便命令“東方”總台監聽所有商業電報。在“兩白一黑”（大米、棉布、煤炭）業設立商行，瞭解行情；在全市二十六個金融、商品交易場所，三十多處茶館、市場佈置了秘密情報員，收集經濟情報。

鄧葆光讓陳乃昌出面，向卡德路一個資本家租了假三層樓的房子，設了商報台，秘密接收投機商的電報，發完後報底悄悄送往“東方”總部機要室進行分析。

軍統兩名破譯密碼的老手，每天沉在掛著“嚴禁無關人員出入”牌子的機要室裏，研究私台送來的報底和“東方”總台監聽截獲的密碼商報。

不到三個月，鄧葆光便控制了全國的套匯黑市市場即時行情。他指派線下情報員到發報當地摸清楚了這些商號和發報人的全部底細。

鄧葆光又讓人物色到一名商人做“線人”。此人叫胡信義，過去一直做黃金首飾生意，在江西中路三百三十一號開設胡信義金號，取締黃金買賣後改名為吉泰紗號。因他認識不少黑市金鈔投機商，鄧葆光便命邱秘書指揮他打入套匯黑市臥底，調查情況，收集證據。

“東方”機要室破譯的套匯電報，以及胡信義所收集的情況，全部送中央銀行稽查處，由他們根據違法輕重，或低價收兑，或全部充公，或報請警察局逮捕。

這天傍晚，胡信義匆匆跑到“東方”本部，一見邱秘書，便神秘地說：“邱先生，有條大黑魚！”

原來胡信義早已在黃金黑市上放出風聲，說是有一個大老闆想吃進大批“黃魚”，託他尋找大賣主。風聲放出很長一段時間，只有零零星星幾條“小黑魚”前來試探，未見“大黑魚”露出水面。今天一大早有個中年人找上門，約他到兆豐公園面談。胡信義如約趕到，一個打手模樣的中年人將他領到一個僻靜的角落，只見長椅上坐著一個戴禮帽的男人。中年人站到一旁望風，胡信義便同戴禮帽的男人輕聲談判。“你給哪一位大老闆做事？”

“你想，做這種大生意的人會得露真相嗎？我請教你的尊姓大名，你也不會開金口的。”

“想吃多少？”

“有多少吃多少。”

“這麼大的胃口？”

“不相信就拉倒。”

“一千條‘小黃魚’？”

“你先生要啥？”

一千條“小黃魚”，相當於三萬一千五百克。這在當時，可以交換到在原來法租界區域裏的一幢大花園洋房。

“美鈔、法幣兩可。”

“法幣價鈿？”

“八萬。”

“先生，這種生意談不成的。”

“怎樣？”

“真想做這筆生意，你先生開個實價。”

“是實價。你的老闆肯出多少？”

“昨日夜裏市面上最高價鈿只有七萬二。”

“七萬五，怎樣？”

“七萬三，多一分不要。”

“好，就這個價。喂，對方可靠嗎？”

“我胡信義吉泰紗號逃不脫的。”

“你能拍板？”

“全權代理。”

“怎樣交訖？”

“一手交貨，一手付款。”

“什麼時候？”

“隨你。”

“今天夜裏？鈔票來得及準備嗎？”

“現成的。”

“什麼地方？”

“吉泰紗號。”

“明天凌晨兩點鐘？”

“可以。”

胡信義講完前後過程，邱秘書也興奮了。一千條“小黃魚”，好一條大黑魚！“胡先生，辛苦了。替你記一功，獎金不會少你的。我馬上報告鄧先生。”

胡信義沒見過鄧葆光，只知道鄧先生來頭很粗。他馬上說：

“能替鄧先生做事，已經很榮幸了，獎金不獎金無所謂的。不過，千萬不要在我紗號裏抓人，人家報復起來，我吃不消的。”

“你放心，不會叫你為難的。”邱秘書安慰說。

胡信義走後，邱秘書立即趕到登喜路鄧府，向鄧葆光彙報了胡信義的情報。鄧葆光也感到這是一樁大案，便馬上驅車找劉攻芸。劉攻芸十分高興。幾個月了，這是抓住的第一條大魚，在宋院長面前也拿得出去了。“葆光，你真行啊！怎麼查到的？”鄧葆光將利用胡信義釣魚的辦法一說，劉攻芸哈哈大笑：“這個胡信義也要獎勵獎勵。”鄧葆光說：“我準備從百分之三十的獎金中抽一部分獎給他。”劉攻芸說：“好，我馬上通知警察局。”鄧葆光說：“關照他們不要到胡信義的吉泰紗號裏抓人。我還要靠他去釣魚呢！”劉攻芸說：“你不提醒，我還想不到。好的，我關照他們在路上截下。”鄧葆光補充說：“最好假裝治安巡邏隊，偶爾碰上的。”劉攻芸笑道：“不愧是軍統出身！”劉攻芸立即撥電話，通知警察局經濟警察大隊隊長陳義寬來一趟。鄧葆光知道陳義寬也是軍統的人，由潘其武直接掌握，便先告辭了。

翌日凌晨兩點鐘，一輛中型帶篷卡車在江西路橋附近被偽裝成治安巡邏隊的經檢大隊的警察攔截，從車廂角落的一隻大鐵箱裏搜出一千五百兩黃金。案子查到清慰公司身上，又從公司抄出二百兩黃金，共計一千七百兩。那個戴禮帽的男子和打手模樣的中年人同時被捕。

“東方”因此受到中央銀行嘉獎，獲獎金五百多兩黃金。鄧葆光立即撥出五十兩，捐助軍統在抗戰中死難的烈屬，向毛人鳳作出了一個姿態。

十四

情婦？朋友？——清慰公司案突變

鄧葆光沒有想到，軍統上海站前站長王新衡這時候會親自找上門來。這位專門研究思想戰術的政治特務，對外界的公開身份是國府立法院立法委員，同鄧葆光一樣也掛著少將的牌子。他是蔣經國的留蘇同學，西安事變時也被張學良扣留過。戴笠為了推脫特務處失察的責任，讓王新衡出來認頭頂罪。畢竟在西安發生那麼大的兵諫。事先，層層特務機構竟然無一份報告，好在蔣委員長沒有追究。一年後，王新衡又出來擔任軍統香港區的區長和局本部二處的處長。背景深厚的他，對戴笠看重鄧葆光而自己不怎麼走紅很有點不舒服。他同鄧葆光不過是表面上客氣而已。

“聽潘其武說，老頭子特准你秘密調查金鈔黑市？”王新衡一坐下便開門見山，“兄弟想借你老兄一臂之力。”

“上海站同調查黑市有什麼關係？”鄧葆光說。

“是這樣，根據我們的情報，不少中共分子已經打入上海金融界和工商界，但目前還沒有掌握多少具體線索。所以我想請老兄幫幫忙，趁這次調查金鈔黑市的機會，清查一下上海各家公司股東的底細。經濟方面的工作，你老兄是專家。我這裏沒這方面的力量，不大好辦。你看如何？”

葆光一聽就很反感。王新衡的心思瞞不過他。鏟共是真的，然而藉此機會想發財也是真的。抗戰期間隨意給人家掛一塊漢奸的牌子硬敲竹槓，現在又想往哪個老闆的頭上安個通共嫌疑，敲個幾十萬美金、幾十根條子。他感到這些人太可惡了。

“這個……”鄧葆光不好當面拒絕，找了個理由拖一拖，“你知道調查金鈔黑市這件事，是劉攻芸掌管的。我同他商量一下，再給你一個答覆，行不行？三天以後我給你去個電話。”

“拜託了。”王新衡補充了一句，“這事是毛人鳳讓潘其武向我佈置的，你老兄心中有數就行了。”

王新衡本想搬出毛人鳳、潘其武壓鄧葆光，反而使這個書呆子生了氣。他毛人鳳、潘其武又算什麼東西！別看他毛人鳳現在當了保密局副局長，潘其武也被毛人鳳拉到身邊當了主任秘書，過去的老底子別人不曉得，我還不一清二楚？他們無非是眼紅老頭子給了我調查黑市的特准，以為我可以藉此大發橫財！

“噢，是他們兩位出的主意？”鄧葆光譏諷地說，“他們兩位還很看重‘東方’啊！”

資深大特務笑了笑，說：“我的事講完了。另外，我帶了一位老朋友來見你，如果你不介意，我就讓他進來。”

“哪位賓客？”

王新衡拉開門，向外做了一個手勢。進來的是孫曜東，登喜路鄧宅的前主人。“孫先生剛從‘提籃橋’釋放出來，一定要我帶他來見的你，當面道謝。他吃牢飯的時候，你幫助他太太拿回了一些她被沒收的私人財物和首飾。她想請你繼續幫些忙……你們談，我先走一步。”王新衡走後，屋子裏的氣氛有些尷尬。兩個男人面對面坐了好一陣子，然後雙方才開始談話。至於談話的內容可能一直是一個秘密。

孫曜東走後，鄧葆光考慮如何應付這件事。其實，他早就掌握了這位金融界能人的底牌，那是通過他太太吳嫣。吳嫣也多次推薦這位留美的才子，想將這位復興銀行的前總經理撈出提籃橋監獄到“東方”來謀個差事。所以那天宋子文大談美國金融時，鄧葆光是想提一提美國回來的孫曜東的，如果宋子文對此人有興趣，他便可名正言順地藉機把孫曜東撈出提籃橋。不料，王新衡搶先了。他知道王新衡這位受過布爾什維克訓練的大特務對付敵人的手段，特別是帶剛出獄的孫曜東來見他的意圖。他意識到，自己有些隱私讓這位大特務掌握了。清查上海各公司股東這事如果不辦，王新衡隨時會搬出什麼麻煩的。他想起“東方”研究部主任占自佑，這位忠厚的經濟專家是鄧雲衡那條線上介紹來的，何不透點風過去，看看那邊反應再說。如果沒什麼反響，說明“清查”這事對他們妨礙不大，那麼答應王新衡的要求，給他一個面子也未嘗不可；如果反應很強烈，這事就幹不得了。做人要心裏坦然。在武漢，董必武他老人家囑咐“專心抗日，不做壞事”，鄧葆光一直是按這條準則去做的。現在抗戰勝利了，道理還是如一的。鄧葆光現在的座右銘應該是：“不做壞事，不陷害人。”無論什麼時候，與人為善總不會錯的，至少對得起自己的良心。何況，整人者，人恆整之。

鄧葆光將占自佑叫到辦公室，詢問了一下幾本書的編寫進度，末了裝著無意地嘆口氣說："王新衡這傢伙真討厭，要我們'東方'幫上海站清查上海各公司股東的底細，主要是查中共分子，我哪有精力替他王新衡跑腿！"占自佑"噢"了一聲，沒有多話，就退出了。

過了兩天仍未見動靜，鄧葆光正在悵惘，不知占自佑向那邊發出信號沒有，快下班的時候電話鈴響了。一個清脆悅耳的女人聲音："鄧先生嗎？我是吳湄，沒忘記我吧？我想請鄧先生陪我看場電影，不曉得能不能賞光？大光明電影院，瓊·芳登的《葡萄仙子》，今天夜場，七點鐘。對，太感謝了。"

鄧葆光想，果然信號收到了。

他一下汽車，就看見吳湄裊裊婷婷地站在電影院門口。她今天著意打扮了一下，紫紅色金絲絨旗袍外套潔白的開司米毛線背心，配上精緻的白色珍珠小包和奶白色羊皮高跟鞋，在霓虹燈映照下，顯得雍容華貴，豔而不俗。

離電影開場還有五分鐘，吳湄要了兩瓶可口可樂，同鄧葆光走到一旁坐下。

"鄧先生，雲衡大哥有些朋友託我向鄧先生講個情。"吳湄笑吟吟地說。鄧葆光心裏明白她說的雲衡大哥的朋友是些什麼樣的人物，也笑道："雲衡大哥的朋友真不少啊！"

"是啊，大哥俠義豪爽，大家都願意和他交朋友。"吳湄說，"是這樣，取締黃金買賣十條公佈以後，現在到處在查黑市。雲衡大哥這些朋友都是規規矩矩的生意人，不做違法事情的，但是擔心一些有來頭的人乘機敲竹槓。做生意人破費一點倒無啥大要緊，這裏出那裏進，賺得回來的。只怕被人家套上一頂什麼紅帽子，吃冤枉官司。大家曉得你鄧先生背景硬，所以要請鄧先生照應照應，萬一有啥事情，替他們講幾句公道話。雲衡大哥臨走時關照過我，他的朋友碰到什麼難處，叫我尋你鄧先生。大哥說你鄧先生一定會關照他的朋友的。”

鄧葆光不禁暗暗佩服這位年輕的女經理。不僅清晰無疑地傳遞了對保密局上海站清理股東中的中共分子這事的態度，而且說得天衣無縫，滴水不漏，哪怕拿到大馬路上廣播也挑剔不出任何毛病。

鄧葆光正考慮如何回答，吳湄又不卑不亢地說：“當然，雲衡大哥這些朋友也不想使鄧先生為難，假使實在照應不來，也不要勉強。不過，我自己想想，以鄧先生的才能總歸有辦法的。這樁事情，就算我吳湄以一個朋友身份請你幫忙的，我一個女人，更加擔心吃冤枉官司呢！”

既有求於人，又不失尊嚴和身份，看來是經過大場面的不尋常的角色。鄧葆光為這位吳小姐的氣度和幹練所折服了。“先不講雲衡大哥的面子，有你吳小姐這幾句話，我還能推得了嗎？”

吳湄嫵媚地一笑：“十分榮幸，雲衡大哥知道了也一定會很高興的。”

鄧葆光自然聽得出話後面的意思，心裏苦笑了一下：“吳小姐，我不過是不想替潘其武、王新衡那幫可惡的傢伙賣命，不願做喪天害理的事罷了。”自從在梅龍鎮酒家第一次見過這位能幹的女人後，他已經從保密局線人那裏摸清了大致輪廓，梅龍鎮酒家是一些左傾思想很明顯的文藝界份子聚會的地方。

電影散場後，剛走出電影院，吳湄就主動挽住了鄧葆光的胳膊，鄧葆光心裏一震，詫異地看了她一眼。她朝鄧葆光眨眨眼，使了個眼色。鄧葆光頓時領悟，吳小姐是想裝出一副談情說愛的樣子，以免萬一碰上鄧葆光在軍統局裏的熟人。軍統大員在外頭有個把情婦，沒人會感到驚訝的。鄧葆光同吳湄挽著手走向汽車，他心裏不住嘀咕："萬一尼娜知道了，又如何說得清？"他拉開車門，請吳小姐上車時，發現司機老姜注意地瞟了她一眼。"這個不聲不響的司機似乎很關心同我往來的人，會不會是毛人鳳他們安插的耳目？可他是從外面招來的呀。要記住查查他是從哪條線介紹來的。"

第二天，鄧葆光給王新衡打了個電話。

"王先生，你說的那件事很棘手，怕是要得罪不少人啊。劉攻芸和宋子文先生也好像不太贊成，話裏露出來的意思，似乎有點嫌我們軍統插手過多。你看這件事……"

"這樣的話，也就不勉強了。我們自己幹吧，無非是多花點力氣罷了。"電話中，王新衡的口氣很不滿意。

鄧葆光並不在意。他王新衡還不敢拿自己怎麼樣，彼此腳碰腳，誰也管不了誰。不過，他此時把孫曜東先從提籃橋放出來，是不是暗示鄧葆光在幫孫太太忙的過程中，已經被他抓住一點把柄？

吳嫣原來是上海警備司令楊虎的姨太太，出身青樓。棋琴書畫、交際奉迎都有一套。當時上海大員的太太們既看不起她，又羡慕嫉妒，幾位大員還把太太時不時送去楊虎家請她給些“培訓”。在抗戰前的上海灘交際圈頗有名氣，被稱為“名媛”。全面抗戰爆發後，楊虎逃離上海，她便留了下來，也不知何故嫁給了周佛海的機要秘書、美國留學回來的世家子弟孫曜東。夫妻倆長袖善舞撈錢有方，沒多久，吳嫣名下便有了一整條弄堂的房產。孫曜東也因大世界娛樂場裏那宗“潑糞事件”而得到了中國復興銀行行長兼總經理的肥差。抗戰勝利後，孫曜東被軍統當成漢奸關了起來。

那天，吳嫣闖到鄧葆光在南陽路的辦公室自報豔名，居然見到了鄧葆光。再不久，吳嫣的手段便讓鄧葆光招架不住，替她討回了不少“逆產”。

因為破了清慰公司案而得了三十兩黃金獎勵的胡信義，很有點飄飄然了。他打心眼裏感激自己那位舅佬，是他通過朋友介紹自己靠上了鄧葆光這個來頭野豁的大亨。聽舅佬那位朋友暗地裏說，鄧先生還是個軍統的大角色。雖然直到現在還未能見上一面，但胡信義仍慶幸自己交了好運，有這樣一個鐵靠山，他胡信義在上海灘上還怕立不牢腳？他不是一個過河拆橋的人，做人要講義氣。狠狠心，分出十兩金子，讓舅佬和他的朋友也甜甜。雖然心裏十分肉疼，但想到靠上鄧先生將來不愁沒有發財機會，也就覺著划得來了。

這天晚上請舅佬和他的朋友在鴻運樓吃罷老酒，胡信義微醺半酣地哼著京劇《打漁殺家》中蕭思的老生唱段，悠悠晃晃地往回家路上走。

走到一條小馬路轉彎角，突然有兩個人攔住了去路。

“胡老闆，好不自在啊！”一個低沉兇狠的聲音。

藉著昏黃的路燈，胡信義看到兩張似曾相識的面孔。

“不認得啦？”那人用手指頂了頂禮帽。

是那個戴禮帽的男人，他的邊上正是那個打手模樣的中年人！胡信義的酒意嚇醒了一半。他們不是被警察局捉進去了嗎？

“阿是儂打的小報告？講老實話！識相點！”戴禮帽的男人用仇恨的目光逼視胡信義。

胡信義是個乖巧的人，立時清醒過來：“你這位先生是啥意思？我正要尋你，講好的那天夜裏，為啥不來？我一直等到天亮！害得我被大老闆臭罵一頓！我是替人家做事的，這次失信，人家以後還會相信我嗎？這兩天我尋來尋去尋不著你先生，正好今朝碰著了，你先生把這件事講講清爽！”

“你這隻癟三倒蠻會裝洋腔！”戴禮帽的人一把揪住胡信義胸襟，壓低嗓門厲聲說，“不要調花槍！你以為我不曉得？不但你，連你的後台老闆是啥人，我都一清二楚！不要以為你的後台老闆牌子硬，人家就尋不著更硬的靠山？你曉得我是啥人？沒有一點本事敢做這種大生意？上海灘上輪不到你這種小癟三做世面！”

戴禮帽的男人將胡信義一搡，說了聲“你等好”，就同打手揚長而去。片刻之前還春風得意的胡信義呆若木雞。他一還過魂來，就氣急敗壞奔去找邱秘書。

邱秘書從未見過鄧葆光這樣發過脾氣。這還得了，警察局一個小小的經警大隊長就敢如此貪贓枉法！清慰公司案人贓俱獲，竟然不出幾天就放人！這個陳義寬究竟得了多少條子？

一向不願得罪人的鄧葆光，一旦發起書呆子犟勁，三頭牛也拉不回。

他立即打電話給劉攻芸。這位中央銀行總裁也勃然大怒："豈有此理，太不像話了！"然而，警察系統不在他的管轄下，他也鞭長莫及。

"我去搬唐縱！我們管不了，總還有管得住他的人！"鄧葆光怒氣沖沖地說。

他連夜趕往南京，去搬警察總署署長這尊菩薩。上次去南京從唐縱家臨走時，唐縱不是關照過"有特別的事就直接找我"嗎。他知道唐縱正竭力將軍統勢力排擠出警察系統，更討厭毛人鳳的人。這件事正好給唐縱一個打毛人鳳的口實，做個順水人情。

果然，一聽說是毛人鳳的人搗鬼，唐縱就發火了："膽子倒不小！好吧，我正準備去上海，我倒要看看，他陳義寬聽毛人風的，還是聽我的！"

唐縱往上海警察局貴客室的沙發上一坐，經警大隊隊長陳義寬便傻了眼。他原以為清慰公司黃金案件是中央銀行搞的，沒想到背後還有鄧葆光，更沒想到鄧葆光有這麼大的面子，能把警察總署署長親自搬到上海。陳義寬慌忙說："這事我還不知道，我馬上去查，看是哪個混蛋幹的！"不一會兒，陳義寬將經警大隊副隊長領了進來。這名副隊長垂頭站在唐縱面前，承認是他放了清慰公司的人。

鄧葆光明知陳義寬讓副隊長一人頂下全部罪名，但未抓到他陳義寬的把柄也無話可說。

唐縱一句話就撤了副隊長的職，然後敲打陳義寬："作為隊長，你陳義寬也逃不了干係！"

"是，是，請署座處分！"陳義寬畢恭畢敬。

沒捏住他的真憑實據，唐縱也不便叫他滾蛋。"聽著，陳義寬，你給我馬上把人重新抓來歸案，再不秉公執法，我拿你是問！"

"是！我立即親自去辦！"陳義寬啪地打了個立正。

鄧葆光這才出了口悶氣。他並不知道，陳義寬受了清慰公司的賄，是去孝敬潘其武的。他更不會想到，陳義寬將清慰公司的人重新送進拘留室後，連夜跑到南京向潘其武哭訴去了。

十五

總統府政務局來的密令——做人難啊！

深夜。外灘。中央銀行大廈六樓。總裁密室。厚重的金絲絨窗簾遮得嚴嚴實實，只有寫字台上一盞台燈發出柔和的光線。

劉攻芸坐在寬大的沙發上，不時看看手錶，臉上隱約浮出焦慮的神情。門鈴響了。

劉攻芸打開沙發旁的落地燈，恢復了從容不迫的紳士風度。

“什麼要緊事，半夜三更把我召來？”鄧葆光一進門就問。

“尼娜不高興了？”劉攻芸開玩笑說，“來，來，坐下，慢慢說。”

鄧葆光在沙發上落座以後，劉攻芸打開寫字台抽屜，取出一份文書遞給他：“你先看看這份東西。”

鄧葆光接過文書，剛掃了一眼，就怔住了。這是總統府政務局來的密令，有蔣介石親筆批諭：“據查敵偽產業處理局逆產組副組長兼房產科科長陳乃昌係中共骨幹分子，特著敵偽產業處理局局長劉攻芸即刻扣留此人速押南京。”

鄧葆光絲毫不曾想到那位剛提拔不久的溫文爾雅的教授竟真的是中共分子，而且是骨幹！如若密令逮捕的是鄧雲衡那條線上介紹來的占自佑等人，他還有幾分思想準備，而這位教授是劉攻芸保薦過來的呀！

鄧葆光望著劉攻芸："這是怎麼回事？我一向以工作實績認人，不管其他閒事。他在我這兒很得力，看不出什麼情況。你總該瞭解他的底細？"劉攻芸苦笑道："我瞭解這個底細還敢介紹給你嗎？他是黃炎培先生推薦的，只知道他很有才幹。哪料到他會是延安的人！"

"那麼，究竟是什麼人指控的？"鄧葆光問。

"接到密令，我打電話找熟人摸過底了。據說是大夏大學幾個學生告的密，保密局上海站打的報告。"劉攻芸說。

"哦……"鄧葆光頓時明白了。上海站幾次想藉他和"東方"發橫財，先是劉芳雄，後來又是王新衡，都被他擋了回去。這些傢伙因而記恨在心，暗中找茬，利用安插在大夏大學的特務學生搞事。這幫土匪委實太可恨了！從他鄧葆光手下搞出一個共產黨，就可以安一頂"鄧葆光重用共黨分子"的帽子，將他一舉打垮。"不，不能在這群土匪面前示弱！然而，陳乃昌如果真是共產黨，我鄧葆光擔得了這個肩胛嗎？何況又是政務局的密令，不是鬧著玩的！"他左右為難了。

"這事怎麼辦？"

"是啊，棘手得很哪。必須冷靜想想。你看呢？"

劉攻芸模棱兩可地說。他當然明瞭此事與自己的干係，然而在吃透鄧葆光的態度之前，他是不會明確表態的。儘管兩人過從甚密，但這是政治上的高壓線，久經宦海風浪的劉攻芸不敢有絲毫大意。

鄧葆光久久不語，心頭就像狂風巨浪翻騰著。他突然想起自己立下的誡言："不做壞事，不陷害人。"如果陳乃昌有個三長兩短，自己的良心會一輩子不得安寧的。再說，就算將陳乃昌交出去，事情也不會就此了結。上海站的目標是自己，他們必然要得寸進尺追後台，那時更被動。於己於人都不能退卻。他拿定了主意，便問劉攻芸：

“你看他們有沒有抓到什麼要害東西？”

“好像還沒有，聽侍從室的熟人口氣，也只是大夏大學幾個學生的口頭指控。因為是上海站通過毛人鳳直接送到老頭子手裏的，老頭子一批，事情就嚴重了。”

“是這樣……”鄧葆光的金邊眼鏡後面閃過一絲光亮。

他扶了扶眼鏡架，對劉攻芸說：“陳乃昌究竟是不是延安的人，我們先不管。也可能是上海站眼紅我們敵產局，故意陷害。這不去管他。至少，對於朋友我們不能見死不救。你劉先生也從來看重交情的，願意補台而不屑拆台。我也總想，為人應以心善為本。善有善報，惡有惡報。不做坑人的事，晚上睡覺也安穩。再說，你劉局長手下查出個共產黨，你劉某人如何交代？我鄧某人手下抓走個共產黨，我這個軍統也少不了干係。所以，出於朋友交情，出於我們自身利害，這事都不能不想個萬全之策。”

“是啊，是啊，我感到棘手，正是為此。不過，我擔心的是能不能保下來。”劉攻芸憂慮地說。

“我看有希望，只要上海站還沒抓到致命材料，就有法可想。我去弄一份核查報告，將他的履歷說清楚一點，並且搬出黃炎培的牌子。老頭子對黃老先生還不敢太過份，他現在正同延安爭奪這些民主人士，總要給點面子。另外，私地裏你再找找政務局的熟人，口頭上暗示這事是保密局上海站對敵產局挾嫌報復，讓他們在老頭子面前透個風。最後再加上我們兩個人的擔保，當然要口氣很硬的擔保，這事恐怕才有可能不了了之。”

劉攻芸沉吟片刻，說：“事到如今，也只好這麼辦了。”

“這事千萬不能讓保密局和上海站那幫人知道。”鄧葆光補充說。

“自然，要不然也不會請你那麼晚到我的密室來。”劉攻芸笑道，“我打聽過了，政務局密令還沒告訴保密局。我會設法讓他們壓一壓，等到事情解決了，政務局的密令也就自動撤銷，沒必要再告保密局了。讓毛人鳳以為是老頭子卡下的。他這個人沒膽量再問老頭子這件事的。”

“就這樣，我去辦核查。”

第二天一上班，鄧葆光就將陳乃昌叫到自己辦公室，吩咐邱秘書不准任何人打擾，然後關上了門。

陳乃昌驚詫地望著鄧葆光。

鄧葆光轉身從保險箱裏取出那份密電，說：“陳先生，這裏有一份東西，你先看一下。”

陳乃昌接過總統府政務局密電，迅速地掃視一眼，心頭猛然一驚。他閃電般地分析了一下，隨即鎮定地反問：“鄧先生打算怎麼處理？”

“你在大夏大學接觸過的學生中，有沒有可疑的人？”鄧葆光提醒他。

陳乃昌想了一下說：“可能有兩個。”

“我看這樣辦吧。我現在需要一份核查報告回覆上面。我對你以往的經歷不太熟悉，你自己起草一下，用核查人員的口氣寫個簡歷，人家可能有疑問的地方著重澄清一下，不過用詞要婉轉些，不要硬駁硬頂，完全用公文式的語調。寫完後直接交給我，其他事你就別管了，你還是幹你的工作。”鄧葆光詳細地交代了一遍。

陳乃昌用銳利的目光盯著鄧葆光看了一會兒，然後說：“我明白了，就按鄧先生說的去辦。在我受到陷害的時候，鄧先生肯仗義執言，我陳某當不會忘記。”

說完，他就返身去起草核查材料了。

鄧葆光將陳乃昌自己起草的核查報告，仔仔細細推敲了一遍，然後親自謄抄一份，在後面簽上字，隨即將陳乃昌的草稿燒毀。他驅車來到中央銀行，直接送到劉攻芸手中。劉攻芸簽字後，封上火漆，派最可靠的親信連夜專送南京蔣介石總統府政務局。

五天之後，鄧葆光接到劉攻芸的電話。“葆光，那件事差不多了。老先生看報告時，有人在邊上說了兩句，老先生‘嗯’了一聲，就不響了。看樣子就這樣了了。”

事情雖說過去了，然而留在鄧葆光心上的陰雲並沒有完全退去。從跨進軍統這個門檻以來，他一直是一帆風順、青雲直上，從未遇到這麼糟心的事情。他弄不明白那批土匪們為什麼要跟他過不去。他一向是不願得罪人的，儘管他在心裏鄙夷那些專營殺人越貨的打手，但從來井水不犯河水。難道因為自己在戴老闆活著的時候得到過器重，所以他們的嫉恨至今未消嗎？難道因為聘請首席檢察官竇保祺任逆產組顧問，不願同他們一起貪贓枉法，就如此過不去嗎？今後自己該怎麼辦呢？做人難啊！

回到家，鄧葆光一屁股坐到沙發上，心情陰鬱地沉思。

門外響起一陣清脆的笑聲。尼娜和家庭教師李文漢帶著二兒子和小兒子，在城隍廟玩了一個下午，剛到家。尼娜笑著輕快地走進客廳，她永遠像一隻快樂活潑的小鳥。一見鄧葆光陰沉的臉色，她就朝李文漢頑皮地吐了吐舌頭，然後輕手躡腳走近正冥思苦想的丈夫。

“喏！”一個大花臉猛地出現在鄧葆光眼前，他嚇了一跳，定神一看，原來是隻木偶。

“喏！”尼娜又將藏在身後的左手一下子伸到丈夫面前，又是一個小丑。尼娜的手抖動著，讓兩只木偶你仰我合地撕打，孩子般地高喊著：“打架了！打架了！大花臉跟小丑打架了！”

兩個兒子高興得蹦到沙發上打滾。李文漢也忍俊不禁。鄧葆光不由得笑了。

尼娜將木偶往丈夫懷中一塞，得意地說：“好看不？城隍廟買的。今天玩得可痛快啦！”

鄧葆光知道，妻子是見自己心情不好，故意逗自己高興。他感激地看了妻子一眼，說：“吃飯吧。”

“噢，忘了跟你說，今天家裏不開飯啦。”尼娜一本正經地宣佈。

“怎麼？”鄧葆光不解地問，“叫全家餓一頓？”

尼娜、李文漢和兒子們都哈哈大笑起來。

“告訴你吧，今天請你大吃一頓！”尼娜解釋道，“文漢在外交部謀到一個位置，時間很緊，明天就要動身。我已經在‘十八層樓’訂了一桌酒，送送文漢。志新一會兒就回來，我打過電話了。等志新一到，我們全家一起出發！”

“是這樣！”鄧葆光起身，扶著李文漢的肩膀，“文漢，這兩年辛苦你了。你還年輕，是應該到外面去闖闖了。”

李文漢說：“在大哥身邊這兩年，得益不少。只是志學的學業……”

鄧葆光說：“志學也不能老待在家裏，也應該進學校了。”

十六

保密局召見

連鍋端

毛人鳳來電話叫鄧葆光去南京。

鄧葆光跟尼娜說："這兩年諸事纏身，一直想陪你到蘇州、杭州走走卻總抽不出空。這次你跟我一起去吧，遊不成西湖、姑蘇城，遊一趟秦淮河，也算一種補償吧。"尼娜自然高興，但提出要帶錢敏一起去。她說："你到南京要忙公事，誰陪我玩呀？"鄧葆光說："也是，一起去吧。"

尼娜同錢敏已經成了好朋友。那次在仙樂斯舞廳相遇後，第二天尼娜就打電話約錢敏夫婦去跳舞，到鐘點還派汽車去接。一連幾天又是看電影，又是喝咖啡。每次都是尼娜搶著結賬，說什麼也不讓錢敏付錢。錢敏感到很不安，總不能老揩尼娜小姐的油。而且，時間長了自己也破費不起，沒那麼多錢陪她玩。錢敏自己雖然學過護理，但現在還在教會辦的英語補習班學英語，沒出去工作，家庭開銷全靠徐鈞那點薪水。吃工薪飯的不能跟人家官太太比。再說對於官太太，錢敏也存幾分戒心。在重慶時，錢敏常常同徐鈞頂頭上司的眷屬、一位科長太太一起玩。錢敏用積蓄買了一隻很漂亮的戒指，那位科長太太看中了，讚不絕口，一定要錢敏替她代買。錢敏知道說是代買，其實就是強索。錢敏已經告訴她在哪家首飾店買來的，又不遠，東西就在櫃檯裏放著，還非要叫自己“代買”，意思不是明擺著的嗎？丈夫的頂頭上司惹不起，否則飯碗就可能打破，錢敏只得脫下手上的戒指，說：“你如果喜歡，就拿去戴好了。”科長太太居然心安理得地收下了。所以，錢敏對丈夫說：“人家是官太太，我們陪不起，冷冷吧。”徐鈞反正無所謂，只要不妨礙自己玩，一切由太太做主。尼娜打了好幾個電話，錢敏都婉言謝絕了。

過了一段時間，他們又在仙樂斯碰上了。一見面尼娜就高興地大叫起來：“錢敏！我冷清死了，連個玩的人也沒有，葆光又一天到晚忙公務，我只好一個人在這裏乾坐。”錢敏見她孤零零坐在小圓桌旁，才知尼娜確是真心希望與自己交往。以後彼此慢慢熟悉，錢敏瞭解到尼娜為人真誠直率，雖然是官太太卻不像官太太。這樣，兩人幾乎形影不離了。

鄧葆光知道徐老先生為人正直清廉，因此也不反對尼娜跟徐老先生的兒子兒媳交往。到後來，兩家人就像親戚一樣經常走動。

鄧葆光、尼娜、錢敏一起上了開往南京的列車。在包廂裏，尼娜從包中取出一塊玫瑰紅的衣料給錢敏看：“你看這塊衣料怎麼樣？”

“呀，那麼鮮，穿不出的！”錢敏詫異地說，“你從來不喜歡太鮮的顏色，怎麼挑了這一塊，準備翻花樣啦？”

“啊呀呀，錢敏，你是什麼腦子？哪有出門帶衣料的？”尼娜表情誇張地說，“不要變成神經病了？”

錢敏這才明白是送人的：“送給什麼人？是小姑娘穿的？”

“小姑娘？”尼娜做了個鬼臉，故作神秘地說，“告訴你，是老妖精！”

“啥人？”錢敏問。

“毛人鳳太太，她就喜歡這種觸眼睛的顏色，生怕人家不注意她。”尼娜揶揄道。

火車馳進南京站。

鄧葆光一踏上月台，意外地發現毛人鳳正笑吟吟地走來，身旁跟著一個三四十歲的女人，濃妝豔抹。這女人就是大名鼎鼎的女特務向影心。此人原係楊虎城西北軍駐南京辦事處主任胡逸民的老婆，因為同戴笠過於親熱，胡逸民不得不休妻。以後被戴笠收編派到華北，負責勾搭大漢奸殷汝耕，既當漢奸外室，又做軍統外勤。毒殺殷汝耕未遂後，逃回到重慶，由戴笠出面撮合，嫁給了毛人鳳，改名毛向影。

“葆光，你來了？”毛人鳳的臉上掛著四季不變的笑容，“太巧了，我剛送走一位朋友，就看見你下車了。”

“哎喲，鄧太太，你是越來越年輕，越來越苗條了！”向影心拉著尼娜的手，擺出一副親熱的樣子。

毛人鳳發現尼娜的身邊還站著一名年輕太太，便問鄧葆光：“那一位是……”“噢，徐太太，請過來。我介紹一下，這位是敵產局法律顧問徐老先生的兒媳，尼娜的好朋友，一起來南京玩的。”鄧葆光知道毛人鳳生性多疑，趕快抬出徐老先生的牌子。

“毛先生！”錢敏恭恭敬敬地招呼。

“好，好，歡迎，歡迎，在南京多玩兩天。”毛人鳳聽說過徐老先生，不再多心了。“坐我的車走吧？”

鄧葆光跟著毛人鳳朝停在月台一旁的小汽車走去。“麻煩毛先生了，實在不敢當啊！”

“哪裏，哪裏，”毛人鳳謙和地笑道，“你我老同志，就不必拘禮了。還是跟在重慶一樣，跟在重慶一樣。”

上了汽車，毛人鳳從前座扭轉頭來問：“住哪兒？還是住本局的招待所吧？”鄧葆光說：“尼娜想住到南京神學院院長李玉文府上，他們是世交，方便一點。”

“也好，也好。”毛人鳳吩咐司機去南京神學院。

汽車開出車站，在寬闊的林蔭道上急駛。

“你先休息一下，下午車子來接你，我們到局裏談。一會兒委員長那裏還有個小會，我馬上要趕去。”毛人鳳神秘地笑笑，“知道不，馬漢三要掉腦袋了。”

鄧葆光一愣。這個馬漢三，便是軍統北平區區長、平津地區肅奸委員會主任委員。潘其武常常放出風聲：“軍統有兩個最大的資本家，北平是馬漢三，上海是鄧葆光。”今天毛人鳳告訴他這個消息，又是什麼意思？

“馬漢三出了什麼事？”鄧葆光問。

毛人鳳笑笑：“發接收財，貪污唄。”

洪公祠。保密局新大樓。局長辦公室。

“葆光，近來怎樣，工作還不錯吧？”毛人鳳將鄧葆光引進自己的辦公室。“承毛副局長的支持，上海同仁也很努力。”鄧葆光敷衍著。

“聽說，‘東方’協助中央銀行調查金鈔黑市很有點成績，劉攻芸獎了你們五百多兩黃金？”毛人鳳問。

“有這回事，我們從中提了五十兩捐助軍統烈屬。”鄧葆光說。

“好，好，這個工作很重要，‘東方’還要繼續做下去，一個是調查全國物價，向委員長報告市場動態；一個是協助中央銀行取締金鈔投機。以後，每個月局本部補貼你們一點錢。怎麼樣？”毛人鳳親手給鄧葆光倒了一杯茶。

“工作是應該做的，至於補貼，我看就不必了吧。局裏經費比較困難，我們自己能想辦法。”鄧葆光推辭著。他竭力在經濟上同保密局割斷聯繫，本來就是為了逐漸擺脫控制。

“說到經費，我請你來，正是同這個問題有關。”毛人鳳接著詳細介紹了一個方案。

蔣總裁為了擺出“民主”姿態，在“國大”預算中很難再批出大量特務經費，因而批准了保密局提出的“三友公司”計劃。抗戰勝利後，軍統在各地接收的敵偽現金財產，一律不交敵偽產業管理局，由保密局留下，作為開辦三友公司的資本；同時，將一部分敵偽企業和“中美合作所”剩餘物資，也劃歸三友公司。三友公司的盈利則用來補充保密局預算外開支。

被毛人鳳圈入三友公司的企業，在南京，有從日本人手中接收過來的裕豐紗廠、鬧市區花牌樓的亭亭照相館、中山路上的鴻業印刷文具公司；在北平，有一家日本人開設的無線電器材製造廠、一個中型旅館、幾個綜合倉庫；在天津，有幾個大型冷藏庫；在上海，規模更大，有日本人經營過的擁有四十艘遠海漁船和大型冷庫的東方漁業公司、擁有二百輛十輪卡的啟明運輸公司，還有鄧葆光經手接管的秦昌鋼筋廠、孔義皮革廠、新華鐵工廠、泰昌紗廠、鋸木廠、夾板廠、上海印刷廠、通運商行、東方書店。

鄧葆光傻了。毛人鳳給他來了個連鍋端，只剩下“東方經濟研究所”一個賠錢的空架子。丟掉了賴以生存的企業，“東方”還能幹些什麼呢？

毛人鳳依然笑眯眯地說：“當然，還有許多具體問題需要研究，怎麼移交、人事安排等等，都還要商量。你回去先準備一下，如何？噢，對了，聽說你早已經聘請上海檢察院首席檢察官竇保祺做‘東方’和逆產組的法律顧問？”

“有這事。”鄧葆光不明白毛人鳳為什麼突然問這事。

“哎呀呀，你要是事先跟我打個招呼就好了，讓他們司法部門一插手，許多事就不太方便了。”毛人鳳微有責意，但臉上依然堆著笑。

“我想，建國時期，各方面都該講法律，逆產處理應該讓法院、檢察院決定，我們不能亂來。”鄧葆光辯解道。

“想法是好的，不過你也太書生氣了，哈哈……”毛人鳳打著哈哈說，“算了，這事不說了。王新衡推薦孫曜東，說他理財是一把好手，你也知道，汪偽政府那些人都把他當財神供過，去三友公司當個顧問如何？考慮一下。回去清理一下那些企業，等通知辦移交，好不好？”

“是。”鄧葆光心亂如麻。孫曜東怎麼又插進來了？

“準備什麼時候回上海？在南京陪太太多玩兩天，向影心很喜歡尼娜，還想請她到板鴨店吃鴨麵呢！”毛人鳳說笑著將鄧葆光送到門口。

鄧葆光無心瀏覽玄武湖的風光。他跟尼娜說，有緊急公務必須立即返回，留下尼娜和錢敏，連夜趕回上海去了。

向影心果然打來了電話。

"鄧先生呢，回上海啦？他也真是的，怎麼不陪你玩兩天？他們男人都一樣，只知道工作、工作，一點不理解我們女人的心，不知道我們女人需要的是愛情！別管他，我們姐妹玩。吃過南京的鴨麵沒有？來南京不吃鴨麵等於沒來。明天我請你到南京板鴨店吃鴨麵，你等著，十點鐘車子來接。對了，還有跟你來的徐太太，一起來吧……"

第二天一大早，尼娜就將還在酣睡的錢敏從床上拉起來："起來，起來，我們上中山陵玩！"錢敏揉著睡眼："那毛太太那邊……"尼娜說："別睬她，我同這種人打不來交道！"她們倆連早飯沒吃就溜了出去。

尼娜不知道向影心的邀請是毛人鳳親自安排的。毛人鳳雖然剝奪了鄧葆光手中的財源，但對鄧葆光這樣一個人才還是想拉攏的。他正同鄭介民爭奪局長寶座，自然勢力越大越好。只要鄧葆光肯歸順，毛人鳳並不想如何為難他。可惜鄧葆光是個強頭倔腦的書呆子，連他的太太也一樣不懂得拍馬屁。

尼娜和錢敏直到深夜才盡興而歸。神學院院長一家已經熄燈就寢。她們穿著高跟鞋，怕"篤篤篤"的聲音影響主人，就脫下拎在手裏，光著腳丫踩在地毯上，燈也不開，輕手輕腳摸黑上樓。走上二樓，樓梯口突然出現一個黑影，她倆嚇了一跳，一看是女主人，咯咯傻笑著逃回房裏。

在南京玩了幾天，牽掛起家中的丈夫和孩子，她倆急著回上海。到下關火車站買票，滬寧線停開三天剛通車，因而沒有包廂也沒有軟座，尼娜只得買了兩張硬座。她倆在月台等車時，走來一個穿便裝的男子，客氣地問：“是鄧太太吧？”此人是保密局南京下關火車站檢查所所長，認識鄧葆光，那天毛人鳳夫婦來火車站接鄧葆光，他也在場，見過鄧太太。他聽尼娜說沒買到包廂和軟座的票，便立刻跑到列車段，調了一節兩條藍槓的包廂車皮，掛到列車後面。列車開動後，錢敏發現這節車廂中只有她同尼娜兩個人，驚訝起來：“尼娜，我們乘專列了！那個男人是誰？這麼大的本事？”尼娜撇撇嘴：“不曉得是什麼人，反正是馬屁精！”錢敏逗笑說：“人家替你專門調了一節包廂，你還要罵人家馬屁精，要罵人家你就不要坐！”尼娜說：“罵歸罵，坐歸坐，叫這種人氣煞！”這兩個人又咯咯傻笑起來。

鄧葆光從南京一回到上海，就同陳乃昌、占自佑、邱秘書，分別商量如何應付三友公司。對於保密局的剝奪計劃，他們都感到無計可施，頂不過人家。唯一的辦法是軟拖，能拖幾天算幾天。鄧葆光想起愚園路那幢大花園洋房，毛人鳳的計劃還沒有將此圈進去，得趕快讓出，為“東方”弄點經費。等到毛人鳳看中了，就不好辦了。他立即去找杜月笙。

杜月笙在香港蹲了五十多天，早已“返滬處理事務”了。回到上海那天，他的門徒舉行了隆重的歡迎儀式，死對頭宣鐵吾居然也派了代表來參加，無論怎樣明爭暗鬥，大面上總要亮得過去。這位“聞人”似乎高興了一陣，在“擁軍戡亂”“勞軍”等各種會議上拋頭露面，極盡奢華地給三子、四子完婚，又大做了六十壽慶，請了南北名角唱了三天堂會。

杜月笙笑嘻嘻地在十八層樓接待了鄧葆光。

“杜先生，情況有些不大妙。毛人鳳在動‘東方’的腦筋。”鄧葆光將毛人鳳召見的情況介紹了一番。

杜月笙絲毫沒有驚詫的表情，似乎早已得到了風聲。他平靜地說：“我早就料到這步棋子了。戴雨農一去，你們軍統也鬧得實在不像話。‘東方’是一塊肥肉，被人家吃掉是遲早的事。你這個讀書人弄不過那幫土匪。當初，要不是雨農在背後撐你的腰，老早被陳果夫或者啥人挖過去了。”

“是啊，現在怎麼辦呢？杜先生，我是來向您討教的。”鄧葆光說。

杜月笙想了一下，說：“我看毛人鳳的三友公司肯定弄不好的，你不要捲進去，要弄也不要同那幫土匪一道弄，自己立門戶。所以要趁早想辦法。”

“三友公司我當然不去的，我還是想把‘東方’搞下去，好不容易撐起一個事業，半途扔掉總不甘心。”鄧葆光倔強地說。

“你呀，你呀，”杜月笙突然想起什麼，便問，“我給你的一千萬呢？你統統賠進‘東方了？”

“全部打進‘東方’的經費了，還有周作民先生的一千萬。”鄧葆光不解地望著杜月笙，莫非他以為我塞了自己腰包？

“哎呀呀，小阿弟，小阿弟，你實在是一個憨大！實在是一個書篤頭！”杜月笙笑著搖頭道，“我誠心讓你撈一票，你倒真個全部貼進公家事體裏去了。至少我私人送你的四百萬，你應當留下來。我杜月笙會得來查你的賬？本來就是送給你的。協助‘東方’，有點鈔票裝裝門面就可以了，你倒真當一樁事體去做？憨大，憨大！”

“我想像像樣樣辦一點實業，給政府當好經濟方面的參謀。”鄧葆光解釋道。

“算啦算啦，你小阿弟太老實！在上海灘上混混的人，哪一個不是三頭六臂？你這個書篤頭哪能弄得過他們？辦啥個實業，還是自己撈一票算了。否則，你將來要後悔的，沒有鈔票，當窮癟三日腳不好過的。老早曉得我就勸你去買點農田產，就買耕牛都至少可以買上三千多頭。”杜月笙的確是為鄧葆光這個小阿弟著想。

“我想同杜先生商量一件事。”鄧葆光將話題轉到來意，“我想趁毛人鳳還沒有動手，將‘東方’愚園路那幢大花園洋房讓出去，多少給‘東方’弄點經費。”

杜月笙眯起眼睛望著鄧葆光。“噢，你想讓掉？嗯，想作多少價？”

“杜先生如果想要，就四十五萬美金吧。”

“胡秘書，愚園路那幢房子你看過的，四十五萬美金怎樣？”

“適中適中，鄧先生總歸照顧老朋友的。”

“這樣吧，葆光，房子我吃下來，用還是歸你用，等風聲過去了，去過過戶，就算我送你的。”杜月笙大方地說。

“杜先生的情我領了，不過那批土匪造謠我實在吃不消，要是連您杜先生也牽進去，我怎麼對得起杜先生？”鄧葆光連連搖頭。“杜先生能買下，已經幫我大忙了。還是杜先生自己用吧。”

“葆光，葆光，”杜月笙感慨地搖頭，“像你這樣死心眼，在這個社會吃不開的。好，好，以後碰上什麼難處，你儘管開口。”

十七

陰謀與剖腹亮相

第二次星夜飛回

假如知道一場蓄謀已久的陰謀即將爆發，鄧葆光無論如何不會離開上海。他到廣州去，是為中央銀行佈置取締套匯工作的。

年初，毛人鳳終於將鄭介民擠出了保密局，如願以償地登上了局長的寶座。這個夙夜在公的公務員十年媳婦熬成婆，很有點洋洋得意。一時間，各地特務頭目紛紛趕回南京，送禮致賀，以示歸順之意。唯獨鄧葆光裝聾作啞，置之不理。雖然上海到南京近在咫尺，在拜賀的人群中卻看不見這個戴金絲邊眼鏡的讀書人模樣的少將特務。笑容可掬的毛人鳳微蹙了下眉頭，粗眉橫肉的“摩擦專家”潘其武逢人便說：“保密局局長換了人，只有鄧葆光不知道！”

在潘其武同上海警察局經濟警察大隊隊長陳義寬通了幾次電話之後，他們終於動手了。

這天下午，胡信義在密室中剛記完流水賬，幾輛警車就包圍了吉泰紗號，闖進一幫經濟警察，為首的便是陳義寬。

“不許動！胡信義，你被逮捕了！”陳義寬舉著手槍高喊。

兩名警察隨即上前銬住了胡信義。

“這是怎麼回事？”胡信義被這突然襲擊搞懵了。他自以為靠上鄧葆光這樣一個軍統大員定歸篤定泰山了，絲毫沒想到警察仍會打上門來。

陳義寬根本不理睬，揮舞著手槍命令："抄！"他是做了充分準備的。他已從清慰公司案犯那兒瞭解到，買方代理人是江西中路三百三十一號吉泰紗號老闆胡信義，想來定是鄧葆光安排的耳目。派人盯梢，也發現胡信義同東方經濟研究所有聯繫。請示潘其武後，決定拿胡信義開刀，搞一下鄧葆光。因胡信義是假扮買主代理人誘人上鉤，便可以清慰公司案同犯的罪名公開逮捕。但僅僅是這一罪名最後還定不了案，估計中央銀行會出面干涉，必須另外抓到罪證。潘其武與陳義寬研究下來，估計胡信義有了鄧葆光這樣的靠山，便會肆無忌憚，利用打探黑市的機會，私下做點黑市買賣。陳義寬便來了個以子之矛攻子之盾，同樣採用釣魚的手法，派人向胡信義賤價兜售金條。胡信義果然上當。交易一成，便衣便發出信號，埋伏已久的陳義寬跟著打上門去。

陳義寬手下人翻箱倒櫃，果然在密室中抄出了流水賬，上面明確寫著當日下午成交金條十一根。陳義寬將流水賬扔到胡信義面前，胡信義這才後悔太不謹慎。他以為有了靠山便萬無一失，根本沒想到要作些防備。胡信義耷拉下腦袋，這回完了。這十一根金條，是背著"東方"邱秘書想撈點外快，他們還會管自己嗎？

陳義寬的手下人報告，在密室發現一隻極為隱蔽的巨型保險箱。陳義寬命胡信義打開。胡信義急中生智。他明知保險箱中空空如也，那十一根金條一成交就命親信職員轉移出去了，卻裝出一副神秘的樣子說："這隻保險箱不能開，這是東方經濟研究所鄧葆光先生的，都是重要機密！"這個老奸巨猾的商人想利用這隻空空如也的保險箱，將從未見過面的鄧葆光一起拖進來。只要死死拖住這位軍統大員，他胡信義還怕什麼？自然會有力升的人出面來擺平此事。

陳義寬一聽說是鄧葆光的保險箱，頓時大喜過望。他知道潘其武擔心鄧葆光會切斷同胡信義的聯繫，沒想到竟輕而易舉地揪住了尾巴。陳義寬估計巨型保險箱中肯定藏著成千上百根金條和大批美鈔，不管它是胡信義還是鄧葆光的，只要有胡信義這句話，他鄧葆光上法庭也賴不掉。潘其武早就估計鄧葆光從胡信義身上得到了極肥的油水，果然言中了。

陳義寬是辦案的老手，知道鄧葆光這樣的大頭寸不是輕易扳得倒的，必須死死捏住鐵一般的證據。若現在當場開啟，萬一保險箱中果真藏有機密文件，便會弄巧成拙，吃不了兜著走，弄不好會被鄧葆光倒打一耙，輕則撤職，重則嚐嚐軍統傳下來的"家規"；即使保險箱中有美鈔金條，鄧葆光也可矢口否認，反告誣衊，單憑胡信義這種小人物的口供，是咬不到軍統大員身上的。他必須利用胡信義的口供，用各種辦法逼迫鄧葆光承認保險箱屬他所有，然後當著各方面的面公開啟封，才能抓住無法抵賴的鐵證。"好吧，既然你說是鄧先生的，就先封上。不過，你必須現在寫下供詞。"陳義寬說。

兩名經警在保險箱上貼上封條，胡信義立即寫了供詞，按上了手印。

陳義寬一回到經警大隊立即打電話向南京彙報。潘其武喜出望外，連夜秘密趕到上海，悄悄住進南昌路三十三號。這幢房子原是日本特務機構“竹”機關的，毛森接收後奉獻給了毛人鳳，毛人鳳已在浦石路一號弄到了房子，怕招人非議，因而一直未用，只是將此地當成了保密局在上海的秘點，沒有太多人知道。陳義寬偷偷摸摸隻身來到南昌路三十三號，向潘其武詳細報告了前後經過。潘其武外戰不行，內戰“摩擦”卻是老手。他思考片刻，覺得此案關鍵在於鄧葆光能否承認巨型保險箱裏藏著他的東西。他想起毛森跟他說過，毛森抓了周作民後，戴笠立即讓鄧葆光打電話，命令毛森千萬不能漏出風聲，因為一公開見報就不能私了。潘其武覺得這是一個好辦法，便指示陳義寬，設法將胡信義的事情捅給中統上海站負責人吉元浦。潘其武知道，中統對鄧葆光手中的“東方”這塊肥肉眼紅已久，鄧葆光的古板又使他們沾不到一點油水，早就恨得咬牙，而且中統的勢力又控制著上海灘上影響最大的一家報紙——《申報》，《申報》社長便是CC派骨幹、上海市議長潘公展。CC派是國民黨內的一個執掌黨務和情報工作的右翼派別。

陳義寬從南昌路三十三號出來，直奔中統上海站。吉元浦也如獲至寶，告訴他明天肯定見報。陳義寬回到經警大隊，劉攻芸派來的人正等著。胡信義被經警大隊帶走後，吉泰紗號的經理立即打電話給“東方”邱秘書報警。鄧葆光不在，邱秘書便直接打電話到中央銀行找劉攻芸。劉攻芸知道胡信義是鄧葆光安排打入黑市的耳目，破獲了清慰公司案，便立即派人前去保釋，同時還給上海警察局局長宣鐵吾打了電話。陳義寬請劉攻芸的人稍等，跑到辦公室打電話向潘其武請示。潘其武說：

“好極了，就怕他們切斷聯繫，拋出替罪羊死人不管。既來保釋，就有戲可唱。放！放了胡信義之後，趕快將保釋的消息也傳給吉元浦。”

第二天一早，邱秘書一打開《申報》就愣住了。赫然怵目的黑體大標題躍然眼前：“經警大隊破獲胡信義金鈔黑市大案，巨型保險箱神秘可疑”。邱秘書讀著這則新聞，大熱天竟出了一身冷汗：“……當時承辦警察見吉泰紗號密室內有一巨型保險箱，咸推測其中必藏有大批金條，即擬將該箱加以開啟，但胡稱此箱係某機關負責人所有，未便擅開，承辦警察為鄭重起見，當即加貼封條於箱上，候來日會同某機關公開啟封。胡被捕後，警局循某金融巨頭之請，當夜准予交保釋放……”邱秘書自然知道，文中所謂“某機關負責人”便是鄧葆光，而“某金融巨頭”則是指中央銀行總裁劉攻芸了。

邱秘書著急了。他原本是大漢奸陳公博手下的一個管經濟的處長，抗戰勝利後鄧葆光前來接收，見這個年輕人頗有才幹，經考察也未發現多少劣跡，便從寬發落，未以漢奸辦罪，錄用在“東方”，因工作得力，又安排在自己身邊當秘書。故此，邱秘書對鄧葆光感恩不盡，忠心耿耿戴罪效命。這是鄧葆光從戴笠那兒學來的用人之道。

鄧葆光在廣州接到邱秘書打來的緊急電報，深感事態嚴重，立即坐飛機趕回上海。

聽罷邱秘書的彙報，鄧葆光意識到經警大隊陳義寬的背後既有潘其武的影子，又從《申報》字裏行間看見了中統幸災樂禍的獰笑。他沉默了片刻。這位讀書人不是沒見過世面的迂腐書生，他畢竟在戴笠身邊、在軍統明爭暗鬥的漩渦中混了十來年。更何況他的腦袋遠比潘其武好使得多。他竭力克制著自己的氣憤，保持鎮靜。他冷笑了幾聲：“你潘其武想操縱社會輿論，將我逼到一個進退兩難的被動地位。急急忙忙捅到報紙上，而且在那隻保險箱上大做文章。我承認是我的，正中他們下懷；不承認，便利用胡信義的口供大造我鄧葆光抵賴的輿論。”鄧葆光有點惱恨胡信義把事情搞複雜了。“這個胡信義以為這樣一來就可以將我同他捆在一起而不得不去營救他，殊不知反倒使我不便於暗地運動。你以為不這樣我就會撒手不管嗎？真是小人雞肚腸！只要是替我鄧葆光做事的人，我鄧某人什麼時候虧待過？事到如今，既已無法私了，只有公開較量了。那隻保險箱雖然不是我的，但胡信義咬住了，而且公開見報了，只有先承認下來，不承認反而招來洗刷不清的懷疑。只是不知保險箱裏究竟有多少金條美鈔？使用胡信義前作過調查，此人本錢不大，即使背著我們偷雞摸狗也只是小投機，我可以用這是調查黑市工作的偵察手段為理由對付過去。我手中有蔣介石特准的獨家王牌，誰也不敢說個‘不’字。再說劉攻芸也一定肯承認下來，證明這些金條美鈔破案後即會交入國庫。”鄧葆光沒有埋怨邱秘書不該請劉攻芸保釋：“他畢竟年輕，還嫩著呢。他不知道人家的目標是衝著我來的。既已公開，保釋反倒使自己陷入被動。”鄧葆光深思熟慮之後，決定“剖腹亮相”。“我鄧葆光身正不怕影子歪，沒往自己腰包裝過一根條子，公開審理反倒能變被動為主動。”

鄧葆光立即吩咐邱秘書將胡信義重新送回，不是送經警大隊，而是送特種刑庭。他知道特種刑庭直屬南京司法部，潘其武等人難以背後搗鬼。

當晚，鄧葆光又去市府拜會了上海市長吳國楨，向他介紹了利用胡信義作金鈔黑市調查的經過，並告訴他已將胡信義送交特刑庭審理，他用明白無疑的語言向吳國楨表示："我們也準備協助法庭調查，如法庭證明胡信義有罪，則重判；若無罪，應立刻開釋。" 吳國楨，這位普林斯頓大學的政治學博士曾先後擔任過漢口市長、重慶市長，在他的當政生涯中一向認為法庭是至高無上的："我同意你的看法，法庭應該秉公執法。"

第二天，鄧葆光又讓邱秘書請來"東方"律師李晉芳、鄧公玄，介紹了案情，並讓他們為胡信義出庭辯護。

事態仍在繼續擴大。潘其武既然以為抓住了鄧葆光的小辮子，豈有不興風作浪之理？CC 派骨幹潘公展，以市參議會議長身份發表公開講話，露骨影射"東方"負責人鄧葆光和中央銀行總裁劉攻芸是胡信義的後台。《申報》和各家小報群起而攻之。有的冠以"金鈔大王"，有的標以"黑市領袖"，甚至憑空造謠，說胡信義熔製假金條出售，三樓有化金爐；繪形繪色地說閣樓上有無聲電鈕，全室家俱均裝有機關，極盡渲染聳聞之能事。

鄧葆光深知人言可畏、眾口鑠金，面對有組織有計劃的造謠構陷，繼續沉默等於默認，無論如何也得有所反擊。邱秘書送胡信義去特刑庭前，曾責問胡信義為何亂說保險箱是鄧葆光的，"你連鄧先生的面都沒見過！" 胡信義連聲乞饒，說："你們都是高來高去的大人物，我只是爛泥潭裏的小水蠅，原以為抬出鄧先生就能嚇跑他們，誰知這些傢伙竟然不買賬，實在對不起鄧先生，恕罪，恕罪。不過，保險箱中什麼東西也沒有，空空如也，等於給那幫經警設下一個陷阱，他們對保險箱叫得越凶，將來越是被動。一旦打開，什麼也沒找到，不但證明鄧先生清白，而且暴露他們意在鄧先生的嘴臉。”邱秘書說胡信義發誓賭咒，以自家性命擔保是隻空箱，鄧葆光也就相信了，現在這種時候料定他也不敢撒謊。

鄧葆光胸有成竹地指示律師，要求特刑庭公開啟封保險箱。這天下午，經警大隊陳義寬及幾名警察、“東方”代表邱秘書、辯護律師李晉芳、甲長和吉泰紗號經理賴聲起等全部到齊後，陳義寬抱著極大希望揭下封條，吉泰紗號經理打開保險箱後，陳義寬張大嘴巴呆怔了。他沒想到這樣一隻巨大堅固的保險箱中，連一片碎紙都沒有。趕來採訪的一大群記者也全都目瞪口呆。

陳義寬馬上說：“保險箱雖然空無一物，但這不等於胡信義沒有罪，我有充分證據可以證明他參與金鈔黑市。”

律師李晉芳當場辯駁：“法庭還沒作出判決，你怎麼可以肯定他有罪？警察機關只有偵察權，而無裁判權，身為經警大隊負責人，連這點法律常識也不懂嗎？我作為辯護律師，也有充分證據可以證明他無罪，但本案尚在法庭偵訊中，遵照執行律師職務所應守的秘密，詳情暫時不能宣佈。因此，有罪無罪應該到法庭上去說，現在是搜集與案情有關的證據，保險箱中空無一物，已經證明案發後謠傳箱內藏有大量金條美鈔純屬烏有。”

陳義寬啞口無言。他不相信保險箱內沒有金條美鈔，但封條明明是自己貼的，啟封時又明明完好無缺，難道金條美鈔會不翼而飛？陳義寬越想越感到蹊蹺。

保險箱啟封後，鄧葆光跟著走了第二步棋。他同律師李晉芳商量在輿論上透透風，打破一面倒的局面。但鄧葆光手中沒有輿論工具，只得採取以胡信義老母名義在廣告欄中登啟事的辦法。那時候只要出錢，什麼廣告都可登的。第三天幾家大報的廣告欄中出現醒目的大標題：《李晉芳鄧公玄律師代表胡信義之母胡趙氏啟事》。"……惟念小兒以渺末商人，不合激於愛國熱忱，為政府機關服務，致令市上一般黑市金鈔商人害其不利於己，恨之刺骨，必欲死之甘心。以是為有計劃之組織造謠構陷，百出其途……小兒渺末之資，有何名位足以如此傾動社會？老婦年近八旬，亦習聞方今報館輿論，皆屬公正無私，亦斷斷無過分重視小兒之理。實以仇嫉小兒之黑市商人，方為大規模有計劃之造謠活動，其所佈置周遍於社會每一階層，以是積非成是，因偽亂真……圜扉囚縶今越三旬，諸孫則呼地呼天，老婦亦不寢不粥。雖倚於法律，終信邀裁判之分明，然畏於春秋，幸乞為群言之更正，敢煩請貴大律師，代將小兒受命政府工作及黑市商人構陷各情，代為登報啟事，以正視聽……"

啟事刊出後，輿論稍有收斂。

胡信義被捕兩個月後，終於被特刑庭宣告開釋。

鄧葆光這才鬆了口氣。

在經濟上目光敏銳的鄧葆光，在政治上卻頭腦簡單，在玩弄陰謀詭計方面更不是潘其武等人的對手。他以為事情總算了結了，又返回廣州繼續中斷了的工作。他根本沒去考慮潘其武既已動手，沒將他整倒之前豈能甘休？在他到達廣州的第二天，又接到邱秘書慌裏慌張的緊急長途電話。

"東方"屬下的中國經濟通訊社泰國分社社長梁秉才，被保密局以共產黨嫌疑逮捕，已關押在南京保密局軍法處看守所。

鄧葆光又一次星夜飛回。

當飛機在星空下平穩夜航時，躺在座椅中沉思的鄧葆光感到一種沉重的悲哀。他這才清醒地意識到，毛人鳳、潘其武他們是不會輕易放過自己的，除非他歸順就範，俯首聽命，同流合污。可悲的是他做不到這一點，向被自己所鄙視所厭惡的人稱臣。他凝望著飛機舷窗外漆黑的夜空，感到自己的心也變得又空又黑。

這次事態並不比胡信義案平緩。胡信義案是經濟，而這次是政治。"通匪"的罪名遠比投機套匯罪令人悚心。梁秉才他見過，是別人介紹來的。這是一個年輕的華僑，在曼谷開一爿書店，聽說也常出售紅色書籍。在泰國這不算犯禁，而在國內，自從一九四七年七月蔣介石發佈了《戡平共匪叛亂總動員令》，連穿一件紅顏色的衣服都有親共之嫌了。這也許是保密局擇其下手的一條理由？在正式聘用前的幾次談話中，鄧葆光有點喜歡這個熱情的膚色黝黑的年輕人，儘管聽得出他的思想有點左傾色彩，但鄧葆光仍然決定任命他為中經社泰國分社社長。鄧葆光的用人準則，一是能幹，二是正派。除此之外，別無苛求。至於政治思想，他並不贊成萬馬齊喑的局面。在某種程度上，應該說他屬於自由主義者的行列。因此在使用人才上，並不把思想傾向當作多麼大的事來考慮。他弄不懂，一個青年賣幾本紅色書，而且是在國外，究竟對黨國構成了多大的威脅。梁秉才還有什麼把柄給人抓住了？

回到上海後，鄧葆光才知事情頗有點撲朔迷離。

梁秉才的泰國分社也有一架電台，同“東方”總台每天保持聯絡。這天收到總台發來的一份急電：“鄧先生命梁秉才即刻飛滬有要事面示”。梁秉才不敢疏怠，當天買了飛機票登上班機。在上海龍華機場一下飛機，就被幾名穿便衣的大漢塞進一輛小汽車，直奔南京，送進保密局軍法處老虎橋看守所。第二天，軍法處通知“東方”：梁秉才以共黨嫌疑被捕。邱秘書感到詫異：梁秉才人在曼谷如何被弄到了南京投入監獄？他一方面打電話給鄧葆光報信，一方面命“東方”總台發電向泰國分社查詢，才知有人冒用鄧葆光名義打電報誘捕。邱秘書立即追問總台報務員，均矢口否認。事情因而變得神秘複雜起來。

發假電報的是誰？鄧葆光突然聯想到，南陽路的這幢大房子裏就曾發生過歷史上著名的假聖旨事件。一九〇〇年，愚昧的慈禧太后輕信義和團的神話，對英、美、法等八國宣戰，華北戰火有蔓延江南的危險。八國聯軍有藉機武裝佔領長江沿線的圖謀。這幢大房子的主人趙鳳昌聯合盛宣懷、張謇等江南財閥分頭遊說湖廣總督張之洞、湘軍統帥劉坤一等朝廷重臣與各國駐滬領事協商訂立“東南互保條約”。當趙鳳昌察覺總督巡撫們沒有皇上旨意不敢擅自與外國簽約，便冒死罪假造了聖旨，分發給南方各省督撫等封疆大吏，終於聚集起南方省代表在上海與八國領事，簽訂了“東南互保條約”，避免了上海和長江流域的一場戰火。可是，那場假電報是為了救國救民，而這次假電報純屬黨爭和小人之計。是內部人還是外部人？鄧葆光此刻無暇追查，要緊的是趕快摸清梁秉才的案情和處境。無論親疏，對於手下人他都是負責到底的。否則，人家怎肯對你忠心耿耿？這個造假的鬼地方該找人看看風水。

鄧葆光畢竟是老軍統，一到南京情況就摸清了。有人告了密，毛人鳳指示查辦，已被提拔為主任秘書的潘其武立即命令保密局上海站去龍華機場抓人。但誘捕的假電報是誰幹的則不得而知。軍法處見案情較輕，只有出售紅色書籍一條罪名，又是鄧葆光手下的人，因而給予了照顧，沒抄身，而且安排了一個單間。

鄧葆光通過軍法處熟人的關係，前往老虎橋看守所探監。看守見是老軍統的大員，便知趣地退出，讓他們單獨談話。

梁秉才目送看守的背影消失在牢門外面，隨即從內衣口袋掏出一個本子，悄聲說：“他們還沒有抄身。這上面有我朋友的地址和記事錄，落到他們手裏會給朋友們添麻煩的，請鄧先生帶出去代為保管。”鄧葆光點點頭，說：“好吧，先放我這兒。”他隨即將本子插入西裝內貼袋。

鄧葆光問了一些情況後，安慰梁秉才說：“先委屈一些時候，我跟軍法處打了招呼，不會為難你的。至於案子，我會想辦法的。因為是毛人鳳的命令，所以要費些周折。你耐心等一等，凡是我的人，我決不會撒手不管的。你放心好了。”

探監之後，鄧葆光便直奔唐縱的公館，請這位老軍統頭子設法保釋。作為毛人鳳的老同事以及梁秉才的上司，他完全可以自己出面向毛人鳳擔保。但是他實在不願向毛人鳳這個笑面虎式的小人低聲下氣，更何況這次毛人鳳、潘其武是項莊舞劍，意在沛公。明知矛頭是向著自己來的，他不能在他們面前喪失骨氣。而唐縱儘管不願重新捲入是非之圈，但梁秉才是個小人物，也不是保密局的人，又沒什麼重大把柄，因此鄧葆光估計唐縱這次還是會給自己一個面子。鄧葆光沒有估計錯，唐縱爽快地答應了下來，說："這事我給你辦。不過毛人鳳已經開過口，得讓事情冷一冷，要不然他會覺得面子上下不來，反倒會碰僵。"

鄧葆光將事情安排妥後，神情沮喪地回到上海。這已是第二天午夜了。

尼娜還沒有睡，穿著睡衣，一個人守在空空落落的客廳裏。

丈夫機關裏的公事歷來不在家裏談論，但這一回兩次去廣州又兩次星夜匆匆飛回，胡信義的案子又鬧得滿城風雨，梁秉才的被捕弄得"東方"上下不安，鄧葆光不想讓妻子擔憂也瞞不住。"東方"是民間機構，不比軍統那些宣過誓的人有"家規"管束，職員們的嘴巴自然不會太緊，尼娜不會毫無聽聞。去南京前鄧葆光說兩三天就回，尼娜卻度日如年。因為第一次碰到這種兇險的事，她難免有些神經過敏。既然丈夫手下職員被當作共產黨抓進去了，會不會也將丈夫以包庇共產黨的罪名一起逮捕呢？如是這樣，去南京不是自投羅網嗎？她想勸阻丈夫，但知道丈夫認定要幹的事是決不會改變主意的，便只能悶在心裏暗自擔憂。昨天一夜幾乎未合眼，今天是第二天了，鄧葆光再不回來，明天就得讓邱秘書打電話問問。

尼娜睡不著，就獨自坐在燈光昏暗的客廳裏傻等，心中不住祈禱上帝保佑，牧羊犬跑進來撒野，一口咬住茶几檯布往外拖，擱在茶几上一隻平花玻璃大花瓶砰地掉在地板上。尼娜一聲驚叫，頓時感到這是不祥之兆。俯身一看，卻又大喜，玻璃花瓶竟然完好無損，沒一點破碎。她深信這是吉祥的預兆，丈夫不會出事，一定會平安歸來的！

事有湊巧，正在這時，門外響起了汽車聲。尼娜迫不及待衝出門去，在台階上一看見丈夫就撲了上去，像狂熱的情人一樣，嘴裏語無倫次地喊著：“我知道不會出事！花瓶沒碎！我相信上帝會保佑的！”

等到聽明白是怎麼回事，鄧葆光有點哽咽了。沒有比在灰暗的處境中得到親人的深情更為珍貴的了。

這一夜，他俯視著妻子嬌憨安謐的睡容久久不能入寐。一個人，當雄心被現實冷酷地粉碎，他才會更深切地感到充滿愛情的家庭是自己唯一的寄託和最終的歸宿。

他已經得到了世界上最可寶貴的東西——愛情，那麼於世還有何所求呢？

突然，他打了一個寒顫，他又想到了孫曜東，這棟房子的前主人，以及孫曜東那位極具交際手腕的豔麗太太吳嫣。

十八

臨終之前的一片真心

穿泳衣的小姐

“是鄧先生？我是吳湄呀，長久不見了，你好嗎？你現在跑得出嗎？大哥想見你，現在就去好不好？我在梅龍鎮酒家等你。”

鄧葆光沒想到吳湄會在他心灰意冷的時候突然打來電話。早不來晚不來，偏偏這時候本家大哥又在上海露面，莫非想趁機會做他的工作？他很想聽聽這位神出鬼沒的大哥究竟會對他說些什麼話。

順風牌小汽車開到梅龍鎮酒家門口。

吳湄今天未施粉黛，穿著也極為樸素，只是一件半舊的士林藍旗袍，同上次看電影時的濃妝豔抹、珠光寶氣判若兩人。她讓鄧葆光關照汽車先回去，然後將他領出後門帶到一輛老掉牙的舊汽車前。

“大哥在哪兒？”鄧葆光疑惑地問。

“你跟我走就是了。”吳湄坐進汽車，招手道。

汽車開了好一會兒還沒到地方，鄧葆光發現車在兜圈子，心中頓生疑團。“坐這種破車兜風哪？大哥究竟在哪兒？”

吳湄笑笑。“別急，總讓你見到的。”

鄧葆光被吳湄的神秘弄得緊張起來。前些日子接二連三的打擊，使他的神經繃得緊緊的。“她要將我帶到什麼地方去？莫非今天又要出事？”

正胡思亂想著，汽車在一條僻靜的小馬路上停下。吳湄領著鄧葆光穿出小馬路，來到西寶興路上，又走了一會兒，進入一家木器行。吳湄同夥計打了個招呼，穿出後門，來到一幢石庫門房子前。她熟門熟路地將鄧葆光領上二樓前廂房。這時鄧葆光才看見他的雲衡大哥正躺在床上，一副病容憔悴的樣子。

吳湄向鄧雲衡點了下頭，就帶上房門下樓去了，剩下鄧葆光和鄧雲衡兩人。

“大哥，你怎麼啦？”鄧葆光關切地問。

“肺病，已經三期了，恐怕時間不長了。”鄧雲衡咳著，語調平靜地說。鄧葆光這才發現，床頭櫃上的小痰杯沾著幾絲血跡。他想起十多年前在北平會館中等死的葛彼得，那時也說過這句話，不禁滋生起悲哀和惘然。他勸慰道：“大哥千萬別這麼想，好好休養，會好的。”

鄧雲衡微微一笑，說：“謝謝。不過，扁鵲再世恐怕也無能為力了。我請吳小姐把你叫來，就是想最後見兄弟一面，在我走之前，我們兄弟好好談談。”

“大哥有什麼話儘管對我說。”鄧雲衡病成這副樣子還想著自己，鄧葆光不由得有些感動了。

“反正我已不久於人世，有些話可以跟你直言了。”鄧雲衡劇烈地咳了一陣，喘了一會兒，繼續說，“你大概對我的身份有過不少猜測？”

鄧葆光坦誠地點點頭：“只是不便問你。”

“不瞞你說，我確實是中共的人。跟著董必武離開黃安之後，就參加了，那還是大革命時期，還很年輕，一直在各地跑來跑去。抗戰中，我打入汪偽政權，被汪偽任命為駐日本神戶領事館副領事。勝利後，改姓隱名跑到武漢教了一段時間書，後來又回到上海，直到現在，受社會部直接領導。”

鄧葆光瞪大了眼睛。一個中共地下黨竟敢對一個老牌軍統特務公開亮相！他不怕我出賣他，難道不怕中共地下工作的紀律？儘管是一個瀕死的人，也是不允許的呀！鄧葆光聽說過中共地下組織的紀律是極嚴格的，因而使軍統極為頭疼。

鄧雲衡看出鄧葆光的震驚，緩緩說：“關於你的情況，我們都有所瞭解。近來，又幫過我們的忙，我應該向你表示感謝。正因為如此，我們決定也要助你一臂之力，所以我才會跟你挑明了說，否則我會把自己的秘密一直帶進墳墓的。”

“助我一臂之力？”

“是的，想給你指一條出路。”

“出路？”

“從你個人處境說，戴笠一死，你就每況愈下了。最近，又被人家整得焦頭爛額。人家既然已經動手了，不將你扳倒會放過你嗎？那些人的心狠手辣，你不會不知道的。你難道不想找一條出路嗎？”

鄧雲衡一語道破他的心病。鄧葆光沉默了。

“從大的方面說，有頭腦的人都能看出蔣介石長久不了了。且不說民心向背，就說軍事上，自從去年夏天劉鄧大軍挺進大別山，戰局已發生根本轉變，解放軍從戰略防禦轉入全面反攻，蔣介石只有招架之功了。西北戰場，解放軍收復了延安，胡宗南的精鋭部隊差不多已經打光。其他各個戰場就不必說了。一兩年前我還不敢跟你說這樣的話，現在我可以肯定無疑地對你說：蔣介石政權的垮台已經不是可能不可能的問題，而是時間遲早的問題了。你難道還想為一個已經失去民心而且注定失敗的反動政權賣命，而不考慮考慮自己的出路嗎？”

鄧雲衡的一席話攪亂了鄧葆光沉悶的心情。不久前他還在為董老先生的前程感到擔憂，現在輪到為自己的未來操心了嗎？他不敢想象國民黨政府的失敗，他畢竟忠心耿耿為之服務了整整十年！

“當然，我不否認國民黨中間也有耿介之士，大革命中投身國民黨的確有不少熱血青年。國民黨不是鐵板一塊，正如我們共產黨中也有叛徒一樣。但是一個黨的整個肌體都已腐敗，縱有幾名憂國憂民之士也無力回天！就像我這個身軀，雖然手、腳、腦袋，不少地方都還完好無損，可已病入膏肓，它們也無奈其何了。所以，我勸你不要對這個政權再存在幻想了。這是作為一個瀕死之人的肺腑之言。”

“大哥！”

“從兄弟情份上，我也不願看著你同蔣家王朝一起毀滅，可惜了你的才華啊！你還年輕，應該為建設新中國出力！”

“雲衡大哥，我現在思想很亂，你讓我好好想想。”

“我不是要你馬上表態，也不是要你立刻去做什麼事情。對於你來說，這當然不是一件小事，需要有一個過程。我只是希望你頭腦清醒，看到光明之所在。”

“我明白了。大哥，我想我不會辜負你一片心的。”

“這裏你以後不要再來了。有什麼事可以找吳小姐商量。”

“好的，我記住了。”

“董老師過去送你一句話：‘專心抗日，不做壞事’。”

“我現在把這句話改成：‘不做壞事，不陷害人’。”

“這當然是好的，只是還不夠。我再給你改一下：‘不做壞事，走向光明’。”告別了鄧雲衡，走下樓梯時，他聽見本家兄長又在激烈地咳嗽，不禁暗自傷神。不知還能不能再見上他？

鄧葆光體驗到了猶豫不決的痛苦。

大哥的話雖然很有道理，但國民黨真的沒一點希望了嗎？他怎麼能想象這樣一個龐大的政權機器有朝一日會分崩離析？儘管毛人鳳、潘其武等人在排擠整治他，但他畢竟是老軍統出身，還有劉攻芸、杜月笙、唐縱、陶希聖這些大人物的支持，終究不能拿他怎樣。而共產黨那邊對他來說，還是一個陌生的世界。他所接觸過的共產黨人或者疑似的共產黨人，都給他留下了深刻的印象。從這些正派、踏實而富有才華的人身上，他好像朦朦朧朧看到了一個令人神往的地方。“然而那邊的人能信任一個老牌軍統少將嗎？然而軍統，不，保密局能放過我嗎？他們難道不會追到天涯海角也非得朝我打一個黑槍嗎？”

鄧葆光有點神思恍惚了。

不久，吳湄又打來電話，鄧雲衡大哥終於不治而逝了。那一次會面成了難忘的永訣。鄧葆光感到了人生的匆促。他彷彿又看見大哥那深沉期待的目光。他感到似乎有點對不起死去的本家大哥。他終於決定採取一點行動。他何以做出這個不尋常的冒險的決定，他自己也說不清楚。因素很複雜，似乎是想作一點表示以慰雲衡大哥在天之靈，又好像是為自己在將來留一條退路，或者純粹是對毛人鳳、潘其武他們的一種特殊的反抗和報復。直到幾十年後回憶起這段經歷時，鄧葆光依然難以理出頭緒。但最重要的是，他終於踏出了必將引致人生道路急劇轉折的關鍵一步。這一步對他一生命運的影響，絕不亞於十年前跨進南京雞鵝巷五十三號的那一步。不過那一步是稀裏糊塗的，而現在這一步則是清醒的、自覺的。

鄧葆光給吳湄打了個電話，邀她去游泳。黑色順風牌小汽車在一個高級游泳池鐵柵欄門前停下，吳湄步入濃蔭如蓋的庭院後，換上泳裝走到碧水蕩漾的游泳池邊。她不禁驚呼起來："怎麼一個人也沒有？"

偌大一個高級游泳池，只有他們兩個人。

"包場！"鄧葆光開玩笑道。

他倆游了一會兒，上得岸來，走到一把彩色太陽傘下，那兒有兩張藤躺椅和一張小圓桌。鄧葆光做了一個手勢，遠遠等候的僕歐隨即送來冰凍汽水、糕點和西瓜。鄧葆光吩咐："沒你的事了。"僕歐恭恭敬敬地應了聲"是"，立即消失在小門外。

鄧葆光戴上墨鏡，躺在藤椅上，凝視著太陽傘上的光影，說："吳小姐記性怎麼樣？"

"馬馬虎虎。"吳湄回答。

"那好，你聽著。"鄧葆光輕聲而緩慢地報出一串人名、職務、地址、電話。

當吳湄聽到鄧葆光報出第一個人名時，驚訝地朝他看了一眼，隨即凝神默記。鄧葆光一報完，吳湄就知道她現在已經掌握了在上海的所有大特務的秘密住址、秘密電話號碼和秘密機關的所在地。她立即意識到，這是一份極為重要而且有實際價值的情報。她不敢疏忽，又要求鄧葆光再報一遍，核對一下，然後說："行了，記住了。"

鄧葆光也驚訝地看了她一眼。聽兩遍就能記住一長串人名、地址和電話號碼的女人，想來也是一個搞情報的老手。

吳湄躺在藤椅上輕聲說："謝謝。不過，我想跟你說明的是，我們並不是要你現在就採取什麼具體行動。雲衡大哥的意思也只是希望你能對時局和自己的前途有一個清醒正確的認識。我們不想叫你為難，不願意勉強你去做什麼具體事情。無論如何，你必須注意自己的安全，我們目前還沒有力量保護你。雲衡大哥臨終前跟你說的話，純粹是也僅僅是出於朋友和兄長的一片好心，是完全為你的未來著想。他，當然還有我們，都不想看到一個人才隨著腐朽的勢力一起毀滅。你能理解我的意思嗎？"

"我懂了，謝謝你們給我留了條後路。"鄧葆光嘆了口氣，"在你面前我不隱瞞自己的真實想法，我是想以此對雲衡大哥和你的一片真心有所表示。至於今後怎麼樣，我自己也還沒有把握。天曉得會有一個什麼樣的結局。不過，有一點請你相信，不管我何去何從，我鄧葆光是一不做壞事，二不陷害人的。"

"不相信這一基本的人格，大哥會跟你說那些話嗎？我敢這麼跟你來往嗎？"吳湄說，"不過，即使現在，我們雖然不是同志，也可算好朋友了，是嗎？"

“能做你的好朋友，我確實很高興。”鄧葆光是真心話。他對吳湄是欣賞的，微笑、聰穎而機敏的才思以及周到而得體的應酬手段。他突然感到了一種無形的壓力。

休息片刻，他倆準備回去了。鄧葆光沐浴更衣後在庭院中等候吳湄。吳湄走出女更衣室的時候，鄧葆光大吃一驚。她手中提著一隻包，肘臂上搭著一件浴衣，秀發已梳理好，而身上依然穿著游泳衣。

“你怎麼……”鄧葆光正欲發問，吳湄用一隻纖細的手指擋住塗了唇膏的紅唇示意禁聲，又用嘴朝門外努了努。鄧葆光明白了她的用意。她曾經是一位不太出名的電影演員，現在是以一個單身女老闆的形象出現在上海灘，周旋於達官顯貴之間的。其實，保密局的情報早就顯示過，會樂里、百樂門有些女人正在充當中共情報組織的周邊線人。上海灘的漂亮女人是可怕的。

在樹蔭下靠著汽車抽煙的司機老姜，一眼看見如此模樣的吳小姐，竟瞪圓了眼睛、張大了嘴巴，愣成一個癡癡呆呆的木頭人。鄧葆光不由得瞟了吳湄一眼。這時他才發現這位穿游泳衣的小姐在夏日陽光中放射出令人眼花繚亂的一團白光。

吳湄穿上浴衣，坐進汽車。司機老姜這才如夢初醒，慌忙鑽進司機座發動車子。當汽車開始急馳時，鄧葆光忐忑不安地想：“今天演的這場戲，尼娜知道了又該怎樣呢？”

鄧葆光擔心的事，果然發生了。

這天下班回家，尼娜沒有像往常一樣熱切地迎上前來，一面接過他的皮包，一面迫不及待地嘰嘰呱呱，似乎要將一天的事情一下子向丈夫傾訴完畢。她陰沉著臉坐在沙發上一動不動。

“怎麼啦，尼娜，是誰惹你生氣了？”鄧葆光驚詫地問。妻子一向是隻快樂的小鳥。

尼娜賭氣地背過身去。鄧葆光坐到身旁，扳著她的肩膀：“怎麼回事？”“別碰我！”尼娜大叫起來，“你還有臉來碰我！”

“怎麼回事？”鄧葆光心中已有幾分數了。

“問你自己！”尼娜憤憤地說。

“我怎麼啦？”鄧葆光只好假裝糊塗。

“想不到你竟是這樣一個人！”尼娜眼眶裏湧出委屈氣憤的淚珠，“竟會被一個不知羞恥的蕩婦迷住了心竅！”

“你這是說到哪裏去了？”鄧葆光進退兩難。能如實告訴她嗎？不，不能。

“你說，有沒有同一個花枝招展的女人經常約會？”

“尼娜，你應該相信我。”

“相信你，相信你同一個幾乎一絲不掛的女人勾肩搭背逛馬路？”

“尼娜！”

“你不為自己感到羞恥，我卻感到沒臉見人！你是一個有身份的人，要找情婦也不能找那種不知廉恥的蕩婦！”

“尼娜，我無法向你解釋。不過，請你一定要相信，無論發生什麼事情，我……”

“我不要聽！”

冷戰了好幾天，他們的愛情生活蒙上了一層陰影。鄧葆光感到很痛苦。他深深愛著自己的妻子，然而目前還不能挑明真實情況，那是要掉腦袋的事。他不是不相信妻子，他不能讓一個嬌柔的女人替丈夫承受如此沉重的精神壓力。

然而，尼娜是如何得知的？他終於從妻子嘴裏套出了答案：司機老姜同保姆閒扯蜚短流長時，尼娜無意中聽到的。

鄧葆光感到可疑了。鄧葆光曾對老姜做過調查，老主人說他嘴巴還算牢靠，未發現說長道短。這次為何不懂當司機的規矩了？他突然想起那天從游泳池回來後，老姜曾同吳祺方在門前低語，見到自己便隨即分開。他又記起好幾次見到吳祺方同司機在一起，這兩人是什麼關係？老姜所為莫非吳祺方指使？而這位研究部的專員倒是有保密局的背景。鄧葆光對吳祺方產生疑問後，曾讓邱秘書摸過底，發現吳祺方同保密局的人有來往。這樣說來，自己與吳湄的往來已引起他們的懷疑，因而指使司機在家中散佈風聲，以此檢驗自己和吳湄究竟是偷情還是有其他政治勾兌。如此，更不能向尼娜解釋了。

鄧葆光無法確認是否吳祺方指使，但此人有保密局背景已屬無疑，無論如何不能再留在“東方”本部了。現在不能有絲毫疏忽，否則將醞成大禍。至於司機老姜，如一起趕走反倒引起懷疑，反正他一個司機無法接觸到“東方”機密，留在身邊倒可利用他向他的主子傳遞自己製造的假象，以便讓毛人鳳、潘其武他們安心。

鄧葆光用一個美差引走了吳祺方。吳祺方興高采烈地登上飛機，就任中經社香港分社社長去了。

十九

蔣家“布爾什維克”同志——一針興奮劑

鄧葆光開始潛心研究前方的戰事了。每天早晨一進辦公室，就讓邱秘書捧來一大沓當天的大小報紙，從頭到尾看個仔細，似乎想從字裏行間尋找出什麼跡象。

雖然報紙上天天都是“剿匪勝利”的消息：“東北華北一片捷音”“國軍出擊連克要地”“瀋陽周邊已入綏靖階段”……可是這只能哄哄頭腦簡單的老百姓，騙不過像鄧葆光這樣的情報專家。抗戰中，他曾根據幾份破譯的日本人的電報，作出了日軍即將南下的戰略判斷，而美國陸軍情報部遲在二十六天後破譯了日軍密碼，才驚慌失措地得知日軍大本營向侵華日軍發佈南下進攻印度支那南部的作戰命令。那時候，美國人急於掌握日軍南下還是北上的戰略決策。北上，則是會攻打西伯利亞，美軍在亞太和環太平洋就可高枕無憂；南下，則會與美軍爭鋒，掠奪印尼的石油和東南亞的橡膠。現在，鄧葆光又從報紙上的一片捷報聲中，看到了國民黨軍隊節節失利的敗相。

如果說軍事上的失敗徵兆尚未使鄧葆光的幻想完全破滅，那麼經濟上的崩潰危局則使這位經濟專家幾近絕望。大小報紙已無法掩飾，心驚肉跳地喊叫：“物價問題如何下藥？”“產區報漲到貨稀少，滬白粳劇烈波動”“美國救濟米今起配售”“如何防止經濟繼續惡化？”“物價如脫韁野馬狂奔狂跳，上海市民人人惶惶然不可終日”“同濟大學四百學生膳食無法解決，向校方總請假”……馬路上賣梨膏糖的“小熱昏”，已在敲著小鏜鑼唱：“犯關犯關真犯關，白米竄出三千萬！這種日腳哪能過？上吊的繩子也買不起！”連揚子、維也納、米高梅、大滬、皇宮、勝利、華都、仙樂斯八家舞廳的舞女代表也在報上疾呼：“上海四千舞女怎樣活下去？”

國民黨真的毫無希望了嗎？共產黨真的能得天下嗎？他每天都在思考，都在選擇。他常常想起共產黨的高級領導人董必武，那位敦厚睿智的師長與世伯；也常常想起已經摔死的戴笠，這個於自己有知遇之恩的老闆與上司。他神思恍惚，遊移不定。

一個電話，給他帶來了新的幻想。

“老鄧，蔣經國先生想同你討論一下經濟問題。明天下午能不能來我家一趟？”難道二叔陶希聖的諫言應驗了？

電話是保密局上海站前站長王新衡打來的。

鄧葆光早就知道王新衡是蔣經國在莫斯科中山大學時的同學。王新衡回國後，先在國民黨軍委會武漢行營任調查科科長，後來隨著科員們一起被戴笠全盤接收。外放擔任過許多重要職務和局本部二處，也就是黨政情報處處長。抗戰前就扛上了少將軍銜，資格很老。戴笠專門網羅了一批像王新衡這樣受過布爾什維克正統教育並且熟讀了馬列主義的人，用來同中共進行政治文化領域的鬥爭，並在這方面與中統競爭。王新衡到上海後，幾次想通過鄧葆光撈點橫財都未能得手，因而一直耿耿於懷。然而，現在居然能捐棄前嫌，將他介紹給這位國民黨青年軍政治部中將主任，鄧葆光心上不由得微微泛起一陣感激。他並不曾想到，電話是蔣經國讓王新衡打的，而王新衡撥電話時充滿了難言的嫉妒。他也不曾想到，“東方”專呈南京的“經濟週報”以及協助中央銀行調查黑市套匯的成績，已經引起了蔣總統的注意，因而在大公子即將發動一場經濟討伐戰前給予了指點。

去王新衡住宅的路上，鄧葆光一直在想，熱衷於政治的蔣公子此刻何以突然對經濟發生了興趣？

汽車開進鐵門後，王新衡便笑眯眯地從台階上走下來迎接：“經國在客廳等你。”

鄧葆光跟著王新衡走上台階，寒暄了幾句。他告訴鄧葆光，蔣經國來上海一般都住在他家裏。言語中不無驕傲之情。

他們剛走入客廳，蔣經國就從沙發上站了起來。鄧葆光還是第一次見到這位蔣公子。天氣已熱，他穿著件白襯衫，挽起了袖子，顯得十分隨意。年近不惑，體態微有發福趨勢，天寬地方的臉膛，專注而堅決的目光，給人以自信、果敢和有力的印象。鄧葆光一眼就感到，這位蔣公子是個想幹一番轟轟烈烈事業的人，身上沒有官場上那種裝腔作勢拿架子的官僚氣。

“鄧葆光同志，”王新衡給蔣經國介紹，“我們局本部經濟方面負責人，東方經濟研究所所長。”

“聽說過，”蔣經國上前一步，有力地握住鄧葆光的手，“葆光同志！”

對於周圍的人，他喜歡以“同志”相稱，這習慣或許是從蘇聯帶回來的吧？

鄧葆光一下子對蔣經國產生了好感。他再次閃過陶二叔那次極力推崇蔣經國的談話。黨國的希望果真在這個人身上麼？

王新衡給他們倒上一杯清茶，就退出了客廳。

“葆光同志，聽說你對經濟問題很有研究。從南京來上海前，陶希聖同志也告訴我，你掌握著全國各地的經濟行情。”蔣經國沒有寒暄，一開口就進入了正題，“今天請你來，就是想跟你討論一下物價問題。”

“經國同志的意思是……”鄧葆光還沒吃透蔣經國的用意，顯得有點遲疑。“是這樣，”蔣經國解釋道，“抗戰勝利以來，物價始終沒弄好，人民怨聲載道。這是關係全局的大問題。行政院醞釀幣制改革也有好幾次了，院長、財長、中央銀行總裁換了又換，卻一直只打雷不下雨。現在看來，勢在必行。這次來上海，是想先做些調查。你可以暢所欲言，請不要有什麼顧忌，給我顧問顧問。”

“談不上顧問，因為一直搞經濟調查，想法倒是有一點的。”鄧葆光一邊思索一邊說，“民國三十五年（一九四六年）十一月四日，孔院長實施法幣方案，採用金本位制。可是抗戰期間，法幣膨脹，物價飛漲，到抗戰勝利，幣值已一落千丈。宋院長用出售黃金、開放外匯市場的辦法來平抑物價，結果失敗了。原先國家銀行存有的九億美元的黃金和外匯，到去年二月張群就任院長時，只剩下四億美元。現在翁文灝組閣，執行的仍是以財政為中心，用金融控制經濟的政策。這些年來，搞來搞去，中心問題就是同社會上的游資作鬥爭。”

蔣經國頻頻點頭。“葆光同志能不能具體談些你的意見？”

鄧葆光說：“照我看來，經濟弄到現在這個樣子，要想徹底解決除非有回天之力。”

“這麼說來一點辦法也沒有了？”蔣經國有點不以為然。

“當然，對策還是可以找到幾條的。第一，用中央銀行的外匯進口大批美國貨、英國貨，按議價在國內出售，比如，美國援助的棉花，可以中央銀行指定的棉紗廠代工定製，然後由中央銀行統一銷售。回收社會游資，起到平抑物價的作用。國家的外匯，中央銀行過去總是支付不當，被人利用來謀私利。假如能用在平抑物價上，應該會有所補益的。”

“辦法是對的，理論上也講得通，只是要實際做到卻很困難。”蔣經國插話道，“你繼續說下去。”

“第二，立即撤銷各軍各省的駐滬辦事處，防止他們用軍費和外地游資來上海搶購。第三，管制物價，但不要限價，政府可以通過商會和同業工會出面實行管制，避免政府站在第一線與商人直接對立。”鄧葆光最後補充說，“不過，這三條僅是亡羊補牢而已。”

蔣經國捧著茶杯，慢慢喝著，思考了片刻，說：“葆光同志的三條對策，是值得考慮的。我以為，第一條是對的，但很難做到。現在國庫的收入只能抵百分之五的支出，全靠發行新鈔票支撐，再要拿出外匯進口商品並不現實，況且外匯都控制在孔、宋、陳幾家手裏。我看回收社會游資的唯一辦法，是以中央銀行現有的黃金和證券作保證發行新幣，以政治力量收兌社會上的金銀外幣，實行經濟管制。葆光同志的第二條對策，我完全贊同。各軍各省駐滬辦事處，實際上成了貪官污吏發橫財的工具，囤積貨物，擾亂金融，早就應該將他們趕出上海了。葆光同志提醒了我，十分感謝。至於這第三條，說實話，我對商會不太信任。他們的眼裏只有銅錢，很難同政府同舟共濟，更不會想到民眾的疾苦。”

說到這裏，蔣經國有點激動，憤恨地說：“我來上海沒幾天，看到聽到的實在令人氣憤。我聽人說過上海是荒唐的孤島，我看這句話不對，上海是痛苦的深淵。物價如此暴漲，叫老百姓怎麼活得下去！原因在哪裏？原因就是奸商、投機家和貪官污吏囤積居奇，大發戡亂財，前方將士在同共軍艱巨奮戰，流血犧牲，這些無恥敗類不愛國家，不愛政府，沒有熱血，沒有心肝！所以，我認為，穩定經濟，平抑物價，最根本的問題，就是要用革命手段消滅這些興風作浪的投機奸商、官僚政客和地痞流氓！”

說到激動處，蔣經國站了起來，用力揮舞著手臂。看來，他對於投機奸商、貪官污吏確實切齒痛恨。這使鄧葆光既感到興奮又感到寬慰，如果國民黨上下都能像這位經國同志一樣去認真掃除腐敗，局勢未必毫無希望。不過，對於蔣經國過於偏執的觀點，鄧葆光有些感到不安。因為對這位公子有好感，他便直言相陳：“經國同志，我也同意你的觀點，奸商、投機家、貪官污吏必須懲處，否則國無寧日，市場不會太平。不過，我以為經濟問題最終還要依靠經濟手段加以疏導，不能光靠政治力量硬壓，否則只能治標而不能治本。尤其是用政治力量推行無法兌現的貨幣，一旦發行量超過市面流通必需量，經濟力量必然會到處突破政治力量。比方說用政治手段將上海的物價硬壓下去，一旦上海物價成為全國最低點，那就又要鬧出亂子了。”

“不要緊，可以在道口、碼頭、車站設立關卡，不准物資外流，我們有警察，不行的話就用人頭來壓物價！”蔣經國將手往下一劈，果斷而自信地說，“依靠人民力量，運用革命手段，我相信終究會成功的！蘇俄革命後經濟那樣困難，他們不是採用非常嚴厲的措施渡過難關了嗎？”

蔣經國在蘇聯留學時加入過布爾什維克，回國後搞政治常仿效那一套政治組織經驗，連說話也愛使用“人民”“革命”之類的激進政治語彙，不知底細的人還會懷疑此人是否有左傾思想。

對於蔣經國的偏執，鄧葆光心裏平添了一份憂慮。他已經將希望放在這位“太子”的身上，從心底裏希望他成功而不要失敗。他不顧初次見面尚無深交，一而再地陳述自己的觀點，竭力說服蔣經國放棄用政治手段強制經濟的打算，不斷提出許許多多如果這樣那麼那樣的問題，反覆強調“游資的疏導”“生產的鼓勵”“物價的控制”等主張；並反覆說明孔、宋、陳幾家用官價外匯進口貨物後又倒賣給國家，佔國家便宜，已引起極大民憤，不平民憤不行。

蔣經國沒有生氣，反而笑了。他也看出鄧葆光是真心實意望他成功，因而犯顏忠諫。

“葆光同志看問題比較全面，我準備再找劉攻芸、嚴家淦幾位同志研究一下。如果政府下決心整理財政改革幣制，我有可能來上海。到時候，我還要藉重葆光同志當我的顧問。”

“經國同志能來上海整頓經濟，自然太好了。我一定服從調遣。”鄧葆光一邊說一邊想，難道蔣經國果真要拿他在贛南創造的“赤朱嶺精神”來過問經濟了嗎？

離開王新衡住所已是黃昏。這次會面似乎給陷於彷徨頹傷的鄧葆光注射了一針興奮劑。他開始幻想這位滿口激進辭彙、雄心勃勃的蔣公子，能用疾惡如仇的精神掃蕩腐敗，力挽國民黨的敗局。然而，他又有點擔憂，這位“布爾什維克”的經國同志雖然充滿幹事業的熱情，卻過於偏激自信，對經濟不知深淺就想大幹一場，怕是凶多吉少。但願他能聽進自己的忠諫。

鄧葆光開始焦灼不安地等待著一場風暴的來臨。

二十

國際飯店“鴻門宴”——經國打虎

一九四八年八月十九日。蔣介石宣佈實行金圓券的命令：

> 茲依動員戡亂時間臨時條款之規定，經行政院會議之決議，頒佈財政經濟處分令，其要旨如左：（一）由即日起，以金圓券為本位幣，十足準備發行金圓券，限期收兑已發行之法幣及東北流通券。（二）限期收兑人民所有黃金、白銀、銀幣及外國幣券，逾期任何人不得持有。（三）限期登記管理本國人民存放國外之外匯資產，違者予以制裁。（四）整理財政並加強管制經濟以穩定物價，平衡國家總預算及國際收支。基於上述要旨，特制定：（一）金圓券發行法，（二）人民所有金銀外幣處理辦法，（三）中華民國人民存放國外外匯資產登記管理法，（四）整理財政及加強管制經濟辦法，與本令同時公佈。各該辦法視同本令之一部分，並授權行政院對於各該辦法頒佈必要之規程或補充辦法，以利本令之實施。此令。

命令像炸雷一樣震動了國民黨統治區。

次日，蔣介石接著發佈命令，宣佈上海為發行金圓券實行管制的經濟中心，指派俞鴻鈞為上海區經濟管制督導員，蔣經國協助督導；張厲生為天津區經濟管制督導員，王撫洲協助督導；宋子文為廣州區經濟管制督導員，霍寶樹協助督導。

二十一日晚，鄧葆光驅車來到國際飯店。今晚蔣經國在這幢二十四層大樓宴請上海金融工商巨頭。杜月笙、王曉籟、陳光甫、錢新之、李馥蓀等人陸續出現在宴會廳門口。大亨巨子們儘管對政府嚴厲的經濟措施惴惴不安，但仍然擺出一副若無其事、談笑風生的派頭。小蔣一到上海就出面宴請，看來事態並不那麼嚴峻。國民黨的招式見多了，向來雷聲大雨點小，虎頭蛇尾，沒一項能夠認真貫徹到底的。而且這些財閥也深知自己可以載舟也可以覆舟。蔣介石是靠江浙財閥勢力起家的，他還能挖自己的根基？

身穿毛嗶嘰長衫、手搖黑紙扇的杜月笙笑眯眯地走來。

“葆光，你也來了？聽說小蔣到上海，很看重你啊！”杜月笙大聲說。“我無非提供些意見而已。”鄧葆光說。

杜月笙靠近鄧葆光，壓低聲音：“老頭子這趟到底想搞啥花頭經？”

鄧葆光也輕聲說：“看樣子想來真的，經國決心很大。”

“臨時抱佛腳，恐怕太晚了。”杜月笙冷笑一聲，又說，“聽說昨日中午小蔣在海關大樓請市長和立法委員吃飯，結果不歡而散。吳國楨一氣之下跑到南京找老頭子去了。社會局局長吳開先，警備司令宣鐵吾，都不大熱心。看樣子，又有一場戲好看呢。”

對於這位“聞人”所掌握的情報之迅速，連鄧葆光這個情報專家都感到吃驚。身穿一身淡灰派力司西裝的蔣經國，在一片不甚熱烈的禮節性掌聲中出場了。他向各個桌面點頭致意，說了聲“請”，賓客們紛紛落座。

酒過一巡之後，蔣經國起身舉起酒杯：“今天在座的都是上海金融工商界的頭面人物，許多還是經國的世伯世叔。現在我奉政府之命來上海嚴格執行金圓券法令，先敬各位一杯酒，希望各位給經國保留情面！”

應邀赴宴的賓客不曾想到蔣經國在這種場合會說出如此不客氣的話，個個面面相覷，放下了酒杯。觥籌交錯的宴席頓時鴉雀無聲。

蔣經國將杯中的酒一飲而盡。他用一口字正腔圓的國語慷慨激昂地說：“我一到上海，工作尚未推進，就有人恐嚇我們，放言如若檢查倉庫、查辦奸商，將會造成有市無貨，工廠停工。不錯，假使站在保持表面繁榮的立場來看，那是將會使人民失望的。但是，如果站在革命的立場來看，這不足為懼，沒有香煙、絨線、毛衣、綢緞，甚至豬肉，是沒有什麼可怕的！為了壓倒奸商的力量，為了安定全市人民的生活，上海的市面是決不怕缺乏華麗的衣著，而放棄了打倒奸商的勇氣。投機家不打倒，冒險家不趕走，暴發戶不消滅，上海人民是永遠不會安定的！”

蔣經國講得越激烈，鄧葆光越是暗暗著急。這位“布爾什維克”同志一上來就擺了個“鴻門宴”，主動將自己置於敵對地位，至少在策略上很不利。經國同志過於鋒芒畢露了。鄧葆光環視四周，只見巨賈大亨們表情各異，有的正襟危坐裝出一副洗耳恭聽的樣子，有的低著頭咬緊嘴唇，有的若無其事地仰靠在椅子上，有的死死盯住蔣經國張翕的嘴巴，有的賊溜溜轉著眼珠四處張望。只有杜月笙穩坐釣魚台，臉上掛著微笑，看不出一絲異常表現。鄧葆光不禁暗暗佩服這位青幫頭子的肚皮功夫。

國際飯店的“鴻門宴”在沉悶嚴峻的氣氛中結束了。

蔣經國立刻挽起袖子，勁頭十足地開始了“打虎運動”。他調來自己的嫡系部隊“戡建大隊”，這一班人馬都是在贛南一手培養出來的。他要求這些嫡系部隊“永遠保持‘鄉下佬’作風”。他讓得力助手王升組織“大上海青年服務總隊”，選拔一萬二千多名青年，分為二十個大隊下到各區宣傳，喊出“打倒禍國的敗類，救最苦的同胞”口號。在全上海設立十一個人民服務站，接受百姓檢舉。

他制定了行動原則：“一路哭不如一家哭”。

他提出了行動口號：“只打老虎，不拍蒼蠅”。

他設立了“八一九防線”：上海所有物價不准超過八月十九日蔣介石宣佈實行金圓券命令時的價格線。

他在所有道口、碼頭、車站設立關卡，禁止一切貨物外流。

他命令所有商人不得囤積居奇，庫存一切貨物都必須按“八一九防線”的低價拿出來出售。

他出動戡建大隊，動員軍、警、特全部人馬，一家家商店、一座座倉庫、一處處水陸空碼頭，逐一搜查，發現囤積商品，立即吊銷執照，沒收貨物，逮捕法辦。

幾天之內，六十多名巨賈大戶鋃鐺入獄。

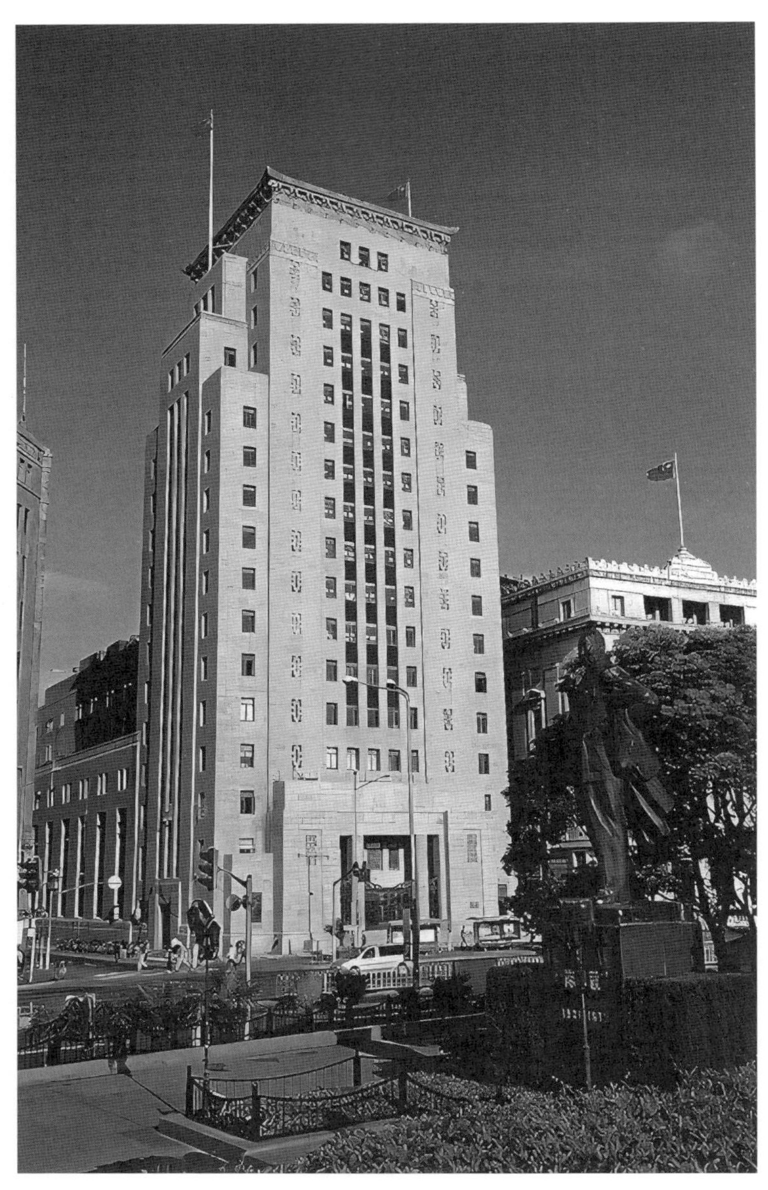

1948 年國民政府開展金融整頓的大本營，現為中國銀行上海分行

一個月內，收兌黃金十二萬五千多兩，美鈔三千二百多萬元。

上海空氣充滿了濃重的火藥味。

鄧葆光不分晝夜忙碌起來。經國同志的“革命”熱情和嚴厲的“革命”手段，給陰霾沉沉的鄧葆光心頭透進了一線光亮。就像在一艘即將沉沒於驚濤駭浪的破船上突然站起了一個嚴厲無情而且強有力的年輕船長，鄧葆光一下子打消了棄船逃生的念頭，竭力振作起筋疲力盡的軀體拚命向岸邊划去。

鄧葆光每天都工作到深夜，第二天一早又帶著全國物價表和秘密搜集來的經濟情報，趕到外灘中央銀行參加“打虎”乙級會議。

“逸邨”，當年蔣經國住在此處指揮經濟改革，現為居民住宅

蔣經國在上海“打虎”期間，將日常工作會議分成甲、乙兩級。甲級會議不常開，用於重大決策，參加者有財政部部長王雲五、上海市長吳國楨、中央銀行總裁劉攻芸，以及蔣經國自己。乙級會議處理日常工作，每週碰頭，蔣經國主持，參加者為中央銀行總裁劉攻芸、鄧葆光，以及警察局、市黨部、戡建大隊等各方面負責人。

上午九時，蔣經國準時出現在外灘中央銀行那間寬大的總裁辦公室，並立即坐到長會議桌端頭。左手坐著鄧葆光，右手坐著劉攻芸。

“開始彙報。”蔣經國一落座沒一句廢話就開始工作。

各方面負責人談完情況後，有人報告：“這幾天各大銀行的老闆聚在一起秘密開會，開了好幾天，大概是研究對付我們的辦法。”

蔣經國冷笑了一聲：“我已經知道了。昨天下午，李馥蓀來找我，說上海銀行公會按各家銀行實力，湊足一千萬美金準備向中央銀行兌換金圓券。”

劉攻芸說：“他這個銀行工會主席純粹是敷衍。”

“我責問他，浙江第一銀行外匯之多辜負盛名，而這次呈報數額竟不及陳光甫的上海銀行？他無言以對。”蔣經國從公文夾裏取出一份電話記錄，說：“他們不仁，休怪我們不義。總統已經下令吊銷浙江第一銀行執照。我念一下電話記錄，總統昨天夜裏打來的。”

蔣經國站了起來，大聲念道：“上海銀行界領袖對國家對政府和對人民之禍福利害，仍如過去二三十年前，只愛金錢，不愛國家，只知自私，不知民生的腦筋毫沒改變。彼等既不愛國家，而國家對彼等自亦無所姑息，責成上海負責當局，限其於本星期三以前，令各大商業銀行將所有外匯自動向中央銀行登記存放，屆時如其再虛與委蛇、觀望延宕，或捏造假賬，不據實陳報存放，那政府只有依法處理，嚴厲制裁。”

蔣經國放下記錄紙，環視在場的部下，語調堅決地說：“從總統對浙江第一銀行的處置，我們應該認清，這次政府是下了堅定決心的。因此希望在座各位同志也要充滿決心和信心。假使這次改革的政策被看作是一種社會革命運動的話，同時又用革命的手段來貫徹這一政策的話，那麼，我相信這一政策一定能成功！”

會議結束時，大家正準備起身，蔣經國又似乎順便說了一句：“跟各位同志通個氣，杜維屏因為洩露幣制改革機密，大量拋售紗布股票，今天一早被逮捕了。”

鄧葆光怔住了。杜維屏是杜月笙的三公子，蔣經國莫非想收拾這位神通廣大的地頭蛇？他不由得捏了一把汗。他擔心從不服輸的杜先生同小蔣鬧翻了難以收場，也擔心經國同志惹急了老謀深算的“海上聞人”自找麻煩。鄧葆光同杜月笙交情不淺，不願看到杜月笙栽跟頭；他將希望放在蔣經國身上，也不願看著蔣經國失敗。

應該抽個時間去杜公館看看，勸勸那位月哥，鄧葆光想。

二十一

金融巨頭連夜南逃——“海上聞人”穩坐泰山

自從尼娜鬧彆扭後，無論工作怎樣緊張，鄧葆光都設法趕回家吃晚飯，似乎想以此彌補無法解釋的歉意。

他精疲力竭地下了汽車，聽見客廳裏傳來一陣嬉笑聲。他想起今天是禮拜天，尼娜說過要請錢敏夫婦吃冷餐。

一走進客廳，錢敏就笑道：“說曹操，曹操就到。”

尼娜也笑道：“你就問問吧。”

鄧葆光也笑著說：“你們在背後說我什麼？”錢敏趕緊解釋：“哪敢說你呀！你是當官的，有件事想問問你。”

“我算什麼官？”鄧葆光說，“想問什麼？”錢敏壓低聲音：“我也搶購了十匹龍頭細布，現在外頭查得很緊，心裏真害怕，不曉得算不算犯法？”

“買那麼多龍頭細布幹什麼？想開布店哪？”鄧葆光故意打趣道。

“你這是當官的不知百姓苦。”錢敏同鄧葆光一家已經很熟了，說話很少顧忌，“現在鈔票不能放，今朝好買十匹布，眼睛一眨連塊另頭布也買不來了。上海啥人不在搶購？一拿到薪水就衝出去買米買布買煤球，看見啥買啥。晚了一歇歇，就要蝕掉一大半。”

尼娜接著說：“剛剛錢敏在講，抗戰勝利時，徐老先生有一萬元法幣的稿費，存在中華書局，準備以後讓兒子留學用的。錢敏勸老先生法幣要跌的，還是買黃金美鈔存著保險。徐老先生將臉一板，說‘這怎麼可以呢’。結果，現在一萬法幣只能買兩隻大餅！”

鄧葆光笑道：“徐老先生清廉耿介，可敬可佩！”

錢敏擔心地說：“現在又要換金圓券，叫大家把家裏的黃金美鈔統統拿出去調，要是金圓券也跟法幣一樣不值銅鈿怎麼辦？”

“你呀，多操心。又不是我們一家，統統要換的，你急啥？”丈夫徐鈞是個百事不管的落凱人。他從屁股後面兩只褲袋中一手抽出一沓嶄新的金圓券，敲打得嗶嗶直響，很得意地說：“我就是歡喜新鈔票，三百元美鈔調的！”

因為有鄧葆光在場，錢敏不好罵丈夫“憨大”。她知道徐鈞新鈔票捨不得用，有得藏呢，便伸出手說：“拿過來，讓我們欣賞欣賞。”

徐鈞沒有防備，將兩沓新鈔票遞了過去。錢敏和尼娜翻來覆去看著。金圓券有兩種，一種是藍色，正面居中是蔣介石像，背面是風景，面價有五元、十元；另一種是橄欖綠，正面左角是已故主席林森的像，背面也是風景。

錢敏看了一會兒，突然抓起幾張，一把捏皺。徐鈞立即心疼地叫了起來：“你做啥？新鈔票弄壞了！”錢敏說：“已經用皺了，用掉算了，省得過兩天三錢不值兩錢。”徐鈞趕快將兩沓新鈔票搶過來，重新插到後袋中，兩手拍拍屁股，又是一副得意樣。

錢敏對尼娜眨眨眼，大笑起來：“今朝晚上到仙樂斯跳舞去，我用徐鈞皺鈔票請客！”

大家一陣哄笑，尼娜對鄧葆光說："你也陪我們去。"

"好吧。"鄧葆光含笑道。

說笑中，錢敏忘記鄧葆光還沒回答她搶購十匹龍頭細布算不算犯法。吃罷飯，剛準備出門，電話響了，是周作民打來的，請鄧葆光立刻上他家去一趟。鄧葆光有點為難，剛答應尼娜去跳舞。周作民趕緊補充一句："有要緊事，請你無論如何抽點時間。"鄧葆光只好向尼娜告罪。尼娜撇撇嘴，話中有話地說："我不管，你想去誰那兒都可以。"

當鄧葆光在周公館下車時，周作民已等候在台階前。

"來，來。"周作民一把抓住鄧葆光的手，將他領進書房。

"下午在蔣經國那裏，"周作民心有餘悸地說，"這位先生實在兇，又拍桌子又指鼻子，連連逼問金城銀行外匯儲備數額，講金城銀行藏有巨額外匯，要全部移存中央銀行。我告訴他，金城的賬冊已經整理好，請他派員查看。他說我會編假賬，我說我以銀行家的信譽擔保。他先火了，拍台子說：'你們這些商人還有信譽可言？我信不過你們！'"

"噢，"鄧葆光也感到事態嚴重，如果周作民真跟小蔣吵翻了，難保不被抓起來，"周先生，是不是派人找找張群，請他設法疏通一下？"

"早就派去了，一直沒見著。這種時候，他可能也不便過問。"周作民憂慮地說。

鄧葆光也估計難以疏通，蔣經國正在勁頭上，即便張群肯開口，他也未必肯賣面子。對於蔣經國這種粗暴急躁的做法，鄧葆光有點不以為然。周作民他是瞭解的，至少還不能算作奸商投機家一類，怎麼能這樣對待？他為老朋友的處境擔心了。他想了一下，悄聲提醒道：

“周先生近來身體不好，還是出門療養去吧，到南方，到廣州，休息一段時間再說。”

“對，對，”周作民眼睛一亮，“是想出去療養療養了。”

“不要帶司機，讓孩子開車。過一陣，上海的氣候可能會好一點的。”

鄧葆光不便久留，安慰了幾句就起身告辭了。

鄧葆光一走，周作民便趕緊打點行裝。鄧葆光能這樣暗示，說明自己尚未受到監視。夜長夢多，事不宜遲。當夜，周作民就神不知鬼不覺溜上老客戶陳納德的飛機，不但跑到廣州，還一口氣鑽進香港，遠遠地躲了起來。

從周作民公館出來，時間還早，鄧葆光便順便彎到杜公館看看。他想提醒這位月哥鏞老，不要因為三公子的事同小蔣碰得太僵。

“葆光，今朝怎麼有空啦？”杜月笙依然像平日一樣篤悠悠。愛子被捕後，他神色不變，照樣交際應酬，小蔣的宴會座談會有請必到，而且隻字不提兒子的事情，擺出一副老老實實遵守法令的樣子。鄧葆光佩服之餘不禁有點奇怪。他深知這位杜先生絕不是聽人擺佈的角色。

“杜先生，維屏的事查清了沒有？”鄧葆光關切地問，“這裏面是不是會有什麼誤會？如果需要的話，要不要我去疏通一下？”

“啊呀呀，葆光，你不要為他操心。維屏這隻小鬼太不爭氣，捉進去讓政府管教管教也好。幣制改革不是尋開心的，王

1945–1948 年該大樓頂層是杜月笙的寓所，現為錦江賓館南樓

子犯法與庶民同罪，何況我杜某人的兒子！”杜月笙招呼胡秘書，“將那份東西拿來給葆光看看。”

胡秘書遞來一份文稿，是杜月笙的“闢謠談話”。最近香港報紙載文，說杜月笙因兒子被捕，曾三次晉謁蔣經國，均被擋駕，因此頗為怨恨。杜月笙的“闢謠談話”稱，見此十分詫異云云，曾去信港報要求更正，同時義正詞嚴地表示：“此次小兒維屏，以經營場外交易，違反交易所法，適逢拋鈔案發，致被牽涉解送法院。自始至終，鏞即認為依法檢舉，依法辦理，實為天經地義。其間絕無請託，絕未說情。港報所載三度請謁均被擋駕之說，全是向壁虛構，毫無故實。廿年來，鏞之愛護領袖，服從政府，眾所周知……幣制改革只能成功，不許失敗，為鏞心所企求。經國先生執法相繩，不枉不縱，深致敬佩，何致以徇涉私情，有所非議？而港報遽以暴力、革命等字句相加，當不值識者一笑也。”

杜月笙輕搖摺扇，慢條斯理地說：“副本已經送到報館去了，大概明朝就會見報。”

這一手讓鄧葆光瞠目結舌了。他猜不透杜月笙葫蘆裏賣的什麼藥，何以要擺出一副大義滅親、大公無私的樣子？

“杜先生，維屏的事就這樣不管了？”鄧葆光原本想勸慰杜月笙不要火氣太大，沒想到當事者比他還安心。

“葆光，不要多講了。這種事就讓經國先生去依法處理，該關就關，該殺就殺，我們不應該多嘴。”杜月笙輕輕鬆鬆，就像旁觀者一樣冷靜。

胡秘書將鄧葆光送到門口，有意無意地說了一句：“孔院長近來怎麼沒見露面呀？”

“出門了，還沒回來。”鄧葆光奇怪胡秘書怎麼突然問起孔祥熙，“是不是杜先生想找他說項？”

“不不，我隨便問問。”胡秘書隨後小聲說，“小蔣這樣做，是要吃虧的。”他詭秘地一笑，拍了拍鄧葆光的肩膀。胡敘五是中國民主建國會發起人黃炎培力薦到杜先生身邊的，博學多才，交際高手，是唯一一位杜先生身邊敢和杜先生抬槓的人。為此，杜月笙發他“雙薪”，說那一份薪水是感謝他敢和自己頂嘴的獎金！他可是杜府對接方方面面的信息中樞。

二十二

奇兵突襲

——

他們吵了一整天

酷夏的暑熱尚未消退，“秋老虎”又在一場颱風之後肆虐起來。初秋的夜晚仍使人熱汗涔涔。鄧葆光走近窗口，敞開短袖襯衣，讓夜風消一消悶熱。他在辦公室等著各地分社的行情報告。第二天上午九點前，他必須帶著全國行情匯總報告去外灘中央銀行參加乙級會議。

一九四八年上海的夏天，是一個電閃雷鳴的夏天。在蔣經國及其“打虎隊”無情而嚴厲的高壓下，市場似乎穩定了，“黃牛”、投機商一個個銷聲匿跡，囤積居奇的商人忍氣吞聲做賠血本的生意，喧囂的十里洋場一時間變得出奇的安靜。

然而，鄧葆光卻越來越感到這種安靜十分可怕。他以一個經濟學家兼情報專家的敏感，隱隱感到地下潛流正在蓄積力量，不知在哪一天的早晨將一下子衝垮堤壩，更猛烈地泛濫沖蕩。

他注意到一些頭腦清醒的人已經在敲警鐘了。上海《經濟週報》公開抨擊：“不知是故意還是無知，政府的經濟措施始終認為無中可以生有，對人民始終沒有放棄那一套無中生有的把戲。”香港《遠東經濟評論》斷言：“這種政策只是臨時的鎮靜劑。”而《華盛頓郵報》更為直率：“由於內戰關係，軍隊的人數日增，任何方式的幣制改革，在此時提出，都將注定失敗。”

這次幣制改革的主要謀劃者財政部部長王雲五的如意算盤打得很精：幣制改革後政府總支出約三十六億金圓券，總收入靠按戰前標準調整後的稅收可得二十五億元，剩下十億多赤字，五億指望美國人的美元貸款，五億依靠公債、僑匯和美援物資填補。然而王雲五的華盛頓之行沒能借到錢，美國人冷冷地袖手旁觀。更要命的是，稅收按戰前標準調整，至少要兩個月後才能見效。鄧葆光冷靜地計算了好幾遍，驚訝地發現王雲五的如意算盤原來是一廂情願的空算盤。這時他已沮喪地斷定，小蔣縱有力挽狂瀾之心，也難以支撐這個建築在沙灘上的政策大樓了。老奸巨猾的俞鴻鈞一開始就感到心中沒底，以督導員的身份在上海露了一下面，就早早溜回南京，將一切扔給了協助督導的蔣經國。鄧葆光自然不會像俞鴻鈞那樣臨陣逃脫，他只能寄希望於僥倖。萬一經國同志的政治魄力果真能將猶如脫韁野馬的通貨膨脹鎮住一些時候，從而贏得一個喘息的機會，尋找到良方慢慢醫治病入膏肓的經濟呢？

他正憂心忡忡地在辦公室中踱步沉思，報務員送來一份剛譯好的電文，這是南京分社的行情報告：

查徐州為交通樞紐，附近土產頗饒，完全集中徐州轉運京滬，以往銀行業務尚稱活躍。幣制改革後，因限價甚嚴，致附近土產不能來徐，不獨城鄉之間貨不交流，即使城市與城市之間亦均在停滯狀態，整個市場窒息不靈，業務異常清淡。

電文末了，發報者又補上一句：

前途未可樂觀，長此以往恐賠累不堪。

鄧葆光讀完電報，身上又出了一身躁汗。他敏銳地感到，這是一個信號。整個市場陷於停頓，說明沉默的游資正悄悄等待，一旦發現一個缺口，就會猛撲上去，從而爆發一個無法遏制的搶購狂潮。

第二天一早，鄧葆光就趕到外灘，想趁每週的乙級會議開始之前，同劉攻芸交換一些看法。

劉攻芸讀完這份電報，嘆息道："流通呆滯，生產衰落，在政府的強力壓制下，工商者忍痛將無法藏匿的商品拿出來高本出售。這畢竟不是一個辦法……"

鄧葆光說："目前物價似乎暫時穩住了。但是，物資總是從低價處往高價處流動，這個經濟原理，不是人的意志所能改變的。單單在上海守住'八一九防線'，決不是好事。上海物價低，外地物資便不願流入上海。徐州的情況已證明了這一點。這樣上海的物資便會越來越短缺，對低價的壓力便會越來越大。到了上海的價格成為全國'鍋底'之日，便是'八一九防線'全面崩潰之時。到那時，局面就不堪設想了，經國縱有三頭六臂也難堵住決堤的洪水了。"

劉攻芸的腦門上也滲出了汗珠。他用手帕抹了一下，焦灼地說："我們趕快研究一個應急方案，向經國建議一下。你有沒有什麼錦囊妙計？"

“辦法還能找到幾條，只是怕打虎的武松聽不進。”鄧葆光摘下金邊眼鏡，擦拭著。

“你先說給我聽聽。”劉攻芸急切地說。

“所謂辦法，也是沒辦法的辦法。緊急措施我想了四條。第一條，立即停止收兑金銀外幣。這些東西留在人民手裏沒多大危險。不准金銀外匯買賣，金銀外幣成了死老虎，而金圓券卻成了活老虎。第二條，立即改限價為議價，這樣外地物資才會流向上海。第三條，立即宣佈金圓券無限制兑現。沒有準備金也不要緊，只要控制金圓券的發行額不超過市面流通必需量，商民便沒有必要去兑現。英國過去的金本位制也是這麼做的。第四條，立即向美國人交涉，要回抗戰期間中央銀行為美軍支付的法幣墊款，按當時外匯比價收回黃金外匯。”

鄧葆光一氣說完四條，劉攻芸不及思索，蔣經國就到了，乙級會議開始。一坐下，蔣經國就拿出一份《大公報》揚了揚：“都看過了？”

鄧葆光知道蔣經國指的是昨日《大公報》的社論，他還記得文章結尾的警告：“湧湧游資，不能導進正當的生產事業，有朝一日，必將衝破管制的藩籬。”

“這個警告很對！我們決不能輕視！現在游資還在高漲，拚命尋找出路。不法奸商不去投入生產，反而拿來搶購囤積！他們辦法很多，把生活必需品藏起來，市面上物價雖然穩定，可有市無貨。聽說有幾家西餐館，因為買不到雞魚肉蛋，只好改賣炒飯麵包。好！”

說到這兒，蔣經國推開椅子站了起來，用力揮舞拳頭。

“他們會囤積，我們會進攻！大後天，九月三十日，我們要動員五千六百人，組成一千個小組，由警察局局長俞叔平總指揮，來一個物資總檢查！發現隱匿不報的、登記數量不符的、自行移動的，一律嚴懲！這是一場大戰役，是對奸商的總進攻！我要看看，究竟是他們力量大，還是革命力量大！”

乙級會議隨即變成了戰前部署會。一一落實後，各路人馬便分頭備戰去了。

鄧葆光收起公事包，正準備離開會場，劉攻芸捅捅他的胳膊，悄聲附耳道：“經國是唱武生的，你那四條暫時擱兩天，先同舟共濟吧。”

鄧葆光只得默默點點頭。

他無論如何也不曾料到，兩天之後，蔣經國銅牆鐵壁的防線就戲劇性地被杜月笙攻破了一個缺口。

十月一日，蔣經國下令物資總檢查後的第二天，在滬西青年軍總部，蔣經國召開了一個小型工商界座談會。杜月笙照舊到場，依然輕鬆如常。見到鄧葆光也只是笑笑，並無異樣。會議開到一半，杜月笙緩緩站了起來，用一口上海浦東官話發言了：

“我的兒子觸犯法紀，罪有應得，我管教不嚴，也甘領應得之處分，但請政府要一秉至公，平等辦理。據我所知，揚子公司所囤積的紗布等貨物遠遠超過維屏等各家，洩露經濟機密的情狀，也遠為嚴重。請專員立即派人查看，萬勿聽其逍遙法外。如此，則萬眾都心服口服了。”說完，杜月笙又補充一句：“如若檢查委員會不明真相，我已讓人在樓下專候，替專員領路。”

杜月笙若無其事地坐到原位。然而，短短一番話卻似引爆了一顆重磅炸彈，一剎那個個愕然，一片死一般的沉寂。

鄧葆光也呆住了。這揚子公司非同一般，是孔祥熙的大少爺孔令侃開設的，全稱“揚子建業股份有限公司”。孔大少爺的這爿公司同英國人和美國人都有很深的關係，公司工業部副經理是美國善後救濟總署負責物資分配的美軍上校楊孟東，公司附屬的利威汽車公司又是英美托拉斯在華代理。這還不算，揚子公司還有一個更硬的大後台，便是總統夫人宋美齡。鄧葆光聽瞭解內情的人說過，宋美齡從揚子公司每年可提幾十萬美鈔。蔣經國再鐵面無私，也不能拉破臉皮搞到他姨媽兒子的頭上，搞到自己“母親”的頭上。杜月笙這著絕棋，將蔣經國逼到一個進退不得的死角上，狠毒厲害之極。這一手，也只有杜月笙這位流氓頭子才做得出。潑皮無賴出身的人，一旦惹急了，便要跟你白刀子進紅刀子出，拚個魚死網破。鄧葆光突然想起那天從杜公館出來，胡秘書有意無意地問起過孔祥熙。這時他才明白其中的蹊蹺，原來這天打的橫炮，杜月笙在肚皮裏早有謀算。他一方面擺出一副秉公守法、大義滅親的高姿態，麻痹小蔣的警惕；一方面悄無聲息地組織門徒打探揚子公司的全部秘密。經過深思熟慮、周密策劃，就在小蔣趾高氣揚地發動總進攻的關鍵時刻，異兵突起，破門而出，用偷襲的手法實施反擊，給蔣經國來了個措手不及，打得他懵頭轉向。其實，早在前天的乙級會議上，以市府調查處處長這個公開身份與會的劉芳雄就已彙報過揚子公司的情況。劉芳雄是軍統老人馬了，抗戰時潛伏上海，對上海的情況非常熟悉，現在接替了王新衡任保密局上海站站長。配合"打虎"行動。可是經國聽了並未當真，只是說了句"不管什麼人一律查封"。誰知這位杜聞人這一天竟拋出這顆重磅炸彈。

鄧葆光為蔣經國暗暗著急卻又無計可施。蔣經國咬著嘴唇沉默著，朝杜月笙投去咬牙切齒的仇恨目光。杜月笙卻滿不在乎，仰起頭看著天花板，靜等協助督導大人如何回覆。在場的巨賈大亨這些日子被"蔣青天"弄得焦頭爛額，這會兒感到出了一口氣，都幸災樂禍地盯著那位臉色難看的"打虎英雄"。

蔣經國終於下了決心，將手一揮，厲聲說："不管什麼公司，一視同仁，查！"

杜月笙坐在那兒微微冷笑了。他知道，這位公子在自己的逼迫下不得不點燃了一顆埋在腳下的定時炸彈。好戲開始了。

蔣經國的"打虎隊"在杜月笙徒弟的帶領下直奔揚子公司，捅開了馬蜂窩。

鄧葆光的四條應急措施還來不及向蔣經國進言，形勢就急轉直下了。杜月笙一個橫炮，率先發起反擊，沉默多時的豪商巨擘們膽子也都大了起來，紛紛糾集人馬上市搶購，散佈漲價風聲，製造恐慌空氣。江浙財閥可以載舟也可以覆舟，他們忍耐了一段時間，終於全線出擊了。

"八一九防線"到處決口，四方報警，堵不勝堵，防不及防。

每天深夜，鄧葆光都在"東方"的行情簡報上看到心驚肉跳的消息：

十月二日，杜月笙捅出揚子公司案後的第二天，上海市面上就開始刮起搶購風。

十月四日，市民在商店門前排成長龍。

十月五日，煙酒漲價。

十月六日，出現搶米風潮。

鄧葆光清醒而痛心地意識到，大勢已去，無可挽回了。他的四條應急措施，已經沒有必要向經國同志奉獻了。

然而，蔣經國並沒有動搖，他已下了決一死戰的鐵心。這是他投身政治生涯以來最重大的一仗，也是他準備以中流砥柱的形象站出來力挽黨國危局的關鍵一仗。他不能失敗。

他不顧同親人撕破臉皮，咬緊牙關下令查封揚子公司，公開宣佈按規定在一個月內作出處理！

為了顯示自己鐵的決心，下令公開槍斃福晉金號老闆王春哲，雖然他知道王春哲的後台也非同小可。

蔣經國鐵青著臉，拍著桌子厲聲高喊："我還是那句話，物價要用人頭鎮壓，搶購風也要用人頭鎮壓！"

這位小蔣既已走到這一步，也只有破釜沉舟，背水一戰了。

正當揚子公司案進入高潮，處理期限已到，各式各樣的人懷著不同的心情靜聲屏息等待揭曉的時候，鄧葆光得到消息，總統偕夫人秘密駕臨上海，一下飛機就坐上遮著窗簾的黑色大轎車，直奔賈爾業路（東平路）總統私邸。

鄧葆光頓時敏感到，揚子公司案遠比他想象的要嚴重得多。他聽說，這次蔣介石親赴上海，是宋美齡打電話將蔣介石

東平路當年的蔣介石私宅，現為上海賀綠汀音樂藝術學校

從前線急催回來的。而無論從哪一點看，蔣介石都沒有一秒鐘的閒暇能夠從緊急的戰事中分身。關外大戰已告慘敗，國軍報銷了四十多萬人馬，東北“剿總”副總司令范漢傑，兵團司令廖耀湘、盧浚泉以及軍長李濤、白鳳翔、鄭庭笈等一大批高級將領被共軍生擒，關外廣袤而富饒的土地無可挽回地全部丟掉了。緊接著，共軍重兵開始在徐州附近調動集結，關係黨國生死存亡的徐蚌會戰即將打響。在這種極其關鍵的時刻，身為全軍總司令的蔣介石，卻丟下雪片般的急電和熬紅了眼的將領們，星夜趕向上海，親自處理揚子公司案！無需複雜的猜測，連不知真相的人也可看出此案對於蔣氏家族的極端重要性了。

“杜先生，你真夠厲害的，小蔣抓了你的兒子，你卻把老蔣弄得不得太平。”鄧葆光這樣想。

揚子公司案之所以驚動了總統夫人，是因為杜月笙一手挑起了“宮廷”內部的爭鬥。宋美齡嫁入蔣家以後，一手扶著兄長宋子文，一手拉著姐夫孔祥熙，竭力在“後宮”擴大自己的勢力。她感到苦惱的是，自己不曾為蔣氏生下一兒半子，蔣介石前妻毛氏所生二子蔣經國、蔣緯國長大成人後，同後娘的矛盾日益加劇，這成為宋美齡“後宮”派的心腹之患。後娘同丈夫前妻之子的矛盾，或許是我們這個古老東方民族同樣古老的家庭倫理的傳統土特產。而這種家庭糾紛如若打上“宮廷”的圖章，便成了嚴重的政治鬥爭。宋美齡一心想從娘家親戚下一代中找幾個小輩來同小蔣抗衡，然而真正能成器的卻沒有幾個。孔二小姐孔令偉雖然潑辣，然而自從情夫林世良因走私案被戴笠槍斃之後，又接二連三捅出婁子。先是挪用抗戰前線李宗仁部隊的軍餉，後又自作主張擅自批准孫良誠為三星上將。唯有孔大少爺孔令侃出道最早，斂財有方，完全繼承了他那位山西土財主的爹精於算盤的血統。不過，他不再是土財主，而是洋買辦了。宋美齡看中了他，每次去美國都帶在身邊，將他引薦給美國政治、經濟界的頭面人物。有了“後宮”強有力的支持，孔大少爺的揚子公司自然蒸蒸日上。他用從政府申請到的外匯，以一千八百美元的價格從國外進口奧斯汀和雪佛蘭小汽車，一轉手就以五千美元高價賣給政府。將近百分之三百的驚人的暴利，而且是用政府的官價外匯來賺政府的錢，除了有宋美齡撐腰的孔大少爺，誰能有此本事？現在小蔣要當黑臉包公，拿他的表弟開鍘，當姨媽的豈能見死不救？更何況，揚子公司一倒，她每年幾十萬美元的私房錢豈不斷了財源？更何況這個不是己出的兒子，如果因“打虎”獲勝而在政壇上崛起，“後宮”的勢力無疑會受到嚴重遏制！

蔣介石同意夫人的意見，自然有更深一層的考慮。戰局日趨惡化，同共軍的最後戰略決戰已迫在眉睫。蔣家王朝的生死存亡全在這一仗。這種時候，他決不能坐視後方混亂而不管。四大家族原本唇亡齒寒，在此關頭如何能動搖孔、宋兩大支柱？江浙財閥一向是蔣氏的根基，在此關頭又如何能挖自己的牆腳？在蔣介石的戰略考慮中，幣制改革本來只是權宜之計，無非是為了給憤怒的老百姓以一點幻想，暫時穩定一下後方，無非是藉此搜刮一點錢財，以應前線軍餉之急。他沒想到自己這位很有點“布爾什維克”色彩的大兒子，因為急於做出一點成績，竟然鐵下心來動了真格，在自己的後院大砍大殺起來，弄得雞飛狗跳，闔家不寧。他不能允許自己所寵愛的長子在現在這種時候一意蠻幹。為父的需要一個強子而不是懦兒來接位。然而，你也不看看時候！

這一天，賈爾業路附近戒備森嚴。幾名來回巡查的戴金邊帽的警官只是擺擺樣子，更多的是假扮成行人的各式便衣。頂上插滿了碎玻璃的淡綠色的高大圍牆裏面，幾乎每一處陰暗的樹叢後面都隱藏著持槍的警衛。警察局副局長張思親自把守著門廳，連他也不能走進室內。房子裏，窗口、樓梯、過道，肅立著總統的御林軍——身穿黑色毛料中山裝、頭戴黑色禮帽、腰掛手槍的侍從室侍衛官。

老子、夫人和兒子，躲在二樓，關起門來整整吵了一天。這一天，做兒子的是如何痛哭流涕，慷慨陳詞；當父親是如何嚴詞訓斥，細數利害；為後娘的又是如何剛柔並濟，婉言力勸……恐怕永遠是一個極富戲劇性的謎。

直到黃昏，把守門廳的警察局副局長張思才看見蔣經國神情沮喪地走了出來。他發現蔣經國的眼睛裏好像還含著淚水。蔣經國迎面遇上張思，仰天長嘆："先回家盡孝，再出來報國吧！"說罷，一頭鑽進汽車就走了。

這一幕鄧葆光沒有看到，第二天一早，他依然夾著行情報告和經濟動態，趕到外灘中央銀行總裁辦公室，參加每日必開的乙級會議早會。一走進會議室，他就感到氣氛異常，與會者無一例外地來得比任何時候都要早，個個正襟危坐，表神肅穆。他剛在自己位置上坐下，鄰座的警察局副局長張思就湊過來耳語："吵嘴了！老先生、夫人、經國他們三個，昨天吵了一整天！"鄧葆光聞訊，心頭猛地一沉。

等了很久，仍不見蔣經國到場。這時，有人送來了今天的《申報》。鄧葆光打開報紙，突然發現第二版角落裏一塊豆腐乾大的位置上有這樣一個標題："蔣經國表示歉意，發表《敬告市民書》"。標題下面，便是告市民書短短的全文：

在七十天的工作中，我深深感覺沒有盡到自己應盡的責任，不但沒有完成計劃和任務，而在若干地方，反加重了上海市民在工作過程中所感受的痛苦。我決不願將自己應負的責任，推到任何人身上去，同時也決不因遇著挫折，而致放棄自己的政治主張。我堅決相信自己所指出的“上海往何處去”的道路，是絕對正確的。今天除了向政府自請處分以明責任外，並向上海市民表示最大的歉意。這裏我並非想求得市民的原諒，而是表明自己對市民應負的責任心。我懇切希望上海市民應用自己的力量，不再讓投機奸商、官僚政客和地痞流氓來控制上海。我始終認為上海的前途一定是光明的！

鄧葆光讀著這篇二百來字的短文，感覺到了蔣經國內心的痛苦、酸楚和壓抑著的憤恨，品出了字裏行間的不盡之意。他不由得深深同情這位失敗的“打虎英雄”。

這天的版面安排極有文章。

蔣經國的《敬告市民書》下面，緊挨著一條題為“物資出境取消限制”的消息：

市警局頃接奉經管督導員辦公處代電，略謂：以前公佈之上海區禁止物資攜運出境檢查辦法自本日起廢止，今後物資出境概不可以限制。

再下面又是一條新聞：

通過臨時動議兩起，請釋被捕商人。

而左下角卻刊出一幅大廣告：

大上海青年服務總隊（本書作者按：該隊是蔣經國到上海後組織起來的"打虎"宣傳隊）一隊第十二大隊主辦，上海力行劇社演出，管仁生領導義演五幕悲壯歷史名劇《精忠報國》。廣告左右還有一副對子：義薄雲天慷慨激昂，淚的洶湧血的澎湃。

至此，鄧葆光終於頹傷地意識到，他所寄予幻想的蔣經國的"打虎"運動，徹底失敗了。

蔣經國再也不會出席每天的乙級會議了。

這一天，蔣經國滿懷著委屈和怨怒，悄悄離開了上海……

鄧葆光徹底絕望了。

他是真正寄希望於蔣經國的，希望這位血氣方剛、雄心勃勃的大公子能夠懲治貪官污吏，挽回敗局，將中國引向一個光明的前途。可是，僅僅只有七十天，一場"革命"猶如夏日的雷陣雨，地皮尚未濕透，就煙消雲散了。結局竟是這樣慘。是對手過於強大，還是策略不對？或者這場幣制改革本來就是一場大騙局？

一切幻想和僥倖心理統統破滅。

鄧葆光此刻反倒沒有太大的痛苦了。他需要的不是痛心，而是一個深長的反省。

炎夏已經過去，一個落葉紛飛的蕭殺的秋天到來了。

二十三

七萬冊珍貴古籍——去留之間……

一輛急馳的黑色奧斯汀小汽車從烏魯木齊路拐入愚園路，捲起路旁枯黃的落葉，來到一扇黑鐵門前，輕輕響了幾聲喇叭。鐵門拉開，小汽車隨即駛了進去。看門人發現不是鄧葆光那輛順風牌小汽車，司機又是一個陌生面孔，便慌忙上前阻擋。跑到跟前，只見後座上坐著的正是所長鄧葆光。詫疑之間，奧斯汀小汽車已在大洋房正廳台階前停穩了。

自從毛森接替俞守平當了上海警察局局長，上海灘上的風聲一天比一天緊了起來。鄧葆光開始小心謹慎了。這倒不是因為馬路上徹夜不斷的"飛行堡壘"刺耳的警報聲所引起的恐慌，也不是因為毛森靠著毛人鳳親侄兒的牌頭有恃無恐地濫捕亂殺而產生的擔憂，而是因為自己所控制著的一大筆逆產財寶，實在太招眼了。

徐蚌會戰已進入白刃戰，數十萬大軍陷入重圍苦苦惡戰。大局不妙。誰也不能預料這場戰爭史上少見的人山人海的廝殺將會出現一個什麼結局。人心惶惶，局勢就像殘葉凋零的深秋一樣悲觀淒涼。就在前幾天，保密局局長毛人鳳接連從南京打來電話，一再催促他將那批價值五百萬美元的逆產金銀首飾以及東方圖書館的珍貴古籍迅速搶運至台灣，一些背不動運不走的工廠倉庫立即出讓換成外匯，帶不走的物資無論採用什麼手段，哪怕走私投機，也要盡快出手。毛人鳳的語氣是焦灼的，命令是嚴厲的，絕無討價還價的餘地。

執行毛人鳳的命令是安全的，沒人敢打保密局財產的主意，雖然難保沒有亡命之徒趁亂打劫。問題在於，鄧葆光至今還沒有拿定主意。幻想既已最後破滅，他更不可能再去為他所鄙視的毛人鳳賣命。不久前陳布雷的突然自殺給了他一個很大的刺激。他同這位才子雖無交往，卻深深敬佩其人的博學和廉正。如今鞠躬盡瘁、忠心不貳追隨蔣介石的文膽，也以一死表示了自己的絕望和痛心，他鄧葆光對蔣家王朝還能有什麼依戀嗎？雖然何去何從尚屬渺茫，然而，他知道自己無論如何再也不會去執行毛人鳳的命令了。因此，他不能不提防保密局的殺手躲在陰暗的角落裏用手槍瞄準自己的後腦殼。他在軍統效力十多年，殺人越貨的勾當見得多了。更何況幾天前毛人鳳又給他派來一個叫沈介人的人當“東方”的副所長，公開安了一個釘子。沈介人抗戰時在局本部二處擔任中共科科長，因為私事和國際科科長謝貽徽打架，被撤了職。是毛人鳳的小老鄉。鄧葆光不得不加倍小心，便開始將自己的行蹤置於半地下狀態。他將司機老姜支去開卡車，非常時期有半點可疑的人都不能放在身邊。他向吳湄借了一位可靠的司機，頻繁地換坐不同牌號不同型號的小汽車。

鄧葆光剛走進門廳，周雪就迎了上來。鄧葆光最不放心的是這批珍貴古籍，不久前將鄧雲衡介紹來的這位能幹的婦女調來圖書館負責。

“鄧先生，按您的吩咐，七萬多冊孤本善本和一部分重要檔案全部裝箱了，一共是一百一十箱。”周雪彙報著，將鄧葆光引進大廳。大廳裏已堆滿了大木箱。鄧葆光一邊察看，一邊叮囑：“包裝還要防潮加固，免得運輸途中散了架。”他心裏非常清楚，這七萬多冊古籍是真正的無價之寶。

“好的。”周雪沒有問這些古籍打算運到哪裏去，隨即找人去加固木箱。鄧葆光獨自走進書庫。書庫很暗，窗上滿遮厚實的窗簾。他打開電燈，在一排排高大的書架中間徘徊巡視著。這些從日本滿鐵調查部和漢奸手裏繳獲接收來的經濟資料和書籍曾寄託過他的夢。然而，此刻夢醒了，他也將同這些書籍資料告別了。他不由得感到一陣酸楚，輕輕撫摸著蒙著一層灰塵的圖書。“你們的命運將會比我好得多，只要上海市區不被內戰的炮火夷為平地，總有用武之時的。而我，就要漂泊異鄉，不知何終了。”

鄧葆光踱到窗前，撩起窗簾，一縷斜陽透了進來。窗外庭院裏，吳湄介紹來的司機小張正坐在樹下石椅上吸煙。

對於吳湄，他是從心底裏敬佩的。一個女流，置身十里洋場，周旋於達官顯貴之間，既掌管一家有名的大飯店，又從事神秘的工作，應付裕如，從容不迫，算得上一個人物了。她介紹來的這位司機，儘管年輕，卻沉默寡言、機敏利索，八成也是那條線上的人。然而，他們那邊究竟是個什麼樣的世界？能不能收容自己這樣的人？光憑自己說過幾句話，提供過幾條情報，人家就會笑臉相迎？共產黨是一直把軍統稱作“反共鷹犬”的，而自己又是軍統經濟方面的負責人！人家能那麼輕易相信自己嗎？

一陣空虛渺茫襲來，他長嘆一聲。門房通報，二叔來了。

毛尖茶飄著清香，陶希聖悠悠地說："葆光，這些陳茶是我從溪口帶來的，總統家鄉的特產，雖說是隔年陳茶，保存得法，清香如故。你嚐嚐。"這位剛當上國民黨中宣部部長的二叔，今天才從溪口趕到上海，臉上既沒有因為徐蚌會戰失敗、大勢已去而留下的憂傷，也沒有因為百萬共軍飲馬長江而引起的焦慮，依然慢條斯理，溫文爾雅。他其實就是個做學問的人。

鄧葆光無心品茶，他急於想從這位剛從總統身邊來的國民黨上層要員的嘴中瞭解全局。現在一切都亂成一團，李宗仁、白崇禧一面同共產黨搞和談，一面又想退保長江以南劃而分治。蔣介石雖然隱退溪口，然而兵權財權一絲一毫也不曾撒手。自從陳布雷絕望自殺之後，陶希聖就成了蔣介石的第一支筆，參與國民黨的最高機密。他應該比任何人都清楚時局將會惡化到什麼地步。

"最近在忙什麼？"陶希聖飲著清茶，關心地問。

"毛人鳳要我變賣財產，搶運物資，這事不大好辦。兵荒馬亂的，誰還敢買工廠房子？我只好找劉攻芸商量，他算給了個大面子，一個破破爛爛的修理廠付了我六萬美元。你那個印刷廠，他給了三萬美元，你走的時候我給你帶上。"鄧葆光苦笑著，"也難為劉攻芸了。他現在也是焦頭爛額，蔣介石讓他準備應變，負責將中央銀行、中國銀行的外匯全部存入私人戶頭，免得萬一來不及撤走被共產黨接受。就在前幾天，將中央銀行的二百萬兩黃金搶運到了台灣。中央銀行金庫已經空空如也，能抽出六萬美金實在很不容易。"

“噢，看來都在準備應變了。”陶希聖感慨地說，“毛人鳳跑得比誰都快。這次在溪口，老先生跟毛人鳳開了個不大不小的玩笑。毛人鳳跑到溪口，向老先生彙報保密局應變計劃，說是將保密局分成兩套人馬，一套隨李宗仁他們去廣州，一套撤到福州。老先生一邊聽一邊點頭，說‘你們撤退得很迅速，很好很好’。毛人鳳聽話不聽音，還以為得到老先生誇獎，很有點受寵若驚。結果，老先生將臉一沉，問了句：‘等我從溪口撤到福州，你們再往哪裏跑？’毛人鳳這才看出老先生動氣了，嚇得臉色發白。”

鄧葆光真希望蔣介石一怒之下撤了這個笑面虎，然而他更關心的不是毛人鳳得寵與否，而是毛人鳳的動作。

“總統有什麼指示給毛人鳳？”

陶希聖沉吟了一下，低聲說：“老先生給毛人鳳一大筆經費，讓他佈置潛伏。你要注意，你那個冤家也要來上海。”

陶希聖所說的冤家，就是保密局主任秘書潘其武。陶希聖這個情報，鄧葆光已經知道了。前兩天潘其武路過上海，就曾傳達過毛人鳳的指令，保密局若在上海設立臨時辦公機構，要鄧葆光負責找一幢大洋房。潘其武甚至說，必要時你鄧葆光的登喜路住宅也得騰出來。鄧葆光沒有理睬這個狐假虎威的小人，不過真要是毛人鳳指名要那棟房子，他鄧葆光只得捲起鋪蓋滾蛋。鄧葆光愁悶地垂下腦袋，默不作聲。

陶希聖從沙發上站起，在房中踱著步：“葆光，都在準備退路了，你打算怎麼辦？”

鄧葆光抬起頭，長嘆一聲。“二叔是國家的要人，在總統身邊參與機要。我麼，只是個跑龍套的角色。國家現在成了個爛冬瓜，內部都爛空了。讓我跟著毛人鳳、潘其武的屁股後面渡海跑到台灣委身侍奉，我不幹。留在大陸，又太危險。眼下只有兩條路，一條是去香港做生意，一條是去日本謀生計。香港那裏有一些工商界的朋友；日本麼，李文漢已經在那兒。唉，兩年前陳布雷曾經滿懷信心地說過，國民黨執政至少可以持續二十年。說這句話還不到兩年，他自己就已先黨國而去了。國家怎麼弄成這個樣子！”

陶希聖也沉默了，半晌才語調低緩地說：“葆光，你是只知其一，不知其二。眼下看二叔雖蒙老先生厚愛，實際上不也跟你一樣是為人所驅，無以把握自己命運麼！現在美國人的態度十分曖昧。他們既想利用我們的勢力同俄國人抗衡，又對殘存半壁河山由誰主宰舉棋不定。萬一有何事變，二叔亦難免為人刀俎。我投身國民革命十幾載，前車之鑒甚多，到眼下這個局面再來談教訓時已晚矣，也只有與老先生同舟共濟了。我一不置私產，二不藏污納垢，一切皆有又一切皆無，赤條條來去無牽掛。因而於己並無悲哀，只是可惜了一片河山。”

鄧葆光聽得出陶希聖的語調中帶著明顯的悲涼，他相信這位二叔說的是真心話。各人的艱辛遭際不便細說，卻心知肚明。

陶希聖想了一下，繼續說：“葆光，這樣辦好不好？對毛人鳳這幫人，你應付一下。匆忙去台灣，你又不願再受制於保密局，一時也難謀得一棲之枝。去香港看來是不得已中的上策。就說是我讓你幫忙將宣傳部的中華印刷廠搬遷到香港，你們一家藉這機會先過去。我到台灣後再替你疏通一下，過個年把再作安排吧。”

“也好。”鄧葆光應允著。

其實，鄧葆光去香港的決心已下。雖說他已極為秘密地掛上那邊的一條紅線，但鄧雲衡已經病故，吳湄看來也不是那頭的決策人物；而吳嫣和孫曜東對他的多次暗示，也只說明中共的另一個機構也一直在打策反他的主意，但以自己軍統少將的身份，對方沒有一個對等身份的高級人員發話，他是不敢貿然留下。只有先到香港觀察一下再說。

促成他最後下決斷的，是周作民和杜月笙。

周作民已著手將金城銀行的全部財產南移香港。這位政治嗅覺十分敏銳的三朝元老，也無法判斷上海今後的局面。共產黨的勝利畢竟不是軍閥混戰的改朝換代，他們完全是另一種人，有他們自己的理論、綱領和政策。周作民這位銀行大老闆還吃不準自己究竟算不算無產者革命的對象？他也勸鄧葆光：“鄧先生，一塊兒去香港吧！”

杜月笙的面沒有見到。三姨太姚玉蘭一見到鄧葆光，就告訴他：“鄧先生，杜先生要娶親了，你聽講了嗎？”鄧葆光知道三姨太說的是京劇名角孟小冬。姚玉蘭為了討得杜月笙歡心，一手撮合了這件事情，這早已是公開的秘密。只是趕現在這種樹倒猢猻散的時候辦喜事，豈非荒唐？鄧葆光一聽就明白了。杜月笙無非是藉討姨太太的公開招牌離開上海而已。因為揚子公司案，他已同小蔣撕破了臉皮，得罪了四大家族中的三大家。台灣，他是死也不會去的。那麼，香港只能是唯一的歸宿了。老謀深算的杜月笙早已讓上海最大的建築承包商陸根記去香港安排好了後路，並扯起了“蘇浙同鄉會”的旗號。三姨太這麼一說，鄧葆光便知道杜月笙也即將動身了。

人人都找到了退路，他鄧葆光呢？就在離開杜月笙公館時，他拿定了主意。不管怎樣，去香港有周作民和杜月笙兩位大亨關照，混碗飯吃應該是不成問題的。

在最後採取行動之前，鄧葆光還想見吳湄一面。

他沿著南京路緩步而行，沒有坐小汽車。他越來越頻繁地變換交通方式，時而乘電車，時而步行，時而坐三輪車，時而換用小汽車。這位情報專家雖然沒搞過外勤，可畢竟在軍統這個大本營待了十來年，耳聞目睹的東西也已夠用了。

南京路，這條遠東最繁華的商業大街已失去了往日車水馬龍、燈紅酒綠的喧鬧，像一條凍僵了的灰色長蛇在凜冽的寒風中不時抽搐著、蠕動著。鱗次櫛比的商店變得黯淡無光，毫無生氣，很難想象不久前這些地方還是一片五彩繽紛、琳琅滿目。冷落的店門上無精打采地飄動著“大拍賣”“大殺價”之類殘缺不齊的紙條破布，店鋪中貨架空空，積滿塵埃。有的店家索性拉上了鐵門，歪歪斜斜地貼上“盤點”“打烊”的紅綠字條。而在一些弄堂口、電線杆下，三三兩兩地逛蕩著歪戴鴨舌帽的“黃牛”，有的手裏捏著幾張美鈔，有的叮叮噹噹敲打著銀元。遠遠看見手提警棍的警察過來，一聲呼哨便四下逃散。馬路上接連不斷地有警車急馳而過，帶來一陣陣心驚肉跳的警報聲。過往行人一個個縮緊著脖子，頂著肅殺的寒風匆匆而行。蜿蜒十里的商業大街充滿了動亂、恐慌和末日來臨的氣氛。

鄧葆光已看到“梅龍鎮酒家”的招牌。昔日賓客盈門的景象也化作門可羅雀的冷落。鄧葆光嘆了口氣，走到門口，正欲跨上台階，猛然發現馬路旁停著一輛英國造的賈瓦越野車，一看車號就知道是市府調查處的車子。他心裏一驚。他當然知道，市府調查處是保密局上海站的一塊公開招牌。這種做法是從軍統沿襲下來的。抗戰勝利後，軍統上海站先是用“中美特種技術合作所上海辦事處”的名義，美國人撤走後，便以市府調查處、市黨部調查室、警察局稽查處、警察局特刑處等公開牌子同時出現。

“難道吳湄出事了？”鄧葆光腦子裏飛快地轉了一下。既已走到門口，突然回頭反而引起懷疑，索性大模大樣進去，來梅龍鎮吃頓飯，又能奈我其何！

他剛進門，一個老茶房便迎了上來，招呼道：“鄧先生來啦？”說著朝他使了個眼色，“請！”

老茶房將他引進一個單間，隨即神色緊張地悄聲說：“鄧先生，出事了。來了幾個紅眼睛綠眉毛，坐在那裏不肯走，一定要等吳經理。看樣子要硬敲竹槓！”

“吳小姐呢？”鄧葆光問。“吳經理還沒有來。我打過電話了，講一歇就到。”老茶房說。

“噢，是這樣。”鄧葆光吩咐老茶房，“你去關照門口，吳小姐一到就請她到我這裏來。”

“好，好！”老茶房給鄧葆光沏上茶，跌跌撞撞跑下樓去，不一會兒又上來，悄聲問：“鄧先生，要不要去叫警察？”

“叫警察？”鄧葆光想，看陣勢不像捕人，只是暗地裏趁火打劫撈點外快。他掏出自己的名片，說：“叫一個跑得快點的，拿我的名片去西區警察局，就說我在這裏遇上了麻煩。”

“就去，就去！”老茶房剛想退出，吳湄笑吟吟地出現在單間門口，從老茶房手中接過名片。

“不用叫警察了。”吳湄吩咐老茶房，“我要請鄧先生和另外幾位先生吃飯，一共六個人，關照一聲灶頭上。”

“是，吳經理。”老茶房退出。

吳湄脫下狐皮大衣，掛到衣鉤上，回頭看見鄧葆光一臉疑惑不解的神情，笑道：“沒有事，那幾個是自己人，來送我去碼頭的，老茶房不曉得。”“吳小姐要出門？”鄧葆光問。

吳湄點點頭，坐到鄧葆光對面：“出一趟遠門，做點生意。”

鄧葆光明白了，吳湄要離開上海，去自己人那兒了。或許是她以一個高級交際花的形象在上層拋頭露面，活動過於頻繁，怕不安全？或許是另外有什麼重要任務？鄧葆光感到好一陣惆悵。

“一個上午都在找你，你卻自己跑來了。”吳湄逗笑道，“看來，我們還是有緣分的。你晚來兩個鐘點，就見不上面了。”

“噢，可是你馬上就要走了，這緣分看來就此斷了。”鄧葆光笑道，“找我有事？”

吳湄點點頭，認真地說：“想問問你的打算？”

鄧葆光沉吟著。怎麼說才能既不顯出山窮水盡的窘迫，又使她相信自己別無二心？“我正想跟你商量，想聽聽你的意見。”

“希望你能留下。”吳湄誠懇地說。

“留在上海？”鄧葆光猶豫著。

“是的。你留下，我們的緣分就不會中斷了。我總會回來的。”吳湄嫵媚地一笑，隨即又懇切地說：“你應該留下。你不是常對我說，你總幻想著為國家建設做一番事業嗎？總為實現不了自己的抱負而遺憾嗎？新中國不會太遠了，那時候，你就可以施展你的學識和才華了。”

鄧葆光心動了。吳湄描繪了一幅多麼誘人的前景！然而她的話能作數嗎？她在那邊是個什麼樣的位置？有權決定的高級人員不可能像她這樣公開拋頭露面的。

吳湄是何等人物，當然一眼就猜透了鄧葆光的顧慮。她悄聲說：“我可以告訴你，希望你留下，不只是我吳湄的忠告，而是‘小開’和‘楊四郎’的意思。”

“‘小開’‘楊四郎’？”鄧葆光還是第一次聽說。這兩個名字很像是代號？吳湄神秘地笑笑。“是的，以後你會知道的。”

走，還是留？鄧葆光的心裏劇烈晃蕩起來。按她的口氣，“小開”“楊四郎”看來是這位神秘小姐的神秘上級，但不知是否屬於共產黨決策層人物？如是，人家已明確表示了態度，是否要留下？不過，吳湄的話能否作數？單憑口頭傳來的一句話就決定去留是否太冒失了點？這可是性命交關的大事，豈能如此輕率？十多年前急於尋找職業，拿了一封不很熟悉的人的推薦信就糊裏糊塗跑進軍統的門檻，至今想脫身都脫不了，難道還想再一次一失足成千古恨嗎？雖說接觸過的共產黨人都令人敬佩，然而那邊畢竟是一個陌生而神秘的世界，心裏沒有一點底呀！再說自己雖然保護過他們幾個人，提供過一些情報，畢竟還沒做出多大的行動，留下能得到重用嗎？是否等準備了一份厚厚的“見面禮”以贖十幾年軍統特務之罪的時候再說？退一步講，即使想留下現在也太冒險，毛森當了警察局局長，潘其武又到了上海，自己又能躲到哪裏去？上海就這麼大一塊地方，自己的底細他們瞭若指掌，萬一被發現，跟她吳小姐的“緣分”可就真的到此結束了！吳湄盯著鄧葆光臉上的表情變化，覺察到他的躊躇。“鄧先生，你自己有什麼打算，可以跟我談談嗎？”

“吳小姐，我仔細想了一下。對你和你的朋友們的盛意，我十分感激。不過按目前情況看，我留在上海不安全。昨天，潘其武、毛森、王新衡他們，在南昌路三十三號開了一宵會，今天夜裏就要開始大逮捕了。所以，我準備先去香港，避一避風頭。到了香港，我還可以繼續替你和你的朋友們做點事情。什麼時候需要我回來，我就什麼時候回來。你看這樣安排如何？”

吳湄用審視的目光直直地盯著鄧葆光的眼睛。鄧葆光感到一種凜凜正氣的壓力，不禁有點為自己的遲疑不決而不安。

吳湄沉默了一會兒，終於說：“好吧，既然鄧先生已經有了安排，我就不勉強了。當然，如果彼此都有誠意的話，無論去留都一樣的。香港迴旋餘地大，自然可以做點事情。”

“以後怎麼跟你聯繫？”鄧葆光急切地問。

“嗯……”吳湄想了一下，輕聲說，“這樣吧，以後寫信你就寄復興路玫瑰別墅四十四號。落款寫‘二哥’。雲衡是大哥，你就是二哥！”

鄧葆光默念了一遍，牢牢記在心裏。

“鄧先生，就要告別了，但願只是暫時的。請珍重！”吳湄伸出手來。“我們一定會再見的！”鄧葆光用力地握住。他又一次感到這是一雙柔軟而有力的手。

"吃飯去吧！希望我不是最後一次請客！"

從梅龍鎮酒家出來後，鄧葆光已經下定了離開上海避險香港的決心。在吳湄這裏能得到理解和允諾，他就沒有任何顧慮了。吳嫣——孫曜東那位豔麗的太太，也幾次明示他，共產黨方面託她轉告"去留都是朋友"的口信，與今晚這位吳小姐表達的原則都是一樣的。作為情報專家，他深知中共的情報系統犬牙交錯，兩位姓吳的女士背後都暗藏著不同的策反機構，國民黨的情報機構不也有二十八家嘛！那個孫曜東他也知道，在幫助吳嫣討回被當做逆產充公的房產這件事情上，自己表現出了過分的殷勤。誰能抵擋住漂亮女人的誘惑呢？兩個男人都

名人孫曜東在上海愚園路的住宅

隱藏起畸形的情緒，彼此心照不宣。吳嫣說共產黨希望自己留下。可是吳嫣背後就是孫曜東，孫曜東背後則是王新衡。會不會是王新衡通過孫曜東給他下的圈套。

鄧葆光從吳嫣那裏瞭解到孫曜東的底牌，作為周佛海的機要秘書，汪偽政府時期，國民黨、共產黨、青紅幫與周佛海之間全部或隱或現的秘密渠道都是這位機要秘書負責接頭安排的。孫曜東被王新衡救出監獄後，對鄧葆光和吳嫣之間的"過份殷勤"表面上做出了寬宏大量的姿態，其實是好讓鄧永遠欠自己一個人情。鄧葆光和吳嫣幾次密談後的直覺是，在幫助自己去留問題上，這對夫婦還是很認真的。吳嫣是報答這人情，孫曜東背後的政治勢力是覺得自己還有利用價值。這一點，他還是佩服孫曜東的智慧和落凱（滬語，爽氣大度之意）的胸襟。兵荒馬亂的多事之秋，多一個朋友多一條路。

二十四

保險箱鑰匙留給誰？

最後的晚餐

“葆光嗎？是啊，我是毛人鳳，剛到上海。你那些東西運走了沒有？”

“毛先生，我已經弄得焦頭爛額了，天天都在奔走。‘東方’這麼多東西，包上幾條大船也裝不完。現在的局面，你是清楚的，都在搶運，都想跑。飛機票黑市賣到五根條子了。大大小小的船，徵用的徵用，包租的包租，就算找到艙位，人家也要敲竹槓。主要是沒錢，要全部運走，這運費幾千根條子也打不下來的。局裏能撥一部分嗎？”

“這個，你曉得的，局裏一向沒多少經費，現在更緊。還是你自己想想辦法，你不是‘軍統’的財神嗎？”

“毛先生，現在是什麼時候，上哪兒去弄那麼多條子？”

“敵產局那批珠寶首飾呢？拿一部分出來不行嗎？”

“毛先生，這我可不敢。那批珠寶首飾都上了賬的，有清單，四方代表會簽，火漆封死了的。我敢私自啟封嗎？一開封，就跳進黃河洗不清了。一件也不敢動的，毛先生！”

“嗯……那麼先揀要緊的多少運走一點，要不然，情況一變就來不及了。”

“我也是這麼考慮的。剛找到一個外國老闆，有條船去香港，答應給我擠個噸把貨位，我想先運走一部分檔案，暫時存在香港，等找到船再運台灣。”

“也好。不過，敵產局的那批金銀首飾不能先運走嗎？沒多少份量啊！”

“毛先生，這種兵荒馬亂的時候，金銀首飾敢託人帶走嗎？要是席捲潛逃怎麼辦？所以我想等我離開上海時隨身帶走。”

“你倒是考慮得很周到啊！不過，葆光，要抓緊啊！我已經第七次給你打電話了！我再關照一聲，特別是你手下那幾十家工廠，如果運不走，必須全部炸毀！”

“我明白，毛先生，一定竭盡全力！”

鄧葆光放下電話，已經出了一身冷汗。看樣子，再也拖宕不下去了，毛人鳳已經明顯表示不滿了，必須立即行動。

價值五百萬美元的珠寶首飾體積小，好處理。最使他操心的，是東方圖書館的一大批檔案和圖書。這批圖書資料，是籌辦東方經濟研究所時，花了很大精力，從日本商工會、日本駐上海領事館、日本滿洲鐵路上海辦事處，以及大漢奸周佛海、梁鴻志、趙尊嶽、嚴家熾等人手中接收過來的，總共八十萬冊。這麼多圖書資料全部運走是不可能的，留下來又怕毀於戰火。鄧葆光考慮再三，讓鄧雲衡介紹過來的占自佑和周雪全面清理了一遍，挑選出最貴重的孤本善本，一共七萬多冊，其中有古版《明實錄》《清實錄》《四庫全書目錄》《百衲本廿四史》《四部備要》《萬有文庫》等。鄧葆光手裏拿著占自佑交給他的七萬多冊孤本善本的目錄清單，心裏感到一種沉重的份量。在那些一心想發橫財的人看來，這一百一十箱古籍不過是一大堆廢紙，而他鄧葆光是知道它們的價值的。這些都是無價之寶，是我們民族寶貴的文化遺產，是無法以黃金鈔票來計算的！鄧葆光此刻深深地感到了一種歷史的使命感。這些經歷了千百年無數劫難的古籍，不知有多少人為了它傾家蕩產、流血掉腦袋，才流傳到今天。現在到了他鄧葆光手中，作為一個炎黃子孫，他保護它們不受絲毫損失是無可推卸的歷史責任。“我不能做民族的罪人，豁出性命也不能損壞一頁紙！”

鄧葆光焦躁不安地在書房中踱來踱去。運送到台灣，他想也沒想過。既然已經下決心一刀兩斷，又怎麼可能將這批無價之寶奉獻給行將滅亡的勢力？更何況毛人鳳、潘其武這一夥是絕不懂得它們的價值的。他們的眼裏只有金條加手槍。現在就交給吳湄他們，這不現實，交給他們也無法越過炮火連天的火線運到那一邊去。萬一在途中吃了一顆炮彈，怎麼對得起這些書？留在上海又藏到何處？更何況戰火很快就要逼近上海灘了。必須有一個萬無一失的安排！看來，只有先偷運到香港，待時局平靜了，再設法運回大陸，交到真正懂得它們價值的主人手中。然而，運到香港必須有一大筆運費，錢呢？如今“東方”早已山窮水盡，連解散時人員的安置費都還沒有著落，又上哪兒籌這大筆款子？而且還絲毫不能走漏風聲！

“已經十二點鐘了，還不睡？”已換上睡衣的尼娜披著大衣進來催促。

這時候馬路上傳來“飛行堡壘”急馳而過的警報聲，在夜闌人靜的寒夜顯得特別恐怖。

“這幾天我總提心吊膽的，好像要出什麼事。”尼娜惶惶不安地說。

"來，坐下，跟你商量一件事。" 鄧葆光將妻子拉到身邊，坐到長沙發上。十多年來他從不跟妻子談軍統內部的事，這不僅是因為戴老闆的"家規"，而且還因為鄧葆光不願給善良開朗的妻子無憂無慮的生活蒙上陰影。直到不久前，妻子還不知道自己丈夫十多年來一直在同魔鬼和劊子手們共事。自從蔣經國"打虎"失敗而徹底破滅了幻想，他才開始有意識地一點一點地讓妻子知道自己的處境，為的是自己一旦採取非常行動不致使她過於驚恐。在生死存亡的關口，他不能失去尼娜的理解和支持。

"尼娜，潘其武他們已經來上海了。他們一直逼我去台灣，你是知道的，台灣我是決不去的，再也不能跟這幫人混在一起了。" 鄧葆光語氣堅決地說。

"我是你的妻子，不管你上哪兒，我總跟你在一起的。" 尼娜深情地望著丈夫。

"謝謝你，尼娜。" 鄧葆光緊緊摟住妻子的肩膀，"我們必須行動了。我準備讓你先帶孩子們去香港。"

"你呢？" 尼娜急忙問。

"我現在還走不開。'東方' 那麼多人還沒有安置，我不能扔下手下人拍拍屁股就走。人家跟了我，我得負責到底，至少有個交代。即使在最困難的時候，我們也不能做昧良心的事。你說是不是？" 鄧葆光解釋道。

"好吧，我聽你的安排。" 尼娜欽佩地望著丈夫。在這險惡的時刻，她發現了自己所愛的人閃閃發亮的人品。

“讓你先走，還有一個要緊事。”鄧葆光說，“圖書館有一批珍貴的古籍，我想隨你一起運到香港。”

“那不是毛人鳳點了名要運到台灣去的嗎？”尼娜小聲地驚呼。

“我不能給他！”鄧葆光扶了扶眼鏡，堅決地說，“這些都是國寶，我不保護好，讓它們流散到海外，將來要遭後人罵的！”

“不過，這樣太危險了。讓毛人鳳知道了，要殺你的頭的！”尼娜惶恐地說。

“不要緊，我的頭還輪不到他毛人鳳來殺。”鄧葆光笑笑，故意說得十分輕鬆。

尼娜沉默了，她意識到丈夫已經山窮水盡了。否則，不到萬不得已，是決不會讓她去冒這樣大的風險的，更何況還有三個未成年的孩子。她覺得是自己替丈夫分擔險惡命運的時候了。

“還有一個難題沒想出辦法。”鄧葆光跟妻子商量，“一路上的運費，還有到香港後租倉庫的錢，我算了一下，至少得準備六十兩金條。這麼大的數目上哪兒去借？而且必須是非常非常可靠的人，最好是跟毛人鳳他們一點瓜葛也不搭的人，上哪兒找？”

尼娜想了一下，突然說：“老湯怎麼樣？”

“對！我怎麼沒想起他！”鄧葆光愁眉頓解，大有柳暗花明又一村之感。湯元炳是鄧葆光在日本留學時結識的好朋友，經常在一起餐敘，研究經濟。抗戰時他也去了重慶，經營一爿紗廠，兩人仍常聚會。勝利後，湯元炳回到上海，開辦杭江紗廠，為了避免地痞流氓搗蛋，通過鄧葆光的關係請杜月笙掛了個董事長的名，給廠子貼上一幅鎮小鬼的門神畫符。以後，他還兼任過上海花紗布管制局副處長的職務。這位開工廠有方的實業家為人正直，一向深受四大家族官僚資本的擠壓，對國民黨的腐敗頗有看法，同時與軍統、保密局的人素無來往，連毛人鳳、潘其武這些人的面都沒有見過。他同鄧葆光有十多年的深交，彼此信賴，無話不說。向他求助，萬無一失。鄧葆光相信他無論遇上什麼情況也絕不會出賣朋友的。

招商局碼頭。黃浦江上陰霾沉沉，朔風呼嘯。停靠在碼頭邊的一艘巨大的鐵灰色貨輪正升火待發，由於超載，吃水線已深深浸沒在混濁的江水中。船旁狹窄的舷梯上擠成一團，扛著大包小包急於逃離上海的男女叫喊著、懇求著、號哭著，拚了命向上攀登。水手們咒罵著，揮舞著拳頭，將那些無票者推下船沿。而沒有弄到船票的人則死死攀住舷梯欄杆，手裏揮動著大把金條，苦苦哀求著。

鄧葆光同裹著大衣的尼娜，站在碼頭上話別。徐鈞和三個孩子已經上了船，踏上甲板，同站在船下的錢敏大聲地說笑著。鄧葆光深深吸了口凜冽的空氣，一直繃緊了的心弦這時才稍稍鬆了下來。一百一十箱珍貴古籍，已混在中華印刷廠的設備中裝進了船艙。昨天夜裏，鄧葆光整整忙了一夜。本來只要他一句話，占自佑和周雪就會指揮圖書館的工作人員把事情辦得妥妥帖帖。然而他仍不放心，這一百一十箱孤本善本實在太珍貴了，他必須親眼看著它們裝進船艙。占自佑和周雪叫了幾個可靠的工人，在這些大木箱上一一掛好“中華印刷廠”的標籤，裝上大卡車，運到招商局碼頭，吊進用“中華印刷廠”名義租用的貨艙裏。一切進行得迅速而秘密。中華印刷廠是國民黨中央宣傳部部長陶希聖名下的廠子，押船的是中華印刷廠會計師徐鈞，而鄧葆光作為這個印刷廠的兼職經理指揮撤退，一切都合情合理。即使毛人鳳、潘其武他們知道了，也決不會懷疑中華印刷廠成堆的設備中會混有七萬冊珍貴古籍。連押船的徐鈞都不知道其中的奧妙，只有尼娜一個人心中有數。香港那一頭，他也做好了安排。他早就派好朋友蔣寶祥先行一步，在西環招商局倉庫租下了倉位。看來，這讓他輾轉難寐的七萬冊古籍能夠安然無恙地轉移出去了。

鄧葆光不能不感激湯元炳。當他找到這位結交多年的老友，一開口，湯元炳就二話不說，當場將六十兩金條放到了面前。鄧葆光緊緊握住湯元炳的手，說：“老湯，疾風知勁草，患難見真情啊！我不會忘記的，日後一定還你！”湯元炳拍著鄧葆光的肩膀說：“老朋友了，就不用說這些話了。這又不是私事，你也是為了國家的古籍免遭於戰火。人人都忙著搬私產，你卻想著保護我們民族的文化珍寶。我出一點力，也是應該的，就別提還不還的了。”當鄧葆光提著沉甸甸的金條直奔招商局輪船公司付運費時，他感受到了一顆赤子之心的份量。沒有這六十兩金條，那一百一十大箱古籍很可能至今還堆在愚園路東方圖書館的大廳裏。又有誰能保證，兵火連天時，這些民族珍典不會遭到一九三二年“一·二八”時東方圖書館的那種劫難呢？那年二月，日特潛入號稱世界第三、遠東第一的東方圖書館縱火，將四十六萬冊藏書付之一炬。其中就有宋元以來的古籍孤本三萬五千多冊，中國最齊備的地方志兩千六百多種。這些都是無價之寶。

汽笛拉響，快啟航了。

“一路上全靠你了！”鄧葆光深沉地注視著妻子。

“你放心。”一向如同大孩子般活潑的尼娜一下子成熟起來，嚴肅而剛毅地說，“我不會使你失望的。”

“到了以後，立即給我打個電報。”鄧葆光叮囑著。

“知道。你在上海，自己多加小心。”尼娜深情地望著丈夫，“我真有點放心不下。”

“你放心好了。”鄧葆光說，“我很快就會來的。”汽笛又響了。

尼娜突然撲上來，緊緊擁抱丈夫，給了他一個深深的吻。這在尼娜是很少有的。她雖然是個西方女性，卻早已在生活習俗方面東方化了。此刻，動亂中的分別使她難以克制自己對丈夫的深情。

尼娜小跑著，奔向舷梯。鄧葆光的眼睛模糊了。

送走了尼娜、孩子和一百一十箱古籍，鄧葆光當天就跑到了南京。他還有一樁心事未了。中經社泰國分社社長梁秉才還關押在保密局的看守所裏。不將他撈出來，鄧葆光是決不會走的。唐縱已經疏通得差不多了。鄧葆光將梁秉才接了出來，又將那個小本子交還給他，替他弄了一張去香港再轉曼谷的飛機票，親自將他送上飛機，直到看著飛機起飛了，心中一塊石頭才落了下來。

從南京回到上海，他就將“東方”的人馬全部撤到愚園路圖書館，騰出南陽路的大房子給了潘其武他們，自己則秘密地住進永業大樓一套除了吳媽便無他人知曉的公寓裏。他一會兒給毛人鳳掛電話煞有介事地請示搶運工作，一會兒又打電話找潘其武要求加派車輛。他起勁地指揮卡車將一些無關緊要的東西從滬東運到滬西，又從滬西搬到龍華，來回兜圈子。他還跑到戒備森嚴的警察局局長公館，同毛森"研究"時局。當他確信毛人鳳還不曾在他周圍佈置監視後，才給保密局駐龍華機場的航運檢查所打電話要飛機。與此同時，他又打電話向毛人鳳請了四天假，說中央銀行總裁劉攻芸請自己幫忙，去武漢同白崇禧部隊商談經費問題。

這天夜裏電話鈴響了。

"鄧先生，明天上午有運輸機去漢口，你有幾位搭機？"保密局航檢所打來的電話。

"三位，連我三位。"

"好，整十點起飛，恭候大駕。"

鄧葆光隨即撥電話告訴錢敏，並讓她通知想同行去漢口的榮老闆的二小姐。之後，又叫起已睡覺的邱秘書，讓他立刻到電報局給尼娜發個報。鄧葆光此行的目的地，實際上是香港。他本可以通知香港分社，再轉告尼娜的。但怕走漏風聲，因為香港分社社長是吳祺方，不敢信任。最後又給武漢分社打電話做了安排。

第二天下午，運輸機飛抵漢口。鄧葆光和錢敏沒出機場就登上漢口至香港的"空中霸王號"航班，直飛香港啟德機場。鄧葆光早已算好了時間，武漢分社替他辦好了登機手續。

尼娜和徐鈞在香港啟德機場等候。“空中霸王號”在晴朗的天空中出現了。“徐鈞，我跟你打賭，錢敏一定坐在機艙左邊！”尼娜又開玩笑了。

“咦，你怎麼知道？”徐鈞懷疑地問。“你看，飛機向左傾斜，機翼左低右高！”尼娜指著正在盤旋降落的飛機說。

“這同錢敏有什麼關係？”徐鈞依然不解。

“有哇，你太太胖，份量重，坐在哪一邊飛機就被壓得朝哪邊斜了！”

尼娜又像孩子一樣咯咯大笑起來。

鄧葆光一踏上香港這個自由的殖民地，就像逃出了牢籠感到渾身輕鬆。他們叫了一輛的士，直奔告士打道。在一幢鬧中取靜的三層樓房前，蔣寶祥和何天錫迎出門來。

蔣寶祥和何天錫都是鄧葆光在日本留學時結識的可以信賴的老朋友。按照鄧葆光的計劃，他們四處奔走，租下了這幢大房子，開始籌備“寶豐商行”。鄧葆光顧不上同妻子敘別，一進門就急迫地詢問那一百一十箱古籍，尼娜告訴他已安全藏入西環招商局倉庫。他又不放心地追問提單是否藏好了。尼娜笑道：“你放心，有我在就有提單在。”鄧葆光又再三叮囑不能讓無關人知道底細，這才在樓房裏上上下下巡看起來。底樓很寬敞，客廳可以談生意，另外三間正房用來設置櫃檯、賬房以及夥計們的休息室。二樓是兩間大房間，能住六十多人，可以當客棧。如果一個住客連住宿費帶包伙收十五元港幣，則商行夥計的薪水都可以解決了。三樓除了堆放雜物的庫房外，還有一個客廳和一間臥室留給了鄧葆光一家。看完了房子，鄧葆光又同蔣寶祥、何天錫談了一會兒。蔣寶祥、何天錫一一介紹了夥計們的情況，大多沾親帶故，為人可靠。鄧葆光十分滿意，交代了幾件注意事項，才上樓休息。他在香港只過了一夜，第二天一早就飛回上海去了。

鄧葆光神不知鬼不覺地溜了一趟香港，安排好了退路，而毛人鳳他們還都蒙在鼓裏。

飛機在上海龍華機場一降落，鄧葆光就覺察到氣氛異常，機場內外十步一崗五步一哨地佈滿了荷槍實彈的武裝憲兵。在出口處，他將航檢處一個小特務叫到一旁，小特務悄聲告訴他："蔣總統從奉化來了，看樣子共軍很快就要渡江嘍！"

小汽車從龍華向市內急馳。沿途到處可見剛堆置的沙袋和橫陳的路障，背槍的士兵在督促成群的民伕搶修碉堡塹壕，一些要害隘口已架起了美製機槍，樹叢房屋背後時或露出炮群陣地。

才兩天，局勢就驟然劇變，充滿著激戰前夜的緊張空氣。一刻也不能耽誤了！鄧葆光閉目仰躺在汽車裏，緊張地思索著下一步的金蟬脫殼之計。七萬冊古籍和珍貴資料已經全部運走，梁秉才也保釋出來並且回到泰國，總算了了兩樁大心事。剩下還有兩件大事要即刻處理。第一件是"東方"人員的安置，這些同仁跟著自己幹了兩年，即使解散也得多少籌劃一點安置費，算是表示感激的一點心意。目前"東方"已一貧如洗，這些錢從何而來？他想起過去有人建議替商人發密碼商情電報可以賺到大筆錢，當時認為這是非法的勾當而堅決否決了。現在既已下決心徹底擺脫保密局，國民黨所謂的法律條文也就對他失去了約束力。他決定在這非常時候幹一次，多少賺一點安置費用。第二件是他所控制的敵產局逆產組名下的幾十家工廠和價值五百萬美元的珠寶首飾如何處置。工廠搬不走，珠寶首飾他也不願隨身帶走。五百萬美元，那是足夠蓋三幢國際飯店，或是可以在上海西區買一百幢花園洋房的。私自帶走這些珠寶首飾會招來洗刷不清的嫌疑。自古以來盜竊國家珍寶的人，哪一個有好下場？哪一個不留下千古罵名？即便僅是嫌疑，他也不敢背。在這天翻地覆大動亂的歷史關頭，他要做得清清白白，對得起民族，對得起子孫後代，也對得起自已的良心。將來不管遇到什麼樣的命運，即使死去，也能問心無愧。這件事他已考慮了很長時間，早已決定將此全部留下，留給一個新的政權，留給未來的國家建設，也給自己留一條後路。然而留給誰？誰是未來新政府的可靠的代表？吳湄已經走了，吳湄和鄧雲衡介紹來的占自佑和周雪究竟是不是真正的共產黨人，他還吃不準。人是信得過的，但是接收如此龐大的產業和如此巨大的財寶，還要能在毛森一夥垂死掙扎的恐怖和即將來臨的激烈戰爭中完好無損地保管下來，移交給新政府，決不是一件輕而易舉的事，那是需要非凡的機智和魄力的，需要依託一個強有力的組織的。他左思右想，唯有陳乃昌最為可靠。自從蔣介石侍從室密令逮捕之後，鄧葆光便確認他是真正的共產黨。在兩三年的共事中，陳乃昌以自己的穩重、正直、才智和組織管理能力，博得了鄧葆光的由衷欽佩。只有他才能擔當起這副重任。即便他還不是正式的共產黨地下人員，他也會忠實無私地將這一筆應該屬於人民的財富轉交給未來新政府的。對陳乃昌耿介磊落的人格，鄧葆光是深信無疑的。

在做此重大決定之前，他也顧不上孫曜東醋溜溜的心態，密會了吳嫣，要求這個女人無論如何幫忙讓她背後的組織首肯他將做出的這項重大決定。他對這個女人的能力深信不疑。在嫁給孫曜東之前她是國民黨元老楊虎最擅長交際的姨太太，什麼場面都見過。果然，三天以後，吳嫣向鄧葆光傳遞了準信，告訴他，自己的上級已同意，將巨產交給陳乃昌。也正是這個準信，讓三十多年後的吳嫣得以擺脱窘境。那時候，由於當年的知情人、決策人早已作古，只有鄧葆光還健在，所以在有關部門要確認她曾為新政府冒險策反過軍統大特務鄧葆光，並且對接收這筆巨額財產有過功勞時，鄧葆光的一封證明信便成了政府為吳嫣平反並認定她在新中國成立前曾參加革命工作，最後能享受“離休幹部”待遇的關鍵證據。這是後話。

鄧葆光拿定了主意。

外灘。中國銀行後門。一扇寬六米高三米的巨大鋼門。門旁守著持槍的警衛。鄧葆光、陳乃昌和敵產局逆產組保管科科長傅錫寶等候在門前。警衛按了下電鈕，嵌在巨型大鋼門上的一扇僅能容一人進出的小門開了，又出現一名警衛，接過鄧葆光遞交的存單，轉身回去交銀行金庫保管員查驗。片刻，走出兩名穿制服的金庫保管員，後面跟著兩名彪悍的警衛，示意鄧葆光他們可以進去。

一跨進大門，沒走幾步就是一條長長的坡道，直通地下金庫。鄧葆光他們默不作聲地跟著兩名手提大鑰匙的保管員朝下走去，兩個彪悍的警衛提著手槍緊緊尾隨。坡道盡頭又是兩名持槍的警衛，接著又是一扇巨大的鋼門。兩名保管員各自插入手中的大鑰匙，同時旋動密碼鈕，一聲響亮的警鈴，沉重的鋼門轟隆隆地緩緩啟開。他們跟隨保管員走入，裏面已經開了晃眼的電燈。腳步聲在空空蕩蕩的地下甬道中發出渾濁的迴響，使人感到一種沉重森然的壓迫。走不多遠，保管員又在一扇鋼門前停下，仍各自拿出大鑰匙，同時插入鎖孔，同時旋轉密碼鈕。大鋼門開了，裏面的電燈也同時亮了，出現一排排保險箱。兩名武裝警衛守著門口，保管員引鄧葆光他們朝裏走去。保管員看了一眼存單的號碼，在一個保險箱前停住。金庫中成千上百隻保險箱，每一隻都澆鑄在鋼筋混凝土的基礎中，同整個大廈的結構天衣無縫地連成一體。蔣介石已下令將中央銀行和中國銀行全部黃金、外匯、現款以及財寶搶運至台灣，而這些保險箱卻讓搶運人員傷透了腦筋。撬不動，砸不開。乙炔噴槍切割也無濟於事，保險箱的門，厚鋼板中還夾著混凝土。用炸藥炸，量小了炸不開，量大了又將箱內的財物一起炸光。唯一的辦法就是找到保險箱的戶主，用手槍逼著他們打開。然而，不少戶主早就躲的躲、跑的跑，直到這時，還有許多保險箱只能望而興嘆。

鄧葆光從傅錫寶手中接過一串鑰匙，按號碼找出一把，對準密碼鈕，用力一旋，沉重的箱門拉開了。裏面是一隻大牛皮口袋，封簽火漆完好無損。鄧葆光做了個手勢示意陳乃昌過目，又重新關上。鄧葆光默默無語地逐一開啟了十二隻保險箱，裏面都存放著同一式樣的沉甸甸的牛皮大口袋。陳乃昌雖然十分詫異，不明白鄧葆光將他帶來察看這十二隻保險箱的用意，卻沒有發問，一聲不響地跟在鄧葆光後面。

當他們走出金庫，沉重的巨型鋼門在身後隆隆作響地關閉之後，穿制服的金庫保管員又將存單還給了鄧葆光。

回到敵產局逆產組辦公室，鄧葆光對保管科科長傅錫寶吩咐："鑰匙還由你保管，今後聽陳乃昌副組長的命令。"傅錫寶應道："是，鄧先生，明白了。沒我的事了吧？"鄧葆光說："辛苦了，休息去吧。"

傅錫寶走出辦公室後，鄧葆光隨手將外間的門反鎖上，然後示意陳乃昌一起走進裏間，又把門拉上。他轉過身來，對陳乃昌說："乃昌，你請坐。"鄧葆光這一連串不尋常的動作，使陳乃昌意識到一定有極機密極重要的事。陳乃昌仍神色自如，從容地在沙發上坐下。

鄧葆光是從不抽煙的，這時卻從茶几上待客的煙盒中抽出一支駱駝牌香煙點上了。陳乃昌敏銳地發現鄧葆光擦洋火時手指微微發抖，看得出這位逆產組組長的內心十分激動。

深深地吸了一口煙，鄧葆光鎮定下來。他莊重地對陳乃昌說："乃昌兄，我有一件極為重要的事情要拜託你。"

"鄧先生怎麼客氣起來了。你有什麼吩咐，我照辦就是了。"陳乃昌觀察著鄧葆光的表情。

"乃昌，對你，我不加隱瞞，我已決定離開上海了。"鄧葆光停頓了一下，繼續說，"走之前，有三件事放心不下。一是'東方'同仁群龍無首，怕內部混亂。再說過不了多久，很可能需要解散，對諸位同仁也該有所安置。安置費我已籌到了，幹了一次替商人發密碼商情電報的事，得到了二千袁大頭，已經放在周出納那兒。我走之後，想請你照管‘東方’，是否解散、如何安置，均請你全權處理。另外，‘東方’檔案室中存有保密局經濟方面的檔案資料，也一併託付給你。”

陳乃昌想說什麼，鄧葆光打了個手勢制止他：“乃昌，你聽我把話講完再發表意見，如何？第二件，就是存在中國銀行的那些珠寶首飾，這是敵產局接收來的漢奸逆產，當時估價五百萬美元，清單全部都在牛皮袋中。這些都是國家的財產，我不應該帶走，私自帶走就成了千古唾罵的罪人。我決定全部託付給你。我想，你一定會妥善地保管下來，移交給你認為有權接收的人。最後一件，逆產組名下還有幾十家大小工廠，一直由我兼管著。如西康路的鞏義皮革廠，邵式軍的六餘印染廠，還有中和機器廠、三角牌鋼精廠、太倉紗廠、裕豐紗廠、申新牧場，等等。全部財產憑證、財務賬冊、設備清單、營業執照以及人員檔案，都鎖在這個辦公室的保險箱裏，清清楚楚，一樣不少。這些工廠，毛人鳳命令我務必搬運到台灣，實在運不走，就全部炸毀。我不想做對不起良知的事，工廠設備現在都完好無損，我也都交給你了。時局變更後一定會有這方面的機關來接收的，我相信你一定會完好無缺地移交出去。”

一氣說完，鄧葆光長長地呼了口氣，詢問著說：“乃昌，你看如何？”陳乃昌一直盯著鄧葆光的眼睛仔細傾聽。他沉思片刻，沉著而決然地說：“既然鄧先生這樣器重，我不應推辭。鄧先生將如此重大的責任託付給我，我想我決不會辜負鄧先生信任的！”

“一言為定！”鄧葆光立刻站起，將公事包中那一沓珠寶首飾存單放到陳乃昌面前：“珠寶首飾的存單全部在這兒。你已經知道了，十二把鑰匙仍留在保管科科長傅錫寶身旁。存單鑰匙分別保管，比較安全一些。保險箱必須同時持有存單和鑰匙這兩樣才能打開，萬一失落一樣，珠寶首飾也不會有危險。至於傅錫寶，你可以放心，為人很可靠。我已吩咐過他，他會聽你的命令的。原來的保管科科長是保密局的人，我已利用敵產局縮編的機會將他調走了。至於沈介人，我調他去福州打前站，他也樂得跑開。”

鄧葆光又指著寫字台後面一個立式大保險櫃說：“逆產組所轄幾十家工廠的檔案憑證都在裏面。”說著，鄧葆光將保險櫃的鑰匙交給陳乃昌，並告訴他密碼。最後又遞過去“東方”檔案室的一串鑰匙。

一一交代完畢，鄧葆光感到一種從未體驗過的輕鬆和踏實。他感慨地對陳乃昌說：“乃昌兄，我前半生的功過是非自會有後人評說。自己感到寬慰的是，今天我終於做了一件對得起歷史，對得起國家，也對得起良知的事情。在我離開上海的時候，我想我可以無愧了。”

陳乃昌誠懇地凝視著鄧葆光的眼睛：“鄧先生，對你，我現在才有了真正的瞭解。過去的事情不了解，但今天這件事，我敢說，你是明智的。歷史是會記得的，人民也不會忘記。我以一個中國人的名義，向你正確的行動表示真誠的歡迎！”

陳乃昌緊緊握住鄧葆光的手：“希望在不久的將來，我們還能見面！”其實，沒有多久，鄧葆光就摸清楚了，陳乃昌的頂頭上司就是中共中央上海局策反工作委員會書記張執一。

傍晚。四馬路梁園飯店。

鄧葆光今晚包了一個大廳，宴請“東方”同仁。邀請名單一個一個推敲過，凡是有可能同保密局有聯繫的人統統劃掉了。

酒宴的氣氛沉重而不安。席上那焦黃油亮的烤鴨是梁園的名菜，卻沒一個人動筷。在座的人都已意識到，這是最後的晚餐。

鄧葆光站了起來。今天他穿了一身黑色西裝，繫著黑色領帶，將瘦削的面容襯托得格外憔悴。同事們將目光集中到了他的身上。他語調低沉地開始講話：

“各位同志，今天我們在這裏舉行一個聚會。三年前，我們也曾在這裏聚會過，慶賀我們‘東方’的成立。在座的大多是參加過那次慶祝聚會的老同志。那時候，我們充滿了希望，充滿了笑聲。大家都以為‘東方’有了一個好的開端，將會有一個遠大的前景。三年過去了，僅僅是三年，一切都變了。我們努力過，在座的同仁都齊心協力努力過，然而，我們無能為力。不僅是‘東方’，國家都成了這個樣子，我很痛心……”

鄧葆光說不下去了。他從桌上拿起酒杯，猛地仰脖喝完，竭力克制著自己的傷感。他招呼陳乃昌走上前來。

“明天，因為有一項公務，我要暫時離開一段時間，先去長沙，再去廣州。因此，這裏的工作要請陳乃昌副組長代管一下。希望諸位同志服從陳組長的領導，同舟共濟。倘若時局有什麼變化，也希望諸位能保持鎮定冷靜，毋須惶恐驚亂。在座各位都是研究經濟問題的，無論什麼時候，無論什麼黨派，只要真心建設國家，都會需要經濟專家的，各位的才能總會有施展機會的。就是共產黨來了，也都是中國人。我想，也沒什麼值得可怕的。因此，無論發生什麼事情，我希望諸位同仁都能聽從陳乃昌組長的安排。他一定會帶領大家安全渡過暫時的動亂，走向一條光明的路。謝謝各位……”

鄧葆光再也控制不住自己，淚水湧上了眼眶。他陡然剎住了話，重重地坐下。

陳乃昌站在鄧葆光身旁，緩緩地說：“鄧先生將‘東方’機關託付給我，我深感責任重大。尤其是現在這種動盪時刻，希望能得到諸位同仁的同心協助。鄧先生說得很對，無論時局發生什麼變化，諸位都不必慌亂。現在同十年前不一樣，那時候是日本人侵略中國，而現在共產黨是我們的同胞。共產黨已經提出了‘建設新中國’的口號，我想，在座的經濟問題專家們也是可以為國家建設出力的。共產黨已經反覆申明，他們要打倒的是官僚資本。在座各位一非官僚，二無資本，都是憑腦力吃工薪飯的，又何懼之有？因此，希望諸位能按鄧先生的吩咐，不管出現什麼情況，也要堅守職責，保管好各自的資料和物資。”

晚宴結束前，鄧葆光一桌一桌地同八十來位“東方”同仁一一握手，然後就先一步離開了梁園。

梁園門口停著一輛已發動的黑色奧斯汀小汽車，邱秘書在鄧葆光握手告別時已悄悄溜了出來，坐了進去。鄧葆光一上車，司機小張就驅車直奔火車站。

鄧葆光摸了摸腰間，那把勃朗寧手槍在那兒。他有三支手槍，兩支勃朗寧，一支馬牌，都是大口徑，手槍是在重慶時中美合作所美方主任梅樂斯送的。他不喜歡這種能致人於死地的武器，一直鎖在抽屜裏，沒想到今天夜裏用上了。

“邱秘書，火車開動後，你回機關替我發個電報到廣州，向毛人鳳請假，就說應中央銀行劉攻芸之託，我必須去長沙調解程潛將軍扣押中央銀行巨款一事。”鄧葆光吩咐說。

“好的。”邱秘書應道。

進了火車站，走上月台，開車的鈴聲正好響了。鄧葆光將時間算得很準，一分鐘也不曾延誤。

“邱秘書，三年來你給了我不少幫助，不知怎麼感謝才好。”鄧葆光從心底裏感激這位忠心耿耿的年輕人。

“鄧先生，快別這麼說。要不是鄧先生保護，我早就被毛森、萬里浪他們不知弄到哪裏去了。”邱秘書不無傷感地說。

“你還年輕，好自珍重啊！”

“鄧先生一路上多加保重！”

鄧葆光緊緊地握了握邱秘書的手，轉身上了南下的列車。

列車開動了。寒風中的月台上，只有邱秘書一個孤零零的身影。鄧葆光的眼睛濕潤了，模糊了。三年前滿懷雄心壯志，以接收大員的身份大搖大擺進入上海；三年後就這樣離開了，偷偷地在凜冽的寒風中離開了。

萬家燈光在淚光中閃爍著，遠遠消逝了……

兩天後。廣州。正在羊城佈置潛伏工作的保密局局長毛人鳳，在“東方”總台發來的請假電報上批下“准許”二字，並命秘書電告坐鎮上海的保密局主任秘書潘其武，讓他通知鄧葆光“速去速回”。

與此同時。深圳。鄧葆光剛剛走過羅湖橋，踏上香港的土地。

與此同時。上海。潘其武接到毛人鳳電報，一愣之後拍桌子大叫："局長糊塗！鄧葆光跑了！再也不會回來了！"他立即命令手下特務搜尋，果然不見鄧葆光蹤影。毛人鳳聞報，氣急敗壞地急令潘其武全力搜查鄧葆光所控制的珠寶首飾、文物古籍以及幾十家工廠的財產文書。

與此同時。上海。陳乃昌以及敵產局逆產組保管科科長傅錫寶，連同存單、賬冊、檔案以及保險箱鑰匙，一起神秘地失蹤了。等到毛人鳳連夜趕回上海，他那張永遠掛著微笑的臉氣得歪到一邊。他認定這些財寶被鄧葆光席捲而去了。而那位神秘失蹤的陳乃昌，幾個月後又以一個共產黨高級經貿幹部的身份出現在上海。三十六年後，當陳乃昌和鄧葆光在北京再次相見時，一位是共產黨的部長級幹部，一位是全國政協委員。真是一言難盡。

二十五

走私船在月黑風高夜歸來——有人告密！

深夜。香港筲箕灣。

風很大，捲起一排排狂濤拍打著海岸，發出撼人魂魄的聲響，向空中灑下雨簾般的水珠。近處的弧形海灣，隱約可見一排排黑黝黝的木船默然停靠在岸邊，閃爍著三兩燈火。遠處的海面上漆黑一團，不辨天水，只是從黑暗深處傳來風浪的咆哮聲。

此刻，木結構碼頭上出現了三個人影。鄧葆光、蔣寶祥以及一個名叫楊金明的膀大腰圓的漢子已在此徘徊多時。他們或蹲或站或抽煙，一言不發地盯著黑沉沉的海面，焦灼地盼望遠處鯉魚門海峽的方向會突然從夜幕中閃現出一星桅燈。

“回吧，鄧先生，‘紅丸號’今晚怕是到不了啦！”魁梧粗壯的漢子甕聲甕氣地說。

“再等一會兒，過一個小時仍不見燈火，我們就走。”鄧葆光耐著性子眺望夜海黑霧。

他的心緊緊地繫在那條正在狂風惡浪中搏鬥的走私船上。能不能在香港站住腳，成敗在此一舉。他不能不望眼欲穿。

四個月前，鄧葆光從毛人鳳眼皮底下溜進了香港，連妻兒沒看一眼就悄悄住進了瑪麗醫院。尼娜早就用化名在醫院包了一個單間。在香港開醫院也是為了賺錢，只要拿得出昂貴的住院費，無論有病無病來者不拒。鄧葆光隱姓埋名，在瑪麗醫院的高級單間病房裏躲了兩個月。他怕保密局派人盯梢，連尼娜也極少去醫院。兩個月後未發現可疑跡象，外頭的風聲也漸漸平息，鄧葆光才回到告士打道新居，小心謹慎地開始活動。這時候，他已不是軍統少將鄧葆光，而是寶豐行經理鄧景行了。

用此化名，他是有一番深長的潛意的。“景行”兩字取於《詩經・小雅・車舝》：“高山仰止，景行行止。”景行者，大路也，亦喻光明正大的行為。他以此化名申明自己擺脫保密局的行動並無私心，是正大光明的；同時，也表達自己棄暗投明走光明大道的決心。

鄧葆光開始以“鄧景行”的名字出現在生意人聚集的茶樓、咖啡廳，當務之急是做生意謀生。孫曜東寫密信告訴鄧葆光，上海局勢依舊複雜，各類物資嚴重短缺，從藥品、建材到美式軍火配件，新政府急需採購。他讓鄧葆光聯手賺這些錢，一個是有妻兒要養活，一個是有過慣了奢侈生活的豔麗太太要消費。

在上海，作為戴笠親派的接收大員，鄧葆光手中握有數百萬美元的金銀財寶、近萬幢房產、幾十家工廠，然而沒往自己私包藏過一根金條，沒收過漢奸的一分賄賂。尼娜不是那種錙銖必較的節儉的女人，乾巴巴的薪水月月花完，毫無積蓄。到香港後，周作民月月派人送來兩三千港元，以濟鄧葆光之急。錢雖不多，但雪中送炭，患難見真情，鄧葆光自然永志不忘。然而，他一個見過大世面的男人，又怎能總依靠朋友的接濟？再說兩三千港幣雖然可以維持一家五口不致餓死，但作為丈夫又怎忍心讓嬌妻愛子陷入僅能糊口的貧寒之境？尼娜雖然毫無怨言，但她畢竟不是那種吃慣苦的村婦鄉姑。

在一個咖啡紅茶檔，鄧葆光結識了粗悍壯實的楊金明。他是一個專跑巴東販賣茅土巴利川生漆的膽大路廣的商人。鄧葆光以情報專家的敏感和經濟專家的頭腦，立時意識到這是一個極好的機會。

“楊先生，巴東的茅土巴利川生漆在日本很吃香，香港生漆商人買你的貨也是銷往日本，你何不直銷日本？”

“是啊，我也曉得。只是在日本沒有熟人。”

“我在日本倒有不少朋友。”

“是嗎？這太好了，你我合夥幹怎麼樣？”

鄧葆光盤算了一下，一噸“茅利”生漆運到日本能賣五千美元，一個來回就可淨賺兩三千美元。這樣的利潤太誘人了。他們當場拍板，決定合夥打出“中國漆公司”的牌子。日本那一頭，鄧葆光決定找日本最大的生漆壟斷商——水田漆行。當時，戰敗不久的日本還在美軍控制之下，貿易尚處於混亂狀態。而中國大陸也正處於劇烈變動之中，駐日美軍對進入日本港口的中國船隻卡得很緊。要將生漆運往日本並迅速脫手，唯有走黑道一條路。他們找到一個專跑走私航運的趙老闆，達成協議。趙老闆首航日本多日，按歸期今夜應該回到香港碼頭。這趟風險很大的買賣，對於鄧葆光、楊金明幾乎是一場生死存亡的大賭博。他們東挪西借，將全部老本都拚上了。而對於鄧葆光來說，還有更深一層未向任何人透露的用意。共產黨接管中國大陸已成定局，國民黨和美國人肯定會對大陸實施嚴密封鎖。鄧葆光下決心幹這趟買賣，就是想試驗一下走私黑道是否可行。他已在心中悄悄醞釀一個重大計劃，利用各種手段準備幫助共產黨政權在美蔣經濟封鎖的藩籬上打開一個缺口。這位經濟情報專家，在組織大規模的特殊經濟戰方面是行家裏手。抗戰期間，他就曾同杜月笙合作，利用通濟公司成功地打破了日軍的封鎖線。然而那時候有軍統龐大的情報機構和杜月笙的幫會勢力可作依託，現在單槍匹馬幹，又有幾分成功的希望呢？

鄧葆光在風緊浪大的岸邊惴惴不安地徘徊著。

"燈！燈！"眼尖目銳的蔣寶祥驚喜地叫了起來。果然，黑沉沉的海面上閃現出一個跳動的光點。兩個小時後，一艘小艇悄無聲息地鑽出了夜幕，靠上了木結構碼頭。濕淋淋的趙老闆領著三名夥計爬上岸，鄧葆光他們急切地迎上前去。

"鄧先生，成了！"趙老闆雖然壓低了聲音，仍抑制不住欣喜和興奮。"水田漆行還準備派一位北井春一先生作為業務代表馬上來香港！"

"辛苦了！"鄧葆光用力地拍著趙老闆被浪花打濕了的肩膀。

鄧葆光找到了一條路，找到了一條既可養家又可為新中國建設效力的特殊道路。他決定去找杜月笙，在香港重新複製通濟公司的模本，但是這一次合作的對象是剛取得政權的共產黨。

九月的港島依然酷熱難忍，晃眼刺目的強烈陽光透過榕樹濃密的樹蔭投下斑駁的光環。鄧葆光藉著樹蔭朝港島高級住宅區走去，他一身熱帶打扮：白府綢短袖襯衫、金邊草帽以及一副墨鏡。

在一幢奶白色別墅前，鄧葆光停住了腳步。這兒便是杜月笙的公館。來港後，他只是在杜月笙和京劇名角孟小冬成親那天來賀過喜，之後一直忙著做生意，未曾拜訪過。他剛涉足香港商界，一切都需慢慢熟悉。這塊掛著米字旗的殖民地雖說是世界上最有利於做生意的自由港，但行幫氣味濃重，地方觀念強烈，人事上也十分複雜。什麼潮州幫、閩南幫、中山幫、佛山幫、順德幫，還有五花八門的江湖幫會以及杜月笙的“蘇浙同鄉會”，門戶對峙，自成一統。因此，鄧葆光這個既無根基又無幫會可靠的外來客，要想在生意上站住腳談何容易。杜月笙一向待他不錯，雖說這位在上海顯赫一時的青幫頭子“五氣已盡”，來港後扯起的“蘇浙同鄉會”的旗子也強龍不壓地頭蛇，但畢竟門徒眾多，耳目甚廣，消息還是靈通的，複製一個“通濟公司”非他莫屬。至少，他們是多年的老朋友，何況杜月笙已經因為“揚子公司案”而不容於國民黨，彼此都是“天涯淪落人”了。

新門房還不認識他。鄧葆光遞進了名片，胡秘書已經知道“鄧景行”這個化名了。果然，胡秘書一見名片就迎了出來。

“鄧先生，請進，請進！來香港後，你怎麼成了稀客？”

“實在太忙，初來乍到還沒站穩腳啊！”

走進客廳坐下後，胡秘書說：“杜先生身體很糟，每況愈下，已經不見客了。不過你是例外，要不要進去通報一下？”

“不不，別打擾他了。我沒什麼事，久未拜訪，常常惦記，今天順便過來看看。”鄧葆光擺手制止道。

“也好。”胡秘書吩咐傭人沏茶，然後坐到鄧葆光對面，聊了起來。

“杜先生身體何以如此了？離開上海前還很精神嘛！”

“唉，上了歲數的人了，心情不好，就感到支撐不住了。鄧先生，這香港總不是久留之地。英國人同國府有矛盾，對我們這些同國府鬧翻了的‘白華’也處處提防。再者，台灣方面也遲早要來找我們的麻煩，他們一邁腳就到了。何去何從，杜先生很憂慮啊。”

“是啊，香港不是久留之地。這兒是英國人的天下，憋氣得很啊。杜先生有什麼考慮嗎？”

“鄧先生，現在大局已定了。共產黨已經打下大半個中國，蔣總統雖然還在川康坐鎮，召集胡宗南幾十萬人馬，想同共軍最後決戰，不過也已經是強弩之末了。能同共軍決戰的時機早已成為過去了。當初幾百萬大軍被打得落花流水，數千里長江天險也無法擋住人家，胡宗南的殘兵敗將又能頂什麼用，無非苟延殘喘罷了。這一點，杜先生已經看清了，共產黨已把天下打下來了。”

“那麼，杜先生是有意於……”

“鄧先生，你是杜先生的老朋友了。杜先生一向很信任，常在我們面前誇你事業心強、腦子聰明，說你人品好，就是做人太老實了，沒鬥過毛人鳳。所以，對你就真人面前不說假了，杜先生是有這種考慮。近來上海過來的朋友不少，談起陳毅進上海後做事很落凱，氣魄大，不斤斤計較過去的陳年舊賬。這些朋友還說，共產黨希望工商界、金融界的朋友都回去搞建設。杜先生聽了有點動心。後來見在香港的李濟深和上海的張瀾他們都紛紛去了北平，左思右想下了決心。杜先生請章士釗先生給毛澤東捎了一封信，表示只要共產黨發一份電報要他回去，他馬上率領‘蘇浙同鄉會’全體朋友返回上海。”

鄧葆光吃了一驚。他不曾想到這個在“四一二”政變中替蔣介石賣命、殺過共產黨工人領袖的幫會頭子，居然也打算投奔共產黨！但轉念一想，“四一二”政變時的國民黨元老、時任上海警備司令楊虎不也早已公開加入中共的反蔣統戰陣營了嗎！他急切地問：“對方有沒有回話？”

胡秘書嘆了口氣：“對方已經捎來口信，說是杜先生願意回去，共產黨方面表示歡迎，但是打電報請杜先生回去，他們有所不便。這也難怪，二十多年前，杜先生他們一個晚上殺了共產黨那麼多人……”

胡秘書自嘲地一笑，沉默了。

鄧葆光也感到有點悵然若失。他想起了吳湄，想起吳湄說起的神秘的“小開”和“楊四郎”。來香港後，他曾按吳湄留下的秘密聯絡地址，給上海復興路玫瑰別墅四十四號寄過一封問候信，試探恢復聯繫。然而共產黨進上海已經四五個月了，吳湄他們既無一信，也沒有一個電話。是信沒有收到，還是把他鄧葆光也劃入杜月笙一類，屬於“回來歡迎，要請不可”的人？出於對孫曜東不可言狀的複雜心理，他又不便和吳嫣“勾搭”得太緊，反正已經交了“投名狀”，共產黨方面總會有些反應吧。鄧葆光告訴胡秘書：“我有一個貿易計劃，想聽聽杜先生的意見。這樣吧，我先搞定那兩邊的關係，杜先生身體好些時，我再來詳談。”

鄧葆光準備告辭，胡秘書忙說：“等等，有件事想告訴你。有人在台北遇上吳祺方了。他不是你們中經社香港分社的人嗎？”

吳祺方去台北了！鄧葆光猛地警惕起來。他去幹什麼？是找潘其武告密？那一百一十箱古籍存入招商局西環倉庫後，鄧葆光一直沒有去看過，心中總不踏實。三天前，他抽空悄悄地獨自前去察看。箱子完好無損，倉庫地基很高，還算乾燥，這才放下心來。沒想到剛走出倉庫大門就迎面碰上了吳祺方。

“啊，是老鄧！什麼時候來香港了？怎麼不上我那兒坐坐？”吳祺方邊說邊從眼角瞟了下倉庫的招牌。他硬拉鄧葆光上酒樓吃飯，還發了不少毛人鳳的牢騷。鄧葆光雖然對此人早有懷疑，但一直未發現真憑實據，因而未採取特別措施。今天胡秘書一通報他去台灣的消息，鄧葆光立即斷定此人確是潘其武的耳目。在香港一碰見自己，第三天就出現在台北，除了向保密局彙報，別無解釋！

鄧葆光頓時焦急起來。西環倉庫的秘密已經暴露，必須火速轉移！“胡秘書，我得立即回去採取措施。謝謝你的通報！”鄧葆光拱手告辭。

胡秘書將他送到門口。“杜先生對你的安全很關心，讓我提醒你一下。毛人鳳已經派第二處處長葉翔之和佈置處的毛鍾新來香港了，聽說要對一些人搞暗殺。你得罪了毛人鳳，他們不會放過你的。請多保重！”

鄧葆光握著胡秘書的手。“謝謝！你跟杜先生，也請保重！”

一回到寶豐行，鄧葆光就將蔣寶祥、何天錫請到三樓小客廳。轉移一百一十箱七萬冊古籍不是手提肩擔的小事，唯有依靠這兩位忠厚的老友了。鄧葆光將事情來龍去脈和盤托出。

“……本不該將你們牽進去，因為過於緊迫，在香港又沒有其他可信賴的朋友，只有驚動二位了。這事風險很大，我不曉得保密局對西環招商局倉庫是否佈置了監視。如果二位感到此事不便過問，我決無怨言，請二位不必顧忌……”鄧葆光誠懇地說。

蔣寶祥和何天錫立即表示：“老鄧，說哪裏話！你將這事告訴我們，是看得起朋友。再說又是保護國家文物古籍的義舉，我倆豈能膽小怕事，袖手旁觀！”

又是一對患難朋友！鄧葆光顧不上表示感激，便同他們商量搶運轉移方案。首先要找到一個安全的倉庫。蔣寶祥和何天錫說，他們在香港有不少朋友，由他們分頭出去奔走。其次從招商局西環倉庫提出這些古籍需交清租金，算了下要三萬元港幣。寶豐行開張不久，不多的資金已經全部撲到生漆生意上去了，而且這一趟貨剛運走，款子一時收不回。鄧葆光說這事由他解決。最後研究轉移細節，蔣寶祥、何天錫一致認為鄧葆光不能露面。鄧葆光在場，如果保密局已佈置了監視，事情就會敗露。蔣寶祥與何天錫堅持由他倆出面。保密局不知他倆底細，看見了也不致立即產生懷疑。鄧葆光雖然不願讓老朋友替自己去冒風險，但為了古籍的安全，也只得如此了。

商量完畢，鄧葆光立即趕到九龍去找古耕虞。鄧葆光初到上海時，便在古耕虞的父親古槐青——上海棉花交易所十七號經紀人手下當賬房先生。他們是同鄉兼遠親。古耕虞比鄧葆光年長，後來做豬鬃生意，成了赫赫有名的“豬鬃大王”。十多年的交往，使鄧葆光對耕虞大哥的品行為人深信不疑。本來他也可以去找杜月笙，只要一開口，三萬五萬是不成問題的，而且杜月笙素來講江湖義氣，也決不會出賣他鄧葆光。但鄧葆光不願欠杜月笙的人情，吃人家嘴軟，拿人家手短，用了他的錢難免不由自主地受到控制。當初，杜月笙要將愚園路那幢價值四十五萬美金的花園洋房送給他，他都婉言謝絕了。古耕虞是自己人，是值得以身相託的老朋友，開口求援沒有任何顧忌。

鄧葆光登上九龍東洋銀行四樓，走進古耕虞的寫字間。

“噢，葆光，有什麼要緊事？”古耕虞見鄧葆光神情緊迫，便將他引進內室。

“耕虞大哥，有一事相求。”鄧葆光將七萬冊珍貴古籍的始末敘述了一遍。古耕虞聽後，隨即問：“多少？”

“有三萬港幣就行了。”鄧葆光說。古耕虞二話沒說，打開抽屜，當場開了一張三萬元港幣的現金支票。鄧葆光接過古耕虞遞來的支票，感動得說不出話：“耕虞大哥，我……”古耕虞立即擺手制止道：“別多說了，快去辦吧。為國之舉，人人有責相助，更何況你我兄弟！”

這天晚上，鄧葆光讓尼娜早早打發孩子們睡覺，拉上厚厚的窗簾，熄了電燈，心神不寧地獨自在黑咕隆咚的客廳裏徘徊。蔣寶祥和何天錫已在中環永安倉庫租下了倉位，天黑之後便帶領幾名可靠的夥計，借了朋友的一輛卡車，前去轉移了。兩位好友替自己冒險，而自己卻只能躲在屋裏乾等，萬一出什麼事，如何對得起？他倆原本同此事毫無干係的呀！

夜已深沉，鄧葆光越來越不安。一聽到馬路上有點動靜，就將窗簾撩起一角，朝樓下窺視。

臥室的門輕輕開了，披著睡衣的妻子悄悄溜了出來。鄧葆光感激地瞥了尼娜一眼。妻子也放心不下，睡不著覺，出來陪伴丈夫。夫婦倆坐在濃重的暗影中相對無言，只聽得老式掛鐘滴嗒滴嗒的擺動聲。

一個小時過去了，又一個小時，按計劃早該轉移完畢了，卻毫無動靜。鄧葆光著急了，別出了什麼事。他想前去看看，又怕暴露目標，急得直打轉。尼娜突然小聲叫了起來："回來了！"鄧葆光靜下心來細聽，果然大門口有輕微的響聲。鄧葆光立即打開台燈。不一會兒，蔣寶祥和何天錫輕手輕腳走了上來。

鄧葆光將他倆讓進客廳，隨即小聲問："怎麼樣？"

"成了。"蔣寶祥輕聲答道，隨手將提單交給鄧葆光。

"怎麼這樣長的時間？"鄧葆光關切地問。

"怕有人盯梢，讓卡車多轉了幾個圈。"何天錫說。

鄧葆光緊緊握住他倆的手。這時候，任何言詞都是多餘的。蔣寶祥、何天錫離開後，鄧葆光便將提單交給尼娜："你給我收好，這可是比自家性命還要緊的東西。"尼娜想了一下，隨即將提單縫進自己貼身內衣裏面。

過了兩天，鄧葆光又秘密前往永安倉庫，兜了很多圈子，確信身後沒有尾巴，才進倉庫檢查存放情況。他發現有一部分木箱擱的地方比較潮濕，便向倉庫管理人員交涉，要求換一個乾燥的庫房。直到全部安放妥帖，他才放下心來。

二十六

密信付郵

夜海小划艇

一九四九年十月一日，北京，天安門城樓。毛澤東主席用他那濃重的湖南鄉音所發出的嘹亮而莊嚴的宣告，震撼了全世界，也震撼了鄧葆光的心。

他手中的十月二日的香港《星島日報》在微微抖動。看著報紙上的通欄大標題“中華人民共和國舉行開國大典，毛澤東主席宣佈中國人民從此站起來了”，他的眼眶裏滾動著百感交集的淚珠，彷彿在黑茫茫的霧海中突然看見高聳的燈塔射來耀眼奪目的光柱，彷彿羈旅異鄉的遊子聽到了母親溫暖的呼喚。“十年一覺揚州夢，贏得青樓薄幸名。”今天，他終於醒了，徹底醒了，終於看清了光明與前途之所在。在開國大典的長長的名單中，他看到了“董必武”三個字。他又想起十多年前董老師在武漢的諄諄囑咐：“專心抗日，不做壞事。”老師，敬愛的老師，您的學生多麼想立即回到您的身邊啊！

第二天，鄧葆光在看報紙上刊登的中華人民共和國政務院名單時，有三個字突然躍入了眼簾：“楊顯東”。名字前面的職務是農業部副部長。是同名同姓，還是鄧葆光熟悉的那位美國康奈爾大學畢業的楊博士？他也是共產黨人？

鄧葆光和楊顯東是一九四二年在重慶談判桌上認識的。

當時楊顯東是美國遠東經濟事務處農業顧問，代表美方同重慶政府談判戰時經濟援華問題。鄧葆光則以重慶政府財政部代表的身份出現在談判桌旁。後來，美國遠東經濟事務處主任貝樂斯來華，楊顯東介紹鄧葆光同貝樂斯會見。鄧葆光在貝樂斯面前，詳細闡述了他對日經濟作戰的方針，全面介紹了全國物資情況，什麼地方出產什麼，什麼物資應該怎樣搶運，敵佔區哪些目標應該轟炸破壞，哪些地區應該組織搶奪。貝樂斯聽得目不轉睛。美國政府第一次全面瞭解了國民黨政府的對日經濟作戰部署，從而改變了漠視軍統這個中國最龐大的情報機構的看法，認為軍統不是吃乾飯的。

在重慶時，鄧葆光住在大田灣，楊顯東住在秀田灣，相距不遠，常常來往。因為在二次大戰期間遠東經濟對策問題上談得很投機，彼此成了朋友。抗戰勝利後，鄧葆光在上海組建東方經濟研究所時，曾特地邀請楊顯東這位富有才華和獨立見地的朋友前來共事，但楊顯東婉言相辭，未能成願。鄧葆光做夢也沒有想到，這位博學豁達的高個子朋友，這位美國遠東經濟事務處顧問，竟然也是共產黨的高級幹部，而且一開國便就任第一任農業部副部長！

吳湄那兒久無回音，吳嫣那裏又不便多打擾，何不直接寫信給這位老朋友訴說自己的心願？鄧葆光急不可待地攤開紙筆，略一思索，便疾書起來：

顯東兄：

滬上一別，倏忽數載。久違大教，時懷縈念。頃悉就任重職，不勝遙賀之情。

以兄之博學大才，當一展鴻圖矣。弟於年初輾轉來港，洗手改入商賈之途，權為生計。然常翹首北望，晝夜思歸，冀希以微末之力報效於國。因上稟無路，不得已謹書相擾。如蒙鼎助，當沒齒不忘也。餘言不盡，伏祈賜示。即請大安！

弟　葆光

薄薄的信箋帶著彷徨者的無限希望，極秘密地寄走了。

一天又一天，鄧葆光魂不守舍地等待著命運的判決。

他常常在黃昏夕照中走向海邊，獨自眺望著晚靄迷茫的萬頃碧波，久久地在波濤聲中徘徊。往事一幕幕浮現在跟前，十多年風風雨雨、榮辱毀譽，就像腳下的滾滾波浪，逝去了，永遠逝去了。自己剛四十出頭，正當年壯力盛，會有一個新的人生起點麼？

他低低地吟誦著南宋名妓嚴蕊的《卜算子》："不是愛風塵，似被前緣誤。花落花開自有時，總賴東君主。去也終須去，住也如何住？若得山花插滿頭，莫問奴歸處。"

度日如年的等待。終於，北平來信了。

葆光兄：

大劄奉讀，遲覆為歉。聞兄思歸心切，甚或寬慰。建國伊始，百廢待舉，當竭誠歡迎一切有識之士共與大業。兄歸之日，弟掃蓬門以迎。船期港口，盼早示悉為要。把晤非遙，餘言面罄。嫂夫人均此候安不另。專此布素，順頌安祺。

弟　顯東

鄧葆光的眼睛濕潤了。他好像又握住楊顯東溫熱有力的大手，看見了一雙坦誠明亮的眼睛。他三步並作兩步奔上三樓，竭力壓低興奮的聲音："尼娜，來信了，歡迎我回去！"

女人總比男人細心。尼娜讀完信沉思片刻，提醒道："歡迎是歡迎，可是，對你過去的事情還沒一句明確的話擺出來呀！"

這彷彿一盆冷水潑到熱烘烘的頭上，鄧葆光頓時清醒了。是的，自己不能同那些民主人士相比。不管怎樣總是在那個千夫所指的特務機關混了十多年，而且曾經受到那個為共產黨所痛恨的特務頭子戴笠的恩寵。對於自己的這一段經歷，共產黨將如何看待？楊顯東表示歡迎，是個人意思，還是組織態度？雖說他已就任農業部副部長要職，但畢竟不是分管此類事情的決策人物。

鄧葆光仍感到心中沒底。在吃準共產黨對自己這段歷史的態度前，他還不敢貿然歸去。他在兼作書房的小客廳中一直踱到深夜，終於決定再寫一封，請楊顯東向董必武老師轉告自己的心願。董老先生現在已位於共產黨和新中國的最高領導層，他若能說句話，也就一錘定音了。而且楊顯東也是湖北人，想必與董老也有交往。其實，楊顯東的回信就是根據董必武的指示寫的。當然，那時候鄧葆光不可能知情。主意已定，鄧葆光便坐到燈下提筆。

顯東兄：

賜書敬奉，如親雅教。盛情相厚，不勝感激涕零。弟往昔行端，世伯嚴師董必武先生有所明察。然久疏清誨，不敢冒昧越序直謁。故弟求歸之意，還盼兄長代為轉稟，伏祈師尊鈞諭。虔虔之心，無以言表。專此請勞台駕，順候時綏，並嫂夫人闔家尊安不一。

弟　葆光

鄧葆光秘密發出第二封信的當天，剛回到台北的毛人鳳正坐在保密局臨時找的辦公室裏，審查潘其武擬定的第一批暗殺名單。這份黑名單等毛人鳳簽字後，即向蔣介石報批，然後付諸實施。

毛人鳳辦事一向謹慎。他用紅鉛筆點著姓名，逐一推敲。第一批暗殺名單中，大都是已向解放軍投誠的軍統和保密局的高級人員，有保密局設計委員會主任委員張嚴佛，原軍統局人事處處長、後任湖南省警察局局長李肖白，保密局湖南站站長黃康永，隨程潛將軍起義的長沙警備司令部稽查處處長任建冰等。當眼簾中出現“鄧葆光”三字時，毛人鳳手中的紅鉛筆停了下來。他沉吟了好一會兒。對這位不告而別的白面書生，保密局局長是頗為惱火的。毛人鳳起身，在辦公室踱了幾步。“鄧葆光，我毛人鳳並沒有虧待你，看在老同事的情面上，許多事情我都眼開眼閉。你想離開保密局另棲高枝也並無不可，你跟我當面說清，我毛人鳳不會不給面子的。千不該，萬不該，你不該捲資潛逃，那批價值五百萬美元的金銀首飾可是上了賬的公物，一旦戰事平復，金銀珠寶首飾都還會大升值的，發橫財不是這樣發的！你當接收大員撈得還少嗎？”毛人鳳氣鼓鼓地這樣想。直到此刻，他還以為吳祺方報告的香港西環招商局倉庫中藏的是那批價值五百萬美元的首飾以及其他珍寶，而絲毫不曾想到鄧葆光帶到香港的竟是一大堆紙張發黃的線裝書。

毛人鳳猶豫好一會兒。雖然鄧葆光捲資潛逃，但尚未發現投共跡象。“這個戴老闆都十分器重的讀書人確是人才，殺了未免可惜。或許爭取一下，還能回心轉意。如能回台灣，我毛人鳳赦免了他的死罪，這個書呆子就可能像忠於戴老闆那樣替我毛人鳳賣力。”毛人鳳終於從第一批暗殺名單中劃去了鄧葆光的名字。

蔣介石批下第一批暗殺名單後，毛人鳳立即向潛伏在香港、廣州、武漢、長沙等地的暗殺組下令：“凡暗殺共軍師級幹部以上，或國軍、保密局叛變分子少將以上者，獎銀元五千至二萬塊。”

此事辦完後，毛人鳳將一直負責監視鄧葆光的吳祺方第二次召到台北，詳細詢問了最近動向，最後決定讓鄧葆光的朋友——中國旅行社香港分社社長黃天邁出面勸說。

這天下午，寶豐行的電話響了。

“老鄧，我是黃天邁。你到香港半年多了，怎麼連個電話也不打？老朋友，聚聚嘛。”

“噢，天邁，你現在也神通廣大了。我不打電話，你不是照樣打聽到了嘛！你大概也是無事不登三寶殿吧？”

“是這樣，毛局長讓人捎話來，說你老兄有些事情做得不夠體面，他有點不太高興。你看，要不要我替你老兄疏通一下？”

“謝謝老兄美意。不過，我已經不想同他毛人鳳打交道了，所以沒有必要勞你的大駕去疏通了。”

“老鄧，你不願再在他手下幹，這倒沒什麼。不過彼此結下了疙瘩，日後就不好見面了。我想，你還是到台灣跑一趟，有些事情當面解釋一下，完了，大家客客氣氣分手，不是更妥當一些？”

“天邁，對於毛先生，我沒什麼對不起他的地方，因此沒有必要去台灣向他解釋什麼。你所說的疙瘩，無非是指我手中保管的東西。這些東西是敵產局的，不是保密局的，跟他毛人鳳有什麼關係？要追查也是敵產局劉攻芸的事，他毛人鳳未免手伸得太長！你可以告訴毛人鳳，那些東西還在我手裏，我鄧葆光會妥善保管的，決不會私自動用一分一厘！這批逆產是國家的財物，遲早要完整地交還給國家的！請他毛先生放心！”

“你不願去台灣，是不是找個機會在香港跟毛局長見見面？”

“算了，沒這個必要了。”

鄧葆光撂下了電話。

過了幾天，陶希聖得知內情，匆匆派人捎來口信，希望鄧葆光不要同毛人鳳弄得太僵，還是虛與委蛇為好。然而，陶希聖並不知道自己這位遠親早就心向北京，焦急地等待著來自大陸的回話。

終於，在一個冬陽和煦的清晨，期待已久的聲音從電話中傳來了。這清脆悅耳的聲音是那樣熟悉：

“鄧先生，聽得出我的聲音嗎？”

“啊，是你……”鄧葆光的心頓時怦怦劇跳。他不曾料到沉默已久的吳湄會突然打來電話。

吳湄立刻制止他在電話中道出自己的名字：“鄧先生，我在廣州給你打電話的。四哥請你趕快回來，家裏有事情要跟你商量。”

“好的，好的……”鄧葆光激動地連聲說。這可是那邊發出的正式邀請啊！

“四哥說，你最好先乘輪船到天津，然後坐火車回家。”吳湄關照道。

“好的，好的。”鄧葆光想，他們連路線都安排好了，考慮得真周到。

“到時候，我來接你。寫信發電報寄到老地方，我沒有搬家。”吳湄交代之後，又囑咐道，“一路上自己多加保重！”

“謝謝。”

鄧葆光放下電話，久久不能平靜。然而，此刻他還不知道，吳湄的這個電話經過共產黨多少領導同志的關心。楊顯東將他的兩封信轉呈董必武，董必武閱後又批轉公安部領導人，公安部領導人電告主持華東地區特種工作的華東局社會部部長兼上海軍管會副主任潘漢年，潘漢年同華東局社會部副部長兼上海市公安局負責人揚帆進行了研究，最後由揚帆派吳湄專程趕赴廣州，通過長途電話同鄧葆光取得了聯繫。

歸心如箭的鄧葆光恨不能第二天就啟程出發，然而，寶豐行的周圍突然出現了一些陌生人，出門坐的士背後也有可疑的汽車跟著。鄧葆光只能壓下心急，平靜如常地談生意，打太極拳，一方面麻痹監視的特務，一方面暗中著手準備。過了一兩個月，特務監視開始鬆懈。鄧葆光利用夜幕作掩護，乾淨俐落地甩掉了尾巴，悄悄來到淺水灣。在一個燈光照不到的暗角，一艘事先安排好的小划艇正等著他。小划艇無聲無息地划向夜霧沉沉的筲箕灣外。在夜色籠罩的大海深處，鄧葆光攀著繩梯登上一艘貨輪。

貨輪拉響了汽笛，衝破夜霧，馳向遙望的天津港……

二十七

秘密貿易戰方案

東京，緊急戰略情報

火車頭興奮地鳴叫了幾聲，帶著深長的喘息，終於停住了。

上海到了！

鄧葆光提著皮箱走下列車，緊張而激動地張望著。離別一年多，車站並無多大變化，只是月台上多了幾名身穿黃布軍裝、臂佩紅袖章、打著綁腿、腳蹬厚底布鞋的臉色黝黑的解放軍執勤士兵，標誌著天翻地覆的巨變。他隨著出站的人流朝外走去。一個身著灰色西裝的中年人擠到身旁，輕聲問："鄧先生嗎？"鄧葆光警覺地打量著這個陌生人。那人又悄聲說："四哥讓我來接你的，汽車在外面，請隨我走。"鄧葆光猶豫著。中年人又輕聲說："吳小姐在外面等你。"鄧葆光才跟了上去。

車站外的小廣場上停著一輛黑色福特車，吳湄果然坐在裏面，從車窗裏向鄧葆光含笑點頭。

穿西裝的中年人駕車穿越市區，駛入淮海路，來到一幢大樓前。鄧葆光下車一看，原來是上海最豪華的公寓——蓋司康大樓。一年前，這幢公寓大樓還屬於國民黨保密局所有。一九四八年夏天，他剛從重慶到上海，也曾在這兒住過。後來戴笠來了，帶來的軍統局大批人馬也多數居住於此。而現在，人去樓空，"舊時王謝堂前燕，飛入尋常百姓家"了。

當年的蓋司康公寓，現為上海淮海公寓

吳湄一言不發地領鄧葆光乘電梯上了八樓，在一扇橡木嵌花門前掏出鑰匙開了門，做了個“請”的手勢將鄧葆光讓了進去。這是一套高級公寓，客廳、書房、臥室、廚房、衛生間齊備，家具及日常生活用品一應俱全，彷彿一直有人住著似的。吳湄陪鄧葆光裏裏外外看了一遍，然後把鑰匙交給鄧葆光：“還滿意吧？”

“滿意，滿意。”鄧葆光擱下皮箱，剛想在沙發上坐下，吳湄又笑道：“先別忙，提上皮箱跟我下樓。”

“怎麼？”鄧葆光詫異地問。

“這套公寓是給你會客用的，可以對外。”吳湄神秘地一笑，“另外還給你準備了一個安全屋，走吧！”

鄧葆光十分感動，他知道這是為他的安全所作的周密安排。毛人鳳、潘其武在上海佈置的潛伏組織尚未肅清，時有活動。在香港就聽說毛人鳳曾派人到上海暗殺陳毅，幾次均未得手。

他們下了樓，不到幾分鐘的工夫，黑色福特車已換成深藍色的雪佛蘭，開車的還是那位中年人。雪佛蘭小汽車在馬路上疾馳時，鄧葆光注意到那位中年人一直警覺地觀察著反光鏡，留心車後有無跟蹤。雪佛蘭兜了幾個圈子，然後突然開進了上海新村，在三十六號門前剎住。

“現在才真正到了。”吳湄領鄧葆光走進樓下客廳，隨即有一位保姆模樣的老大媽出來招呼。“這是李媽，讓她照顧你的飲食漿洗。你就住這兒，這兒的地址不要暴露。”

即使自己也不會考慮得如此周全！

鄧葆光急切地說：“我想趕快見見四哥！”

“一會兒就到，還有一位領導跟他一起來。”吳湄含笑說，“鄧先生，你還記得我跟你說過，要把你介紹給‘小開’和‘楊四郎’嗎？”

“記得，記得，他們兩位是……”“現在可以告訴你了。‘小開’就是潘漢年同志，現在是上海軍事管制委員會副主任、秘書長，兼上海市常務副市長；四哥‘楊四郎’就是揚帆同志，上海公安局負責人。”

“噢，是他們兩位！”

正說著，門外響起汽車聲。“來了！”吳湄出門迎接，不一會兒便引進兩位氣宇軒昂的男人。

“鄧先生，一路辛苦了！”潘漢年握著鄧葆光的手，親切地問候。這是一位溫文爾雅、風度翩翩的學者模樣的中年人，一身黑呢中山裝，一副金邊眼鏡，頭髮梳得整整齊齊，充滿睿智的目光給人以深刻的印象。

“歡迎！”揚帆的握手熱情而有力。他身材不高卻結實精幹，一身黃布軍裝襯出勇武豪放。尤其是一雙機敏的眼睛，更使人感到非等閒之輩。

鄧葆光以一個情報專家的目光端詳這兩位神秘人物，不禁感嘆共產黨人才濟濟。對於情報工作的領導結構，他倆是一對多麼好的搭檔！

“鄧先生，我們雖然是第一次見面，但應該說相互瞭解也有好幾年了。”潘漢年笑道，“應該獎勵吳湄同志，是她讓我們握起了手的。”

在燈紅酒綠的交際場上應付裕如的吳湄，到了自己的領導面前卻顯得靦腆起來。她起身告辭："我可以先走了吧？"

揚帆微笑著向她點點頭。吳湄走後，潘漢年又說："鄧先生離開上海前，拒不執行毛人鳳的命令，將一大批應該屬於人民所有的財產完整地保留了下來。最近，我們搞接收工作的同志向我反映，在國民黨反動政府留下的財產中，只有鄧先生移交給我們地下組織的那部分財產最清楚，一樣不少。人民政府對先生的義舉表示感謝！"

"這是我應該做的。"鄧葆光懇切地說，"還有七萬多冊古籍和資料在香港，我準備等有適當機會時帶回來移交給人民政府。"

"好好，既然東西在鄧先生手裏，這事就不必急著辦，還是安全第一。"潘漢年關照說。

潘漢年和揚帆詢問了一些香港的近況。鄧葆光介紹後，建議道："目前港澳同內地之間人員可以自由往來，因而走私氾濫，保密局的特務滲入內地也很方便。這種局面，對國家的治安和經濟相當不利。建議人民政府設立必要關卡，制定一個辦法，出入港澳的人員必須提出申請，核查批准後才可放行。"

潘漢年對揚帆說："鄧先生這個建議很重要，是不是向中央反映一下？"揚帆說："鄧先生，能不能寫個再具體一點的建議？我們向上級部門反映一下。"

"好的。"鄧葆光答應了。

潘漢年的談話進入了正題："鄧先生大概已經知道了，昨天，二月六日，美蔣飛機轟炸了上海發電廠，電力公司損失了將近三分之一的設備。'二六'大轟炸給我們的生產造成了不小影響。在這之前，去年六月二十三日，上海解放不久，美蔣就宣佈封鎖上海口岸，使上海經濟出現一些混亂。針對這些情況，市軍管會制定了反封鎖反轟炸六條對策。我們請你回來，就是想跟你商量這方面的問題，聽聽你的意見。"

鄧葆光感到責任重大，正考慮著說些什麼，潘漢年又繼續說："對鄧先生，我們是瞭解的。鄧先生長期從事特種經濟工作，在經濟問題上很有研究。同時，對日本的經濟情況也比較熟悉，在東南亞又有你的經濟通訊社分社的朋友，此外同在香港的江浙財團的金融實業家交往也很深。所以，我們希望鄧先生能充分利用這些條件，為新中國的經濟建設出一把力。當然，具體的還要請鄧先生自己決定，我們絕不會使鄧先生為難的。"

鄧葆光考慮片刻，說："關於這方面的問題，我在香港早就有所思考。我想，打破美蔣封鎖的一個有效辦法，是搞秘密貿易，說穿了，也就是有組織有計劃的大規模走私。抗戰期間，為了對付日本的封鎖，軍統同杜月笙聯合搞過，起了不小作用。現在，我們可以利用日本財團和東南亞一帶華僑商人的力量，組織大規模的秘密貿易，用國內的土特產換取短缺的物資和藥品。這方面的渠道還是有辦法打通的，我已經在香港搞了幾次試驗，利用香港的走私船向日本販了幾趟生漆，已經同日本兩家最大的生漆壟斷商行——水田漆行和齋藤漆行建立了比較牢靠的關係，看來是可行的。另外，我提議可以在香港和杜月笙先生辦一個進出口貿易商行。"

潘漢年極有興趣地聽著。"鄧先生，你看這樣好不好？你旅途辛苦了，就早一點休息。過兩天，請你再詳細研究一下，搞一個具體方案出來，我們再進一步商量，如何？”

“也好，我盡快擬出具體方案。”鄧葆光應道。

潘漢年和揚帆起身告辭。走到門口，揚帆又關照：“鄧先生，有什麼事可以直接打電話給我。漢年同志很忙，具體工作我來負責。”

潘漢年笑道：“對，鄧先生不要客氣，需要什麼你就找‘楊四郎’！”

揚帆也爽朗地大笑：“‘楊四郎’當經理，老闆還是你‘小開’，哈哈……”

關於和杜月笙合辦進出口貿易商行，利用日本財團和東南亞華僑商人開展大規模秘密貿易，打破美蔣經濟封鎖的建議報告送出去的第三天，揚帆又來到上海新村。

“鄧先生，你的報告潘漢年同志和我都看了，我們認為很好。具體細節由華東局聯絡局正副局長再同你詳細研究。”

鄧葆光心中大喜，他在杜家和胡秘書說的由他先搞定兩邊關係，這最重要的一邊關係看樣子沒有太大的問題了。

揚帆從公事包中抽出一封信：“不過，出現了一個意外情況，涉及你的安全。這是今天剛截獲的一個控制對象的信件。”

鄧葆光接過來一看，信很簡單，只有一句話：“阝到滬，注意！”

“這個反耳朵就是我，除了我的下級，別人不知道我用過這個代號！”鄧葆光解釋說。

“是啊，我們估計也是指鄧先生。”揚帆鎮靜地說，“看來，在香港你已被嚴密監視了。所以，漢年同志認為，為了鄧先生的安全，秘密貿易計劃應該另外物色合適的執行人員。”

“不，不！”鄧葆光著急地說，“我在香港辦的中國漆公司和寶豐行的業務剛剛穩定，其他業務也正在開展，和杜先生合辦過進出口商行。除了我，別人沒有這種條件！我抓緊去日本搞定另一邊關係，生意就可以開展起來了！”

“鄧先生，你還是慎重考慮一下。”揚帆勸道，“我們還打算趕快將鄧先生的妻子和孩子也接回來。”

“不要緊的。他們拿到證據之前，還不敢動我。”鄧葆光固執己見，“起碼等我把各方面的關係都牽上線，進出口貿易做起來了，我才能回來。”

揚帆沉默了，他理解這位棄暗投明的軍統少將立功心切的心情。不過，在目前情況下，既無法在中國香港、日本等地對他採取保護措施，又無法及時制止保密局的暗算。“鄧先生，讓我們再研究一下，也拜託你回到香港轉告杜月笙先生，你來往內地太敏感，請他派一位代表來往內地洽談進出口的細節。你暫時在香港把公司籌辦起來。如何？”

三天以後，鄧葆光還是堅持出發了。

飛機在東京羽田機場降落時，已是昏沉沉的傍晚。被炸得坑坑窪窪的跑道尚未修復，鋪著厚厚的鋼板，在沉重的飛機輪胎下發出刺耳的聲響。鄧葆光一下飛機就看到前來迎接的李文漢。這位不到三十歲的年輕人已是駐日使館的新聞官員。他變得成熟了，在他身上已找不到當年在鄧葆光家當家庭教師時的那種稚嫩了。

“我已在芝旅館給您定了房間。”李文漢接過鄧葆光的手提箱。

李文漢驅車送鄧葆光去旅館。沿途一片戰後慘景，到處是斷牆碎瓦以及千瘡百孔的半截樓房。車輪駛過，揚起一股沙塵和大火後的灰燼。破衣爛裳的老人和婦女毫無表情地在瓦礫堆中翻找著食物和可以換錢的東西。汽車開了十來里路仍不見一星燈光，昔日燈紅酒綠的東京彷彿成了一座被摧毀的巨大墳場。直到赤坂，才看見幾家亮著燈光的商店和酒吧，門前都大寫著“USA”的標記，傳來一陣陣熱烈快速的美國音樂。進出這些商店和酒吧的都是身著戰鬥服的美國大兵，時而可見兩三個面黃肌瘦的日本女人纏著美國兵在央求什麼。

“這些商店和酒吧都是美國佔領軍軍部開的，日本人不准進去。中國人倒可以進去買東西，是盟國嘛。”李文漢打著方向盤介紹說，“大公報社駐東京的一個姓高的記者討了三個日本老婆，他每天抽個把鐘頭到佔領軍商店買上一提包奶粉、麥片、巧克力、打火機、剃鬚刀刀片以及香煙之類的小東西，讓三個日本老婆分頭到黑市上倒賣，一轉手就能賺好幾倍的錢。聽說這個姓高的記者就這樣發了點小財。”

鄧葆光住進了芝旅館。他從窗戶眺望東京，只見一片漆黑。想起十多年前在這裏留學時，日本正氣勢洶洶準備大打一場，而今卻成了幾近焦土的戰敗國，他不由得感慨起來。

這一夜，鄧葆光失眠了，他思索著該怎樣開展自己的“秘密貿易戰”。

這時候，遠在台北的毛人鳳也不曾入睡。他在審查著報蔣介石待批的第三批暗殺名單，排在名單最前面的便是鄧葆光。毛人鳳知道，潘其武這次又將鄧葆光的名字排上，而且放在第一個，是已經發現這個軍統老人同中共有秘密接觸的可疑跡象。毛人鳳嘆了一口氣，不僅是為失去一個不可多得的經濟情報專家而惋惜，而且是為黨國的眾叛親離而悲哀。這一回他沒有將鄧葆光的名字劃掉，而是用紅鉛筆在名字後面點了一下。

鄧葆光並不知道保密局的槍口正在尋找自己。他開始在日本緊張活動，考察了幾個大城市的經濟情況，拜訪一個又一個老朋友。如何開展秘密貿易的具體細節全部摸清了，並且牽上了兩條重要的線。一條是日本京都生漆壟斷商水田漆行和齋藤漆行，商談了用中國宜昌、恩施的茅土巴利川生漆交換日本從美國進口的生產物資；一條是九州的藥商，達成了用中國土產蟾酥換取美英製造的盤尼西林。秘密運輸渠道也已疏通。日本這條關係線終於搞定了！鄧葆光知道杜月笙身邊的大將徐采丞也是一個高手，如果能和徐合作操盤，可珠聯璧合。內地緊缺的盤尼西林和日本需要的湖北生漆是他給進出口商行的見面禮。

正當鄧葆光準備啟程回香港時，軍統老人周任之從李文漢那兒得知消息，便來旅館看鄧葆光。這個軍統日僑管理處副處長，在鄭介民、唐縱、毛人鳳三駕馬車分道揚鑣後，被劃到了鄭介民的國防部二廳。他是以香港五金公司東京代辦處主任的公開身份，在東京出現的。

周任之請鄧葆光到美國人開的飯館裏吃日本名菜烤鰻魚，鄧葆光聽說一客要十五美元，吃驚得伸了伸舌頭。

“你這位大闊佬怎麼沒派頭了？”周任之笑著說，“聽說，你準備洗手不幹了？”

“你怎麼知道的？”鄧葆光警覺了。雖然周任之也被毛人鳳踢出了保密局的門，不大可能同毛人鳳他們有來往，但鄧葆光現在是處處小心，步步謹慎。他有重大任務在身。

“我是聽你們中經社駐東京的王[illegible]丞說的。”周任之喝著威士忌解釋。“我不過是不願去台灣見毛人鳳那張臉罷了。”鄧葆光機智地將原因歸結為與毛人鳳的矛盾，他知道這個周任之對毛人鳳也無好感。

“老鄧，你別瞞我，你是怕共產黨打台灣！”周任之已經喝得差不多了，“你別搖頭！咱們弟兄你還信不過，不敢講心裏話？你怕我周任之向毛人鳳告發？我周任之是那種小人嗎？”

“任之，你喝多了。”鄧葆光轉移話題。

“你放心，再來一瓶威士忌也打不倒！你我都是軍統老人，難得異國相逢，這種角瓶三得利是日本最好的威士忌，今天要喝個痛快！”周任之話越來越多。他故作神秘地壓低聲音：“老鄧，告訴你一個秘密，不用擔心共產黨打台灣，第三次世界大戰馬上就要爆發了！”

“哪來的消息？”鄧葆光表面上漫不經心，內心裏卻立即敏感到周任之可能掌握了一個極為重要的戰略情報。

周任之已經醉眼矇矓。“朱章亮唄，認識他吧？一個花花公子！我們國防部二廳的人，派在盟軍情報部工作。”

鄧葆光喝著威士忌，用心地聽著。

“老鄧，你也知道，現在朝鮮局勢很緊張，南北分界線大軍對峙，衝突不斷。金日成有蘇聯人支持，咄咄逼人。美國佬也摩拳擦掌，杜魯門不是不想打，只是目前礙於國內輿論。所以，朝鮮戰爭一觸即發，只是缺根導火索。咱們老頭子坐在台灣，巴不得美國人早一點動手，而希望打得越大越好。只要把美國佬拖進來，第三次大戰一爆發，老頭子就可借美國人的力量打回大陸。國防部二廳已經派了不少人到朝鮮南北線上去了。不曉得是朱章亮這小子出的花點子，還是二廳哪位高參的鬼花招，反正想出了個點燃導火索的絕招。聽說老頭子對這個辦法大為欣賞。朱章亮已經回台灣領了一大筆經費，準備馬上在日本買一批妓女送到朝鮮南北交界線。你想，那些美國大兵整天待在軍營裏，沒女人睡覺早就餓慌了，見了那些日本妓女還了得。僧多粥少，非鬧成一團。美國兵愛喝酒，又愛惹是生非，身上還都帶著卡賓槍。好，這一鬧不打起來才怪呢！只要槍聲一響，誰辨得清南北，這導火索就點著了！”

鄧葆光一邊聽一邊緊張地分析。聽起來周任之不像在胡編亂造，朱章亮此人也曾聽說過，老頭子在使勁挑動美國佬去打共產黨也是事實。看樣子這事八九不離十。這可是一個至關緊要的戰略情報，如何盡快傳遞給大陸呢？因為美蔣封鎖，日本同中國大陸的郵電線路早已中斷，只有立即趕回香港。

第二天，鄧葆光就坐上了班機。

周任之酒後洩密，卻使保密局的殺手撲了個空。鄧葆光名列首位的第三批暗殺名單，蔣介石已批下。毛人鳳指派保密局行動處特別組組長、他的江山同鄉毛鍾新組織執行。毛鍾新挑選了幾個精明能幹的殺手，組織成暗殺小組。根據東京和香港傳來的情報，毛鍾新判斷鄧葆光尚未離開日本，便帶著暗殺小組立即趕去。他們嗅著鄧葆光的足跡，從東京追到橫濱，又從橫濱追到神戶、大阪、九州。等到他們追回東京，撲進芝旅店時，鄧葆光乘坐的班機剛剛在香港啟德機場著陸。

一到香港，鄧葆光立即寫密信寄往上海與吳湄約定的地址，報告國民黨國防二廳策劃挑動朝鮮戰爭的重要情報，並彙報這次日本之行考察和聯絡秘密貿易的收穫。十天以後，這封信到達上海玫瑰別墅時，朝鮮戰爭剛剛爆發。至於爆發的真正原因，是否由於國防二廳的妓女計而點著了火藥，鄧葆光就不得而知了。

與此差不多的時間，鄧葆光提交的那份進出口貿易商行的建議書已由上海方面上報北京。董必武建議選擇一位更合適的人選和一條更好的聯繫渠道與杜月笙取得聯繫。那位人選便是董必武和杜月笙兩人共同的朋友、杜月笙的上海浦東老鄉黃炎培。彼時，黃炎培剛以中國民主建國會主席的身份進入了新中國中央政府，擔任政務院副總理兼輕工業部部長。黃炎培安排人找到在香港的徐采丞，請他轉達了恢復聯絡的邀請；並囑，請杜先生派人到大連一敘。不久，在大連海濱老虎灘的一棟私人住宅裏，徐采丞的兒子徐正華拜見了黃炎培。他帶來了杜月笙的口信：願意和徐采丞一起，在新政府指導下，設立進出口的國際貿易商行，為新政府服務，為人民服務；針對政權更迭後的經濟難題，以及敵對國家包圍封鎖的困難局面，商議出既為國家“解危”，又為朋友“脫困”的雙贏方案。

不久，徐采丞又繞道天津轉北京，細化了綜合實施方案，包括：在香港設立總商行，出資十億元在天津、上海、廣州等適宜地點設分支機構，專營政府指定的進出口貨物和貿易，政府派員參加，等等。黃炎培又面告主管經濟的陳雲副總理和貿易部部長葉季壯。周恩來總理和董必武出面宴請了徐采丞，首肯了合作建議。徐采丞接受了周恩來的使命，隨即赴上海再轉香港，與杜月笙落實所有細節。

很多年以後，在公開的《黃炎培日記》中，這段密史有了佐證，日記披露：一九五〇年七月七日，黃炎培先生在北京寫了封親筆信請徐采丞帶給杜月笙。原文如下：

新、月公同鑒：一別將及兩年了，友人從香港來，必問二公起居。月公猶抱清恙，新公豪飲猶昔，都在我馳繫之中。二公先後賜書，我則有覆有不覆，先後託我辦事，亦復有成有不成。此間寅好，大都知二公深，一切早經相喻。最近至友某君北來，提及一種方式，我為之擊節嘆賞，以為此舉若成，於空間、時間，皆有極妙之配合。某君之精於謀事，忠於為友，大是難得。某君經與各方接洽，茲將專程南來，良晤之下，定能盡罄所懷，特先道及。我之近況，亦將附聞。手視健勝！不一一！

光甫、公權、馥蓀、作民諸舊好逆念不另。

信中的"新公"就是曾任交通銀行董事長兼總經理的錢新之。新中國成立後，經過整頓的交通銀行董事會中，仍然保留了他的董事席位，希望他率過去的一眾江浙財閥返回內地，為新中國效力。

二十八

亂刀砍來

他艱難地走過羅湖橋

一九五〇年九月十二日，星期二。晴，無雲。

上午八時，鄧葆光已經起床。這個時間對於習慣晚睡晚起的香港人來說，幾乎還是清晨。而鄧葆光自從在上海跟楊式太極拳大師楊澄甫學會太極拳之後，二十年如一日雞鳴即起，在晨曦中打上一通太極拳。他看了看窗外，天氣很好。他想起住在皇后大道東側的楊澄甫的兒子楊振銘早就邀他一起打拳，梳洗完後便換了雙布鞋，悠閒地踱出門去。

就在鄧葆光跨出大門的一剎那，寶豐行對門三樓一個窗戶的角落裏露出一雙眼睛。毛鍾新親領殺手，潛伏在三樓已經一個多月，晝夜不停地監視著。鄧葆光自東京返港後深居簡出，行動謹慎，從不單獨出外；寶豐行又是人來車往，二樓還有不少住宿的客人。毛鍾新猶豫著，一直沒找到下手的機會。打從中國外交部發言人就中英建交談判發表公開談話，要求英國政府澄清同台灣當局的關係之後，台灣特工人員在香港的活動日益受到限制。毛人鳳幾次催促毛鍾新從速解決，不得拖延。這一天，機會來了。鄧葆光單身一人出門，而且是清晨行人稀少的絕好時機。毛鍾新立即下令行動，按照事先計劃，四名殺手身上不帶槍支和任何證件，各藏一把磨快了的菜刀，萬一被香港警方逮捕，就一口咬定同鄧葆光有私仇。久經訓練的職業殺手隨即兵分兩路，跟蹤包抄過去。

鄧葆光一邊走一邊思索著秘密貿易的事。根據計劃安排，日本九州的走私漁船將滿載著生產資料和盤尼西林於月底直達上海。這是第一次正式行動，鄧葆光必須反覆推敲一個個細節，唯恐因考慮不周而出什麼差池。他沿著告士打道拐到軒尼詩道，繞過前面那幢三層樓面的紅棉酒家，就能看見楊振銘的家了。

就在這時候，一聲唿哨，本書引子中敘述的那場血案終於發生了。

鄧葆光在一瞬間劈頭蓋腦挨了九刀，而且都在頭部和手臂上。按理說，沒有一個人能在台灣保密局訓練有素的職業殺手的亂刀下逃生。四名殺手逃離現場後向毛鍾新的報告是：鄧葆光已被砍死。毛鍾新立即通過秘密電台向在台灣的毛人鳳密碼報告：已執行，三批一號對象已亡。然而，不知是由於鄧葆光太極拳功底深厚，還是因為殺手們使用菜刀不順手，或者乾脆歸結為鄧葆光命大造化大，他躺在血泊中竟然沒有當場死去，尚存一絲微弱的鼻息。

瑪麗醫院，手術室的紅燈靜靜地亮著。得到警察局通知火速趕來的鄧葆光妻兒和何天錫等親友，緊張地守在手術室外的走廊裏。英國人院長從手術室中出來，尼娜立刻迎上去。

“院長先生，怎麼樣？”

“正在搶救。夫人，我必須很坦率地告訴你，只有千分之一的希望。傷勢非常非常嚴重，而且大都在頭部，出血過多，天氣又熱，那麼多傷口極易感染，很難控制。我們只能盡力而為，至於生存的希望只能向上帝祈禱了。夫人，請你要有思想準備。我們現在能做的，只有給他大量輸血。”

在場的親友都舉起胳膊：“我來！”“我來輸！”

驗過血型後，何天錫、陳以修、鄧峻如、潘和林以及尼娜的八百毫升鮮血緩緩流進鄧葆光一息尚存的軀體。

手術後，鄧葆光被送進一間單人病房，一直處於深度昏迷之中。

平時天真活潑的尼娜，在緊要關頭顯露出令人驚訝的沉著和剛毅。她沒有像普通家庭婦女那樣痛哭流涕、六神無主。

聞訊趕到醫院，見丈夫生命垂危，尼娜立即請何天錫去打電報，讓正在北京的蔣寶祥火速返港。前幾個月，鄧葆光就已安排尼娜和蔣寶祥護送老大志新和老二志學，繞道澳門去北京。將孩子安頓在育英中學讀書後，尼娜便返回了香港。蔣寶祥則因為商務和照料兩個孩子，暫留北京。現在情況如此險惡，不得不請他回來應付。

尼娜最擔心的是丈夫的安全。鄧葆光昏迷不醒，尼娜和何天錫也弄不清兇手究竟是什麼人。不知危險從何而來，尼娜處處提心吊膽。她幾乎是寸步不離丈夫的病床。下午，杜月笙讓胡秘書打來電話表示慰問，還請尼娜去了一趟杜公館。胡秘書悄悄告訴尼娜：“根據種種跡象，杜先生估計很可能是國民黨幹的，你要多加小心。”胡秘書的話提醒了尼娜。雖然出事後她也曾想過會不會是毛人鳳派人暗殺，但以前鄧葆光一直對憂心忡忡的妻子反覆寬慰：“毛人鳳沒抓住證據，還不敢拿我怎麼樣。”因而，尼娜沒再往這方面想。胡秘書這麼一說，尼娜馬上聯想到七萬冊書籍，看來禍根即在於此。倉儲提單已縫進了她的內衣，而這件內衣正藏在家中的衣櫃裏。毛人鳳既然是衝著這七萬冊書來的，沒奪到提單決不會甘休。鄧葆光曾經關照過，這份提單比自家性命還要珍貴百倍。為了它，丈夫已挨了九刀，尼娜決不能讓丈夫的血白流。必須將提單立即藏到更可靠的地方。然而何天錫回寶豐行了，自己又不敢離開一步。如果毛人鳳他們得知鄧葆光尚未死，必然還會採取新的行動。尼娜坐立不安地等待何天錫。何天錫說好給她送晚飯的，直到晚上七點半，天色已漸暗，仍不見人影。尼娜又擔心家中出了什麼事。

將近八點鐘，何天錫才提著飯盒匆匆趕來。一進病房，就神色緊張地對尼娜悄聲說：“移民局來抄家了，說是為了破案、尋找線索，翻得一塌糊塗。看樣子不懷好心！”尼娜急了。她記得鄧葆光曾說過，移民局副局長徐蓋民是台灣保密局的人。對受害者抄家，肯定是尋找那張提單，不知被他們找到沒有？

尼娜將昏迷的鄧葆光交給何天錫後，便立即坐的士趕回。快到寶豐行時，尼娜發現氣氛異常，昏黃的路燈下有幾個遊民樣的人在來回走動。看來，保密局在嚴密監視。尼娜顧不得自身安全，一跳下的士就奔進大門。

寶豐行一天之間變得狼藉不堪。二樓的客商都嚇壞了，全部跑光。從底樓的賬房間直到三樓臥室都被翻箱倒櫃搞得亂七八糟。尼娜一口氣奔上三樓，一進門就反鎖上，拉上窗簾，打開臥室電燈。衣櫃也被翻得個底朝天，裏面的衣服東一件西一件堆在床上。尼娜疾手快腳地在衣服堆中翻找，終於翻出那件米黃色府綢內衣，沿邊一捏，提單還在。尼娜才長長出了一口氣，一下子癱坐在雜亂無章的地板上。

回到醫院，何天錫告訴她，剛才有個陌生的男人自稱是鄧葆光的朋友，硬要闖進病房來“慰問”，被何天錫死死擋住了。尼娜感到苗頭不對，肯定是毛人鳳的人前來打探。她不能讓垂危的丈夫再遭第二次毒手。她考慮一夜，第二天一早便向醫院要求換到大病房。護士以為這個德國女人沒有錢，住不起高級單人病房，立刻換了一副鄙夷的面孔。尼娜顧不得同勢利眼生氣，將丈夫的病床移到大病房一個靠牆角落。大病房有二三十張病床，整天人來人往不斷，雖然吵鬧，卻比單人病房安全，毛人鳳的人至少不敢在眾目睽睽之下公然下手。儘管這樣，仍不斷有可疑的人出現。搬入大病房不久，一個手捧鮮花的男人走了進來。尼娜聽他在問鄧先生，立刻迎了上去，擋在通道口。那人也自稱是鄧葆光的好友，聽說先生遇害，特地趕來探望。尼娜從未見過這位“好友”，便擋駕道：“謝謝先生好意，只是葆光傷勢非常嚴重，醫生不讓任何人靠近。”那人堅持要看鄧先生一眼，尼娜說，他現在整個頭都包紮住了，看也看不見。那人似乎露出很傷心的神色，再三懇求。尼娜顧不得這位“好友”是真是假，堅持不讓接近。那人說，既然這樣，這把鮮花就請收下，算是自己的一點心意。尼娜只好接住，那人一走，尼娜怕這束鮮花中有什麼花頭，便立即扔掉了。

第三天，鄧葆光傷情出現危象，腦袋水腫，膨脹了一倍，腫得像隻箕籮。尼娜請求醫護人員搶救，卻遭到冷冷的白眼。

再三央求，也只是敷衍一下就不管不問了。尼娜知道因為從高級單人病房換到窮人住的大病房，那些人把鄧葆光當作窮癟三看待了，怕用了藥付不起錢。這時，何天錫正在家裏照料，尼娜急得團團轉。她只得請求鄰床的陪客照應片刻，關照無論什麼人都不讓靠近，然後急急奔到院長辦公室。

院長是個英國人，對於這位德籍女性另眼相待。他以英國紳士風度請尼娜坐下。尼娜無暇客套，她生怕在她離開的片刻又出現什麼"好友"，便站在那兒直截了當地說："院長先生，我丈夫傷勢惡化，你們的醫生護士卻不管不問。我知道，你們是怕我們付不起醫藥費。我可以告訴院長先生，我決定將我的丈夫搬進大病房，並不是因為沒有錢，而僅僅是為了他的安全。我丈夫是有身份有資產的人，我們的商行是做大生意的，香港不少大銀行老闆以及社會名流都是我丈夫的朋友。你們要多少錢，我們給多少，只是請你們務必全力搶救。如果你們醫院不盡到責任，我不得不請我丈夫有地位的朋友們出面干涉。我希望不要出現這種不愉快的局面。"院長連忙說："夫人請不要生氣，我立即親自去。"這位英國院長隨即跟尼娜來到病房，迅速檢查了病況，組織搶救。他還對醫生護士作了關照，醫護人員知道這位病人身份不一般後，才開始改變態度。

這天下午，蔣寶祥從北京直飛廣州。又轉乘汽車，過了羅湖橋就直奔醫院。這時形勢愈加險峻，寶豐行門口可疑的陌生人越來越多，時常借故闖入。移民局又來了一大幫人，第二次抄家。尼娜同蔣寶祥商量，決定讓蔣寶祥不在寶豐行露面，住到上海旅行社客房，以免被一網打盡。萬一再發生什麼事，蔣寶祥在外面還能奔走一下。藏有存單的內衣尼娜已穿在身上，她擔心毛人鳳秘密安插在香港移民局中的人在寶豐行抄不到倉庫提單，說不定會突然對她搜身。尼娜躲進女廁所拆開縫線，從內衣上取下提單，悄悄交給蔣寶祥。尼娜、蔣寶祥、何天錫、陳以修四人做了分工。尼娜在醫院守護；何天錫看守寶豐行、照料鄧葆光剛上小學的小兒子志明，並給醫院送飯；蔣寶祥則在外面秘密活動，打聽消息，隨時接應。蔣寶祥與尼娜之間，由何天錫傳遞消息。尼娜上警署交涉，由蔣寶祥和何天錫陪同。陳以修則秘密趕往廣州，找公安廳領導彙報。這時候，日本的李文漢，遠在德國的岳父母以及在美國的朋友，都打來電報，讓鄧葆光一家去他們那兒。尼娜作不了主，只盼丈夫能趕快醒來。

鄧葆光仍不省人事。

事發第二天，上海就得到鄧葆光遇害的情報。潘漢年在華山路一千三百一十六號的草坪上獨自徘徊了很久，然後召來揚帆，研究了整整一個晚上。他們感到十分棘手。根據種種跡象分析，毛人鳳尚未抓到鄧葆光“通共”的真憑實據，很可能僅是懷疑，對他下手主要是對其捲資潛逃、脫離保密局的懲罰。如在香港組織營救，則會暴露鄧葆光同他們的聯繫，反而更增加鄧葆光的危險。再說，鄧葆光傷勢嚴重，暫時還無法移動，否則將會危及奄奄一息的生命。他們決定暫不採取行動，先佈置十分謹慎、非常秘密的暗中保護，等鄧葆光的傷勢有所平穩後再視情況商議下一步措施。

九月十五日，何天錫從寶豐行給尼娜悄悄帶來一份電報。

尼娜雖然不知在電報後面署名的“四哥”是什麼人，但見發報地是上海，曉得跟那一邊有關，便收藏起來。

鄧葆光整整昏迷了六天六夜。九月十八日清晨，深藏在紗布縫隙中的一雙水腫的眼睛，費力地慢慢睜開了。這簡直是個奇跡！尼娜含著熱淚劃著十字，在心裏感激萬分地默默禱告：“我的上帝，感激你將他又還給了我！”

鄧葆光逐漸恢復了神志，但還不能說話。英國院長也驚訝於鄧葆光頑強的生命力，但對於他能否恢復語言能力表示毫無把握，無法判斷是因為神經受到損傷還是由於血腫或碎骨壓迫神經所致。

當病房中沒有可疑閒人時，尼娜貼近鄧葆光耳朵，說：“葆光，你能聽見嗎？上海有電報，我念給你聽，好不好？”鄧葆光面露一絲欣慰，困難地眨了眨眼睛，表示能聽見。尼娜便從內衣取出電報，貼在丈夫耳邊，小聲念道：

驚聞遇害，善自保重，早日康復。四哥。

鄧葆光知道“四哥”是誰。死裏逃生之後聽見這言簡意賅的慰言，他難以抑制內心的激動。他想大聲呼喊，卻說不出話來。他無聲地流淚了，一顆顆淚珠撲簌簌滾下。

這天夜裏，尼娜發現丈夫直盯盯地看著自己，似有話要說。尼娜貼到他的耳邊問：“你要什麼？”鄧葆光吃力地搖了搖頭，尼娜急忙制止：“頭上有傷，不要動。我來猜，不對，你就閉一下眼睛；對了，你就張一下嘴巴。好不好？”尼娜開始發問：想吃東西？想喝水？頭痛？哪裏不舒服？叫蔣寶祥來？擔心商行的事？想看看孩子？去日本李文漢那兒？去美國劉美新那兒？去德國？問了一大串，鄧葆光都表示不是。尼娜終究沒能猜出。鄧葆光是想讓尼娜給"四哥"回電表示感謝，然而他口不能言、手不能動，縱有滿腹話語一句也無法傾訴。他傷心地流下了眼淚。尼娜用手帕擦去丈夫的淚水，安慰道："你不要急，過幾天就會好起來，有什麼事等你恢復後再說，好不好？"

經過一個多月的搶救和治療，鄧葆光擺脫了死神的陰影，傷勢日趨穩定，手腳漸漸能夠很費勁地挪動。這一個多月中事態並未和緩，寶豐行周圍以及醫院門口仍經常出現形跡可疑的陌生人。一個自稱是外科大夫的人跑到醫院找尼娜，說他精通腦外科手術，有把握使鄧先生恢復語言能力；還說他已同醫院談妥了，由他給鄧先生動第二次手術。尼娜雖然迫切希望丈夫明天就能說話，但仍一口謝絕了這位"外科大夫"的美意。過了幾天，醫院又來說，根據鄧先生的傷勢，必須做一次腦外科手術，打開腦袋檢查一下是否有血腫或碎骨壓迫腦神經，並威脅如不動腦外科手術，仍有生命危險。尼娜反覆掂量，覺得無論醫院是善意還是有人在背後操縱，都不能讓剛從死神手中逃脫出來的丈夫再去冒第二次風險。她立即提出要求出院。院方卻竭力勸阻，堅決不允，說鄧葆光傷情仍很嚴重，危險期尚未最後渡過，無論如何不能移動，若不聽醫院的話，一切後果自負。醫院的這個態度也許是對病人負責，但處於險惡事態中的尼娜變得十分敏感。她不能不多幾個心眼，不能不將一切事情朝最壞處著想。她懷疑院方屈從台灣勢力的壓迫，在醞釀著新的陰謀。

尼娜湊近丈夫還包紮著層層紗布的腦袋，輕聲報告了這些情況，問他怎麼辦。鄧葆光示意要紙和筆。尼娜取來紙和筆後，他顫抖著手，歪歪斜斜地寫了一個很難辨認的字。尼娜橫過來豎過去端詳了好一會兒，才看出是個"回"字。尼娜理解了，丈夫的意思是立即回上海，但如何跟上海取得聯繫？鄧葆光又艱難地寫下一個地址，尼娜連問帶猜才弄清讓她打電報給上海復興路玫瑰別墅四十四號吳湄小姐。直到這時尼娜才完全明白，這位曾被自己懷疑同丈夫有私情的吳小姐原來是個有特殊使命的人物。她對丈夫笑了笑，表達了對幾年前發生的那場誤會的歉意。鄧葆光也露出寬慰的笑容。此時此刻，妻子同他已完全心心相通了。

何天錫來送晚飯時，尼娜便悄悄離開醫院，叫上的士，繞了幾個彎，直到確信身後沒帶尾巴，才在電報局門口下車，匆匆發出了電報："四哥電早悉，甚為感謝。先生欲歸，盼告尊意。"電文後未署名，尼娜十分謹慎。她想收電人一定會知道是誰打的。

不久，尼娜得到通知，讓她打電話商量。尼娜怕在香港打電話被人竊聽，將丈夫交給蔣寶祥看護，叫了一輛的士，甩掉尾巴後便直奔深圳羅湖橋。那時香港與內地的這個通道口尚未設海關，人員自由往來。一過羅湖橋，尼娜就讓的士直奔廣州。

長途電話打到上海復興路玫瑰別墅四十四號，接電話的是一把溫柔的女性聲音。"噢，是夫人，我一直守在家裏等你的電話吶！先生身體怎麼樣？"對方也十分謹慎地不稱姓名。

尼娜想，電話那一頭定是那位吳湄小姐了。“謝謝小姐！先生的病有所好轉，不過這裏環境不好，他想回家養病。”

“能回來當然最好，家裏也不放心。你等等，別掛上電話，我問問四哥。”片刻，電話中又傳來親切的柔聲：“你看這樣行不行，十月十八日，家裏派一位孫先生到香港接你們，然後到深圳。四哥讓我關照你，路上千萬小心，一定要照顧好先生。你們是僑民嘛，香港警署有責任保護，跟他們交涉一下。先生的病不能耽擱，盡快回來。好不好？”

尼娜當天便趕回香港。鄧葆光聽說歸期有望，焦躁的精神頓時舒展了。

第二天，尼娜由蔣寶祥陪同前往警署。尼娜本來對香港警署極不信任，擔心有台灣的人打入其中，如要求離港會走漏風聲。但吳湄在電話中說四哥讓她找警署交涉，想必定有安排，或者已經打通了關節，或者通過外交途徑施加了壓力。不管怎樣，按“家裏”的意思去辦應該是不大會出差錯的。

誰知尼娜一提出讓鄧葆光回內地養病，警署接待警官卻冷冷地說：“案子還沒破，鄧先生不能走！”

尼娜急了，立即問：“你們什麼時候能破案？要讓我們等到什麼時候？”警官說：“這就沒法說了。”

尼娜尖銳地說：“你們當然沒法說，因為你們根本破不了案。這一年多，暗殺事件一起接一起，哪一起破了案？既然破不了案，又藉口沒破案不讓我們走，這究竟是替受害者著想，還是幫兇手的忙？”

警官無言以對。

尼娜憑藉自己是外國人又是婦女的特殊身份，口氣十分強硬："你們連案子都破不了，能保證受害人安全嗎？我們暫時不走也可以，不過，請你們給我一個書面文件，保證我丈夫的絕對安全！"

警官沒想到這個外國婦女會提出這個要求："這，我們警方怎麼能出這種保證？"

尼娜想起吳湄叮囑以僑民身份辦交涉，便拿出了這個殺手鐧："既然不能保證受害人的安全，又不讓我們離開香港，你們用意何在？難道存心想置受害人於死地？作為香港警方應該懂得，我丈夫是中國僑民，你們香港警署是英國政府的機構，有義務保護僑民安全。這是起碼的國際法常識，我想你們是不會不知道的。我希望不要因為我丈夫的去留問題，引起一場不愉快的外交糾紛！"

談話的警官不由得重新打量坐在面前的這位年輕的歐洲婦女，說話口氣如此強硬，而且從外交上施加壓力，莫非有著內地官方的背景？他不得不審慎起來："夫人，請不要生氣。我去向長官請示一下，請稍等片刻。"

那名警官出去了一會兒，回來面帶尷尬地說："夫人，同意了，鄧先生可以離開香港。"

尼娜立即說："還有一個要求，在我丈夫離境時請警方給予保護，以防路上發生意外。"

警官沉吟了一下："好吧，什麼時候走？"

尼娜猶豫片刻，對香港警署她不敢過於信任。"行期還沒有最後決定，到時候通知你們，希望警方事先做好準備。"

尼娜好像打了一場勝仗一樣興奮。她無法判斷那名警官開始的態度是裝模作樣，還是存心刁難？後來又同意離境是自己強硬交涉的勝利，還是內地的幕後活動起了作用？這些，她無心思索了。要緊的是，她的丈夫能夠脫離險惡之地。讓她驚訝的是，孫曜東正在警署門外等著他們。

現在，最關鍵的就是從醫院到深圳邊境這段路的安全。尼娜同蔣寶祥、何天錫和孫曜東一起商量又商量，細細推敲了每一環細節，最後形成了一個方案。尼娜貼在丈夫耳朵上，以蚊子般的輕聲詳細介紹了行動方案。鄧葆光點頭肯定了。當妻子告訴他上海來接應的是孫曜東，此刻就在床邊時，鄧葆光睜大了眼睛，心中漾起一絲羞愧。因為男人間的那點兒事引發的情緒，他曾向上海警察局局長毛森暗示過，孫曜東似乎有共產黨背景，準備讓孫再進提籃橋監獄。可是，這個男人現在居然冒著喪命的風險來營救自己，這個人情怎麼還呢？他握著孫曜東的手，眼睛卻望著妻子。他根本不曾想到，他一向當作大孩子般嬌寵的天真無瑕的妻子，在生死存亡的險峻關頭竟變得這樣能幹！行動方案考慮得如此周密，每個環節安排得這樣周到，如果她也從事情報工作，定是個出色的女特工。而且，他斷定他過去權傾一時的那些花花草草的緋聞，妻子早就瞭若指掌。

他們按照方案沉著地一步一步實施。

一連幾天，尼娜等人依然按部就班地送飯護理。何天錫送飯時常常帶上小志明，並且故意在監視的特務面前走過。尼娜替換著回家幾次，也故意在監視的目光下露面。按方案考慮，這是為了在行動時避免監視的特務感到突然而產生懷疑。

直到臨行前一天晚上，尼娜仍未通知警署，她認為行期必須嚴格保密。十月十七日下午三時，蔣寶祥從上海旅行社來到醫院，接替尼娜看護鄧葆光。尼娜則坐的士回家，迅速收拾貴重細軟，藏在送飯籃底下，從監視的特務眼皮下帶到醫院。

十月十八日清晨六時，何天錫提著飯籃，帶著小志明，裝作平時送飯一樣來到醫院。

與此同時，蔣寶祥也離開上海旅行社的客房，叫好兩輛的士，開到警署門口等候。

何天錫帶著小志明到醫院後，尼娜立即從後門潛出醫院，跳上的士直奔香港警署與等候在那裏的孫曜東和蔣寶祥會合。

半個小時後，經過孫曜東一番交涉，警署派出兩名警察和一輛警車，隨尼娜和孫曜東前往瑪麗醫院。

警車一開出警署大鐵門，蔣寶祥見尼娜坐在警車駕駛室中，便讓兩輛的士緊緊跟上。

兩輛的士和一輛警車直奔醫院，在病房樓門前一停下，尼娜便引著兩名警察快步走向大病房。

孫曜東和蔣寶祥則留在門口注意動靜，準備接應。

尼娜同何天錫架著步履艱難的鄧葆光，在兩名警察的保護下走出門口，蔣寶祥隨即迎上，迅速將鄧葆光扶進的士，尼娜與小志明也跟著上車。蔣寶祥和何天錫轉身跳進另一輛的士。尼娜透過車窗發現有幾個可疑的陌生人飛也似的朝的士奔來，不由得驟然緊張。那幾個陌生人奔了幾步又突然收住腳步，顯得猶豫不決。尼娜猜想他們大概發現有警察在場，不敢貿然靠近。蔣寶祥和何天錫一鑽進的士，立即吩咐司機全速出發。這兩輛的士的司機，蔣寶祥在叫車時已事先談好，以重金換取了聽從指揮的絕對配合。

在瞠目結舌的"陌生人"面前，兩輛的士和一輛警車捲著一陣風衝出了醫院大門。

孫曜東、蔣寶祥、何天錫三人乘坐的的士在前開路，鄧葆光夫婦和小兒子的的士居中，警車殿後，在香港通向深圳的公路上風馳電掣。

終於到了羅湖橋頭。

鄧葆光在妻子的攙扶下爬出汽車，吃力地從穿著嗶嘰制服的香港警察崗哨前經過，緩緩地向羅湖橋走去。他的身後緊緊跟隨著小志明和蔣寶祥、何天錫這兩位生死與共的摯友。稍後一點，兩名護送的香港警察站在橋頭目送著。鄧葆光依傍著妻子的臂膀，一步又一步艱難地向前走去。他覺得每一步都在跨過一段漫長的距離，每一步都踏下了一個人生的腳印。

他抬頭朝羅湖橋對岸看去。他看見了，看見對岸橋頭上飄揚著一面鮮豔的五星紅旗，看見紅旗下挺立著一名身穿土黃布軍裝、打著綁腿的解放軍士兵，看見前來迎接的同志……

是的，他現在可以稱呼"同志"了。他想大聲地呼喊，然而他說不出話。他伸出雙手，就像久別歸來的遊子朝故鄉、朝親人伸出雙手一樣。

淚水，包含著多少感慨、辛酸和熱望的淚水，滾滾而下……

尾聲

遲到了三十五年的表彰

一回到上海，鄧葆光立即將那份沾有自己鮮血的倉儲提單莊重地獻給了人民政府。次年，上海市軍管會派遣文化管制委員會的杜宣同志，前往香港提回了那七萬冊珍貴古籍。

一顆彷徨懸浮了多年的心，終於找到了光明的歸宿。鄧葆光勁頭十足地開始為新中國效力，他一篇又一篇寫下了有關軍統和國民黨政府經濟工作方面的大量資料。

然而，當鄧葆光對新生活充滿了灑著陽光的信心和希望時，他不曾想到由於踏上社會的第一步跨錯了門檻，自己的人生道路注定佈滿坎坷。一九五五年春，就在海內外人士都被突然發生的潘漢年、揚帆大冤案震驚得目瞪口呆的這天深夜，鄧葆光夫婦在上海五原路寓所同時被捕。這位九死一生起義歸來的軍統少將，被控為“自首不誠”而判處七年徒刑。妻子尼娜也被毫無理由地關押了一年零五個月，出獄後無處落腳，想攜帶孩子出國也得不到批准。她左思右想，柔腸寸斷，不得不同鄧葆光離婚，將孩子託付給友人，流著淚離開了這片曾被她視為祖國的土地。同時，受“潘揚”案件牽連的孫曜東、吳嫣、吳湄等一大批人員都被拘捕關押。吳嫣離婚改嫁，孫曜東出獄後另娶，已是處長級幹部的吳湄死於非命。吳湄白髮蒼蒼的老母親收屍時，發現女兒手裏還捏著一張紙條："粉身碎骨渾不怕，要留清白在人間。"

鄧葆光從此銷聲匿跡，不知去向，以至於二十多年後鄧葆光的名字重新出現在大陸報刊上時，竟在台灣引起一片驚呼。知道這個名字的人早就認定他已不在人間了。

鄧葆光命運的轉機，是隨著中國大陸的一次深刻而充滿前所未有的希望的變遷而來到的。中國共產黨十一屆三中全會的召開，給了一切蒙受冤屈恥辱的人為自己申辯的勇氣和信心。這時候，鄧葆光已在徐州的一個煤礦裏默默地度過了第十七個年頭。出獄以後生計無著，他背著一個小鋪蓋捲，投奔了已在徐州煤礦當了礦工的兒子。在徐州市政協的幫助下，鄧葆光的申訴書送到了全國政協、國家公安部和最高人民法院。不久，他得到通知，不用再去掃大街了。他請了一個長假，兜裏揣著靠教礦工打太極拳存起來的三十元錢，回上海奔走平反之事。次年深秋，徐州市政協的幹部風塵僕僕趕到上海，四處尋找鄧葆光。當他們幾經周折找到他，立即從公事包中取出一份十一月六日的《人民日報》。鄧葆光盯著報紙呆呆地看了半天，怎麼也弄不明白如何會在第五屆全國政治協商會議七十名特邀代表名單中躍現出自己的名字。他不敢相信，像做夢一樣。

要去北京了，鄧葆光連一件像樣的外套也沒有。能這樣跨進莊嚴的人民大會堂嗎？一位老友脫下身上的呢大衣給他披上，幫他湊夠了盤纏。鄧葆光拿著政協給買的軟臥票登上了北去的列車。在這次全國政協會議上，他被增補為全國政協委員。

一九八五年四月四日，國家文化部舉行公開表彰，嘉獎全國政協委員、上海市人民政府參事鄧葆光，全國政協常委、浙江省人民政府原副省長湯元炳，中國圖書進出口公司退休幹部蔣寶祥，北京新華印刷廠退休幹部何天錫，還有一位是大名鼎鼎的"五老火鍋宴"參加者、全國人大常委、全國人大財經委員會副主任古耕虞。

時任文化部副部長周巍峙向鄧葆光等人頒發了獎狀和感謝信。感謝信中有這樣一句話："您在一九四八年至一九五〇年間，為保護原上海東方經濟研究所珍貴圖書，以免其散失海外，在搶運中作出重大貢獻，保護了祖國的寶貴文化遺產。"

這是遲到了三十五年的嘉獎。

七萬冊珍貴古籍一直珍藏在故宮博物院和北京圖書館，一冊不少。而鄧葆光已從一個英姿勃發的中年人變成年逾古稀的老人了。他流下了眼淚，那是充滿了辛酸的回憶和求仁得仁的寬慰，是一顆真誠的心最終得到了承認。

平反以後出現在鄧葆光心頭的第一個念頭，就是尋找已經離散了二十五年的尼娜。在他身陷囹圄期間，尼娜被驅逐出境回到德國，為了給在中國當工人的孩子補貼生活費，她找了兩份工作，一有節餘便寄給三個兒子。生活所迫，她後來又輾轉到了美國。一封浸透了久遠思念的信輾轉了幾個國家，到了大洋彼岸。遠在萬里之外的尼娜接到這封信時，悲喜交加、感慨萬千的心情是可以想象的。可是，她已經無法回到鄧葆光的身邊了，她有了另一個家庭。畢竟二十五年杳無音信啊！當她得知當年的好友錢敏在上海寡居，而徐鈞已在"文革"中死去時，便希望好友能代替自己去照料這位飽經磨難的老人。

七十二歲那年，鄧葆光在上海東北郊一套充滿陽光的房子裏，重新組織了家庭，徐太太正式改稱鄧夫人。

一切又都重新開始，只是遲了二三十年。

鄧葆光去拜訪獲釋不久的揚帆。面對這位引導自己走上正確道路的共產黨人，望著這位憔悴而堅強的老戰士，鄧葆光不知說什麼才好。他知道這位不屈的共產黨人能活下來是多麼不容易。揚帆對自己曾經蒙受的巨大冤屈和沉重的苦難隻字不提，面對鄧葆光所遭受的不公正遭遇卻深感不安。他握著鄧葆光的手，深沉地說："老鄧，無論如何，現在，歷史總算對你作下了公正的結論。"

鄧葆光的熱情重新燃燒起來，雖然已是夕陽西下的時刻。他訂閱了《經濟參考》《世界經濟導報》，潛心研究目前對西方經濟界有較大影響的薩繆爾森的《經濟學》、貨幣主義代表作《貨幣論》，以及中國經濟學者馬洪、孫冶方、千家駒、薛暮橋等人的著作。中斷了三十多年的思想又開始活躍起來，一顆為祖國強盛鞠躬盡瘁的心復活了。

鄧葆光常常面對著地圖，凝視著那條長長的海峽沉思默想。三十多年前，回大陸不久，他就提出過同台灣通商、通航、通郵的建議。現在，是時候了。當上全國政協委員之後，他的第一份提案就是《發展對台經濟，促進兩岸統一》。提案建議開放若干港口和水路，便於兩岸自由往來，大力促進海峽兩岸的民間貿易。中央有關領導部門對此十分重視，認為這是促進兩岸和平統一的切實步驟，專門派人聽取了鄧葆光的具體意見。

一九八六年盛夏，鄧葆光冒著酷暑回到故鄉紅安，眺望著蒼茫的群山，他熱淚盈眶。整整四十九年了，終於又踏上這片哺養過自己的土地，這片夢魂所繫的山水。

回故鄉的心願早就縈回於夢了，然而他這些年來一直忙於奔走考察，調查研究。作為一名經濟工作專家，在如火如荼的建設面前坐不住啊！五年來，他在政協會議上提了一百多份提案：《發揮政協委員中各專家特長，積極為經濟建設服務》《調整工業佈局，增加經濟效益》《建設徐海地區經濟》《關於建設上海地鐵的提案》《關於推動上海地鐵建設的提案》…… 對於一位年近八旬的老人，這一份又一份字斟句酌的建議、設想、方案，得耗費多少心血，熬過多少不眠之夜！鄧葆光從心底裏感謝故鄉政府的邀請，終於使他得以了卻一樁夙願——為故鄉的建設盡一份菲薄之力。臨行前，他特地邀請了兩位全國政協委員同去考察，還帶去了一位美國通用電氣公司駐京首席代表。

三位年近八十的老先生頂著烈日，汗流浹背地奔走考察，苦思冥想地出謀劃策。一回到上海，鄧葆光就病倒了。兩天後，他從半昏迷中醒來，突然對守在病床旁的錢敏說：

“去年在北京開會時，我們在北京飯店見到一個人，長得和戴先生一模一樣，我盯著他看了半天，他也看了我一眼，你還記得吧？”

“你跟我說過，記得！”錢敏起身準備讓護士來給鄧葆光量體溫。

鄧葆光又說：“有兩件事，我放心不下。”

“什麼事？你說吧。”老伴湊近身子問。

“紅安那個廠不知行不行，美國的李先生跟他們談得怎樣了，能不能去問問？”

鄧葆光他們在紅安考察一座設備簡陋的塑膠廠後，決定設法從國外引進一條塑膠製品流水線。錢敏答道：“聽孫老說，談得不錯。”

“那好。”鄧葆光點點頭，又說，“還有一件事想拜託你。我從小離開父母外出做事，一直沒在他們身邊盡過孝。這次回去，見他們的墳頭上很孤單。我想請你給他們立一塊碑，刻上生卒年份、姓名就行了。”

見老伴點了點頭，鄧葆光又陷入昏昏沉沉之中。

一個受屈蒙冤二十多年的八旬老人，在病床上，半昏半迷之中，惦念著他的故鄉。

再版又記

鄧葆光，二〇〇三年，以九十五歲高齡謝世於上海。

尼娜，二〇〇二年，以九十一歲高齡謝世於美國洛杉磯。

楊顯東，一九九八年，以九十六歲高齡謝世於北京

陳乃昌，二〇〇四年，以九十四歲高齡謝世於北京。

揚帆，一九九九年，以八十七歲高齡謝世於上海。

陶希聖，一九八八年，以八十九歲高齡謝世於台北。

秦豐川，一九九一年，以八十六歲高齡謝世於呼和浩特。

周作民，一九五五年，以七十一歲壽年謝世於上海。

劉攻芸，一九七三年，以七十三歲壽年謝世於新加坡。

吳湄，一九六七年，以六十歲壽年謝世於上海。

孫曜東，二〇〇六年，以九十四歲高齡謝世於上海。

吳嫣，一九九五年，以八十四歲高齡謝世於上海。

一九八七年，福建電影製片廠曾將首次發表的書中後半部分章節改編成了電影《在暗殺名單上》。當年拷貝發行為全國電影拷貝發行之最。

二〇二四年五月十日至九月一日

於崇禮、上海、香港

責任編輯　江其信
特約編輯　古海陽
書籍設計　a_kun
書籍排版　何秋雲

書　　名　**備降**
著　　者　肖煥偉
出　　版　南粵出版社
三聯書店（香港）有限公司
香港北角英皇道 499 號北角工業大廈 20 樓
Joint Publishing (H.K.) Co., Ltd.
20/F., North Point Industrial Building,
499 King's Road, North Point, Hong Kong
香港發行　香港聯合書刊物流有限公司
香港新界荃灣德士古道 220-248 號 16 樓
印　　刷　美雅印刷製本有限公司
香港九龍觀塘榮業街 6 號 4 樓 A 室
版　　次　2025 年 7 月香港第 1 版第 1 次印刷
規　　格　大 32 開（140 mm × 210 mm）368 面
國際書號　ISBN 978-962-04-5621-3